当代外国语言文学学术文库

马里奥·巴尔加斯·略萨
小说中的戏仿研究

——以《胡丽娅姨妈和作家》与《叙事人》为例

La parodia en la narrativa de Mario Vargas Llosa:
La tía Julia y el escribidor* y *El hablador

毛 频 著

对外经济贸易大学出版社
中国·北京

图书在版编目（CIP）数据

马里奥·巴尔加斯·略萨小说中的戏仿研究：以《胡丽娅姨妈和作家》与《叙事人》为例：西班牙文/毛频著．—北京：对外经济贸易大学出版社，2013
（当代外国语言文学学术文库）
ISBN 978-7-5663-0889-4

Ⅰ．①马… Ⅱ．①毛… Ⅲ．①略萨，M. V. －小说研究－西班牙文 Ⅳ．①I778.074

中国版本图书馆CIP数据核字（2013）第255195号

马里奥·巴尔加斯·略萨小说中的戏仿研究
——以《胡丽娅姨妈和作家》与《叙事人》为例

La parodia en la narrativa de Mario Vargas Llosa：
La tía Julia y el escribidor y *El hablador*

毛 频 著

责任编辑：李 丽 罗晓芳

对 外 经 济 贸 易 大 学 出 版 社
北京市朝阳区惠新东街10号 邮政编码：100029
邮购电话：010－64492338 发行部电话：010－64492342
网址：http://www.uibep.com E-mail：uibep@126.com

北京市山华苑印刷有限责任公司印装 新华书店北京发行所发行
成品尺寸：170mm×230mm 12.25印张 212千字
2013年11月北京第1版 2013年11月第1次印刷

ISBN 978-7-5663-0889-4
定价：29.00元

对外经济贸易大学西班牙语国家级第二特色
专业博士论文出版基金资助

La parodia en la narrativa de Mario Vargas Llosa:
La tía Julia y el escribidor* y *El hablador

A mis padres.

致　谢

感谢所有在论文写作期间给我帮助的老师、家人和朋友们。是你们的支持、耐心与信任使这篇论文最终得以完成。

感谢我的论文导师，马德里自治大学的埃杜阿多·贝塞拉老师。他精湛的文学素养和严谨的治学态度始终是我学习的榜样。

感谢马德里自治大学的达西阿娜·菲萨克老师。她的鼓励和信任，在论文写作中给我以极大的动力。

论文的写作得到了西班牙国际交流和发展署（AECID）奖学金的资助，在此感谢 AECID 奖学金评审委员的信任与支持。

论文的出版得到了对外经济贸易大学西班牙语国家级第二特色专业博士论文出版基金的资助，在此特别感谢赵雪梅教授和西语系同仁的帮助与支持。

毛　频

2013 年 6 月于北京

Índice

Introducción

Mario Vargas Llosa (1936, Arequipa) es unánimemente considerado una de las figuras más representativas del *boom* de la narrativa hispanoamericana. Aportó a ese fenómeno literario y editorial obras hoy ya clásicas: *La ciudad y los perros* (1962), *La Casa Verde* (1966) y *Conversación en La Catedral* (1969). Sin embargo, su influencia va mucho más allá de la "nueva novela" hispanoamericana y el *boom*. La solidez de su narrativa, su seriedad profesional y sus tomas de posición políticas le han convertido en uno de los personajes literarios más respetados y, a la vez, más controvertidos del mundo cultural hispanohablante.

Desde *Los jefes* (1958) hasta *Travesuras de la niña mala* (2006), Mario Vargas Llosa nunca se ha apartado de una estética que podría englobarse dentro de un realismo concebido en términos amplios y sin rigideces. En sus novelas, hay siempre un interés y preocupación por la realidad social, sea esta peruana, latinoamericana o internacional, de nuestra época. Por otro lado, sus opiniones y su obra novelística atesoran una gran representatividad en el desarrollo de la narrativa hispanoamericana contemporánea. Desde que descubrió América Latina en París en los años sesenta[①], su atención nunca se ha desviado de este continente. Sus novelas, al mismo tiempo que enfocan la evolución de dicha sociedad en los diversos aspectos durante el siglo XX, ofrecen testimonio valioso para quienes se interesen por estudiar cómo vivieron los intelectuales de este siglo sus cambios versátiles y dramáticos.

En este trabajo trataremos de delimitar y definir algunas de las características más importantes en la evolución de la novelística de Vargas Llosa. Así, si las tres novelas aludidas pertenecientes a la órbita del *boom* ofrecen rasgos comunes, en sus trabajos posteriores se observa una mayor

---

① Véase Mario Vargas Llosa, *El diccionario del amante de América Latina*, Barcelona: Paidós, 2006; p. 9.

accesibilidad para el lector mediante una narratividad más elemental, sin que ello suponga una merma de calidad: argumentos lineales y dramáticos con ritmo rápido que contrastan con el metadiscurso, la experimentación, la fragmentación y la centralidad del lenguaje típicos de sus obras previas. Hemos considerado que es sobre todo a partir de *La tía Julia y el escribidor* (1977) cuando se pone de manifiesto de modo más rotundo el empeño del autor en encaminarse hacia nuevas vías expresivas. A partir de aquí, esos intentos y esfuerzos serán más evidentes y constantes.

El análisis de la narrativa de Vargas Llosa se ha centrado tradicionalmente en las obras escritas en la década del sesenta del siglo XX, momento en el que su creación novelística cobra un protagonismo indudable en la literatura hispanoamericana. No obstante, y aunque no faltan estudios concretos sobre obras posteriores, no han sido frecuentes los estudios que enfocan la diferencia entre su creación novelística durante el *boom* y su narrativa posterior. Su obra posterior a 1977 se inscribe en algunas de las líneas fundamentales de la prosa de ficción de las últimas décadas del siglo XX, coincidiendo con las de algunos de los nuevos narradores que van apareciendo con planteamientos renovadores en ese período. Al respecto, la aplicación de la parodia y la introducción de planteamientos metaficcionales le sirven a menudo para desenmascarar algunos tópicos recurrentes de "lo latinoamericano" forjados a menudo desde las ficciones novelescas de la tradición hispanoamericana. Al mismo tiempo, el humor, rasgo algo extraño en la literatura hispanoamericana de ese período y al que ya había recurrido en *Pantaleón y las visitadoras*, aparecerá como uno de los puntos definitorios de esta etapa. Vargas Llosa, según avanza su trayectoria, parece ir alejándose de la literatura rigurosamente seria y del tono de gravedad que desarrollaba en los años tempranos para desplegar una poética novelesca que ofrece una extraordinaria utilización y aprovechamiento de los modelos de la cultura de masas en su aplicación al arte de la narración. Trataremos de señalar las causas de estos cambios de orientación y de desentrañar el papel de la parodia, el humor y la metaficción en su novelística.

Este será a grandes rasgos el tema de la investigación que vamos a llevar a cabo en el presente trabajo. Hemos centrado nuestros análisis en *La tía Julia y el escribidor* (1977) y *El hablador* (1987), pues consideramos que en ellas se observan indicios muy significativos de la evolución de la concepción narrativa del escritor, especialmente, en lo que se refiere a la parodia y a la metaficción. Este énfasis no supone un menosprecio de las otras novelas del período, cuyo análisis, aunque sea de paso en algunos casos, forma parte imprescindible de nuestro estudio. El estudio de conjunto de esta parcela de la obra vargasllosiana permitirá valorar con mayor precisión las aportaciones del escritor peruano al conjunto de la narrativa hispanoamericana más reciente, y de algún modo servirá para mostrar sus cambios de orientación.

Mario Vargas Llosa se encuentra entre los escritores que combinan la práctica y la teoría literaria. Su visión de la literatura y su propia teoría de la narrativa van formulándose en investigaciones, críticas literarias y ensayos escritos en diferentes épocas sobre otros escritores y sus obras. Estos textos ayudan a aclarar el proceso de su formación como novelista y los principios que le han guiado como escritor; marcan también el modo en que va evolucionando su visión de la literatura a lo largo de medio siglo y nos aportan una perspectiva importante para emprender la investigación de sus obras de ficción. Entre sus numerosos ensayos literarios sobre las obras de otros autores como Joanot Martorell (1413-1468), Gabriel García Márquez (1927-), Gustave Flaubert (1821-1820), Albert Camus (1913-1960) o Jean-Paul Sartre (1905-1980), destacan los que por su profundidad crítica y calidad literaria hemos escogido como fundamento de nuestra investigación: "La novela" (1966), "Carta de batalla por *Tirant lo Blanc*" (1968), "Novela primitiva y novela de creación en América Latina" (1969), *García Márquez: Historia de un deicidio* (1971), *La orgía perpetua: Flaubert y Madame Bovary* (1975), *La utopía arcaica* (1977), *Contra viento y marea* (1962-1982), *La verdad de las mentiras* (1990), *Cartas a un joven novelista* (1997)[①].

A nuestro juicio, Vargas Llosa no mantiene una sola concepción de la novela a lo largo de toda su carrera, sino que pueden distinguirse en él cuando menos dos. La primera, expuesta en "La novela" (1966), "Carta de batalla por *Tirant lo Blanc*" (1968) y en *García Márquez: Historia de un deicidio* (1971), y

① *La verdad de las mentiras* y *Cartas a un joven novelista* serán referencias fundamentales al estudiar las diferencias entre la narrativa vargasllosiana de antes de 1977 y la posterior a esta fecha.

practicada en las novelas de los años sesenta, es la de la "novela total", de inspiración subjetiva que surge de lo que ha denominado como "los demonios del escritor", y un momento objetivo, que corresponde al manejo de las técnicas narrativas. En la etapa de la novela total, el género es concebido como una representación verbal desinteresada de la realidad y, a la vez, como su negación y sustitución a través del "elemento añadido". *La orgía perpetua: Flaubert y Madame Bovary* de 1975 sirve de bisagra entre la primera concepción y la segunda. Encontramos en este ensayo una disposición por parte del autor a hacer un balance de sus creaciones literarias anteriores y a buscar nuevos caminos para el futuro. Después, no ha tardado en dar a conocer la segunda concepción, como concepción general del arte, en los prólogos a *La señorita de Tacna* (1981) y *Kathie y el hipopótamo* (1983), pero no la ha formulado sistemáticamente hasta la aparición de los estudios que integran *La verdad de las mentiras* (1990) y en *Cartas a un joven novelista* (1997), aunque ya la había dejado entrever en *Pantaleón y las visitadoras* (1973), y sobre todo la ha practicado a partir de *La tía Julia y el escribidor* (1977). Aquí, la novela ya no es más la representación de la realidad, sino su distorsión debido a las obsesiones del autor. La obra de arte es concebida como "mentira verdadera" y el novelista introduce explícitamente sus puntos de vista en la obra.

Capítulo I

Mario Vargas Llosa
y la renovación de la novela hispanoamericana.
Poética de la narración y reflexiones sobre la novela
(1962–1975)

1. Mario Vargas Llosa y el *boom*

A pesar de la incertidumbre que existía en torno a las delimitaciones cronológicas del *boom* y en cuanto a sus representantes más eminentes, parece incuestionable la consideración de Vargas Llosa como uno de sus escritores más representativos del *boom*. Muchos críticos tienden a opinar que el *boom* empezó a partir de 1962, año en que Vargas Llosa obtuvo el Premio Biblioteca Breve de la editorial barcelonesa Seix Barral. Teniendo en cuenta la etimología de la palabra "*boom*", no les faltaría razón en el sentido de que la novela de Vargas Llosa abrió un mercado prometedor para la narrativa hispanoamericana. En *Historia personal del boom* (1971) José Donoso ha afirmado:

> Si se acepta lo de las categorías, cuatro hombres componen para el público, el gratin del famoso *boom*, el cogollito, y como supuestos capos de la mafia eran y siguen siendo los más exageradamente alabados y los más exageradamente criticados: Julio Cortázar, Carlos Fuentes, Gabriel García Márquez y Mario Vargas Llosa[①].

Angel Rama ha planteado lo siguiente en *Más allá del boom: literatura y*

---

① José Donoso, *Historia personal del boom*, Barcelona: Anagrama, 1972; p. 119.

mercado (1984):

> De ellos, cuatro son, como en las Academias, "en propiedad": los correspondientes a Julio Cortázar, Carlos Fuentes, Mario Vargas Llosa y Gabriel García Márquez. El quinto queda libre para su otorgamiento: lo han recibido desde Carpentier a Donoso, desde Lezama Lima a Guimarães Rosa①.

Cuando ahora hablamos de los escritores del *boom*, nos referimos a esos autores que coincidían en publicar en los años sesenta, compartían algunas propuestas literarias y entre todos contribuían al florecimiento de la novela hispanoamericana. Vargas Llosa señaló en 1972: "Lo que se llama *boom* y que nadie sabe exactamente qué es—yo particularmente no lo sé—es un conjunto de escritores [...] que adquirieron de manera más o menos simultánea en el tiempo, cierta difusión, cierto reconocimiento por parte del público y de la crítica... Ahora bien, no se trató en ningún momento de un movimiento literario vinculado por un ideario estético, político o moral"②.

Creemos que Vargas Llosa estaba en lo cierto al afirmar lo arriba citado. El *boom* no es una corriente literaria, sino un fenómeno editorial caracterizado por la indefinibilidad y heterogeneidad. Es difícil resumir una lista de puntos comunes entre los representantes principales sobre la base de sus planteamientos estéticos e ideológicos. Sin pretender ir mucho más allá, de esta disconcordancia y diversidad de inclinaciones literarias nos podemos hacer una idea a través de algunas de sus novelas incluidas.

La muerte de Artemio Cruz (1962) pone al descubierto los esfuerzos de Carlos Fuentes por romper con la narración lineal. Artemio Cruz es un personaje en el que concurren demasiados rasgos muy diversos. Toma parte activa en la revolución mexicana; sin embargo, ese carácter revolucionario que quiere el progreso y el avance del país se cambia por la corrupción y los intereses materiales. En este sentido, el personaje se convierte en símbolo del

---

① Ángel Rama (ed.), *Más allá del boom: literatura y mercado*, Buenos Aires: Folios Ediciones, 1984; p. 83.

② *Zona Franca*, Caracas, 2ª época, Año III, No. 14, agosto de 1972; citado por Ángel Rama, ob. cit.; p. 59.

México posrevolucionario, primero involucrado con un proyecto de cambio histórico y finalmente olvidado de sus deseos de juventud como resultado de la pérdida de valores.

Rayuela (1963) de Julio Cortázar supone una verdadera revolución en contra de la manera tradicional de escribir y leer la novela. El lector puede realizar la lectura según el orden de los capítulos o también siguiendo la guía de lectura que establece el autor. Este planteamiento de Cortázar no tiene otra intención que la de poner en tela de juicio los modelos clásicos de la literatura y su relación con la realidad. Esta obra constituye una declaración de autonomía e independencia de la ficción frente a lo real.

En *Cien años de soledad* (1967), García Márquez despega de la realidad para abrazar el mito y el relato fantástico. Deja atrás el realismo para ir en busca de la ficción en lo mítico, lo imaginario y lo mágico. La realidad y la ficción invierten sus procesos y los límites entre una y otra resultan borrosos e inciertos.

A finales de los años sesenta, Carlos Fuentes resumió algunas características de la nueva novela hispanoamericana. De acuerdo con el novelista mexicano, la nueva novela tiene carácter crítico y el escritor latinoamericano enfrenta tanto una problemática moral como otra de carácter estético. La fusión de moral y estética tiende a producir una literatura crítica en el sentido más profundo de la palabra: crítica como elaboración antidogmática de problemas humanos. En segundo lugar, señala que la literatura de América Latina debe ser revolucionaria y contraria al orden establecido. El valor de la nueva novela consiste en su inconformismo. "Nuestras obras deben ser de desorden, es decir, de un orden posible, contrario al actual"[①]. Respecto al lenguaje literario, Carlos Fuentes defiende su ambigüedad esencial, a partir de una escritura que potencie "la pluralidad de significados, la constelación de alusiones"[②], y caracterizada por la apertura.

Con el fin de sustituir a los antiguos modelos, los novelistas introducían, entre otros elementos, el monólogo interior, la corriente de la conciencia,

---

① Carlos Fuentes, *La nueva novela hispanoamericana*, México: Editorial Joaquín Mortiz, 1980; p. 32.

② Ibíd.

patrones espaciales y temporales desconectados, historias fragmentarias y asimismo indagaban en las mitologías indígenas para trasladarlas a sus narraciones. A estas innovaciones técnicas, Vargas Llosa las teñía de un matiz muy personal. Este algo personal tiene mucho que ver con su arraigo en la tradición literaria. Cabe añadir que a nuestro modo de ver, de todos los escritores del *boom* tal vez el escritor peruano sea el que, dentro de sus anhelos renovadores, permanezca más próximo a esquemas de la tradición literaria. A pesar de sus innovaciones estructurales, nunca abandona ciertas concesiones a la tradición, siempre dentro de un proyecto coherente en cuanto al contexto y las intenciones de sus obras.

Otro punto en común de estos escritores fue buscar inspiración en modelos extranjeros de autores como James Joyce, William Faulkner, John Dos Passos, Franz Kafka, Thomas Mann, Albert Camus o Marcel Proust, entre otros. Vargas Llosa tenía también sus maestros y ejemplos a imitar e incluso a igualar, los cuales, a su vez, ejercían cada uno en una determinada época gran influencia en su formación y creación literaria. Tal influencia, en ciertos casos, resultaría definitiva para interpretar las obras del escritor peruano. Al respecto, es importante señalar cómo, con el transcurso del tiempo, no siempre fueron los mismos sus referentes literarios. Incluso, sobre un mismo escritor la actitud podía ser opuesta en diferentes momentos.

Según Adrián Curiel Rivera, muchos autores del *boom* defienden tácita o públicamente la posibilidad de transformar la sociedad por medio de la escritura[①]. En Vargas Llosa se observa una actitud positiva en relación al compromiso social del escritor. Según él, "en el Perú, y en otros países de América Latina, ser un escritor significa, primera, y a menudo únicamente, una responsabilidad social"[②] y la razón profunda de este fenómeno está en el hecho de que la literatura ha sido desde hace siglos en este continente el único intermediario para la exposición de los problemas sociales. Este compromiso se refleja en sus obras y determina algunas de sus características.

---

① Véase Adrián Curiel Rivera, *Novela española y boom hispanoamericano (Hacia la construcción de una deontología crítica)*, Mérida: Universidad Autónoma de México, 2006; p. 269.

② Mario Vargas Llosa, "La utopía arcaica", en Norma Klahn y Wilfrido H. Corral (eds.); *Los novelistas como críticos (II)*, México: Fondo de Cultura Económica, 1991; pp. 385-400 (p. 386).

A partir del análisis que hace Vargas Llosa en "Novela primitiva y novela de creación en América Latina", podemos sacar en conclusión las siguientes características que atribuye a la nueva novela hispanoamericana en comparación con sus precedentes:

1. Subjetiviza la objetividad y no lo contrario.
2. No sirve a la realidad, se sirve de la realidad.
3. Supera el análisis de los elementos naturales para centrarse en el hombre.
4. Los temas fantásticos prevalecen sobre los realistas.
5. Los autores son constructores de mundos[①].

Algunas de estas características se dan en su propia creación novelística. Sin embargo, si tenemos como referencia las tres novelas suyas del *boom*, se nota una discordancia frente a las pautas que él mismo formulaba sobre la novela de la época. Concretamente, en algunos aspectos, se observan matices de diferenciación entre Vargas Llosa y los otros autores del grupo, y la diferencia está más bien, sobre todo en cuanto al papel de lo fantástico en sus ficciones.

A diferencia de otros representantes del *boom*, Vargas Llosa no ofrece una visión escéptica de la realidad como Carlos Fuentes, ni una visión ambigua como Julio Cortázar[②], ni tiene que ver con el Realismo Mágico de García Márquez. Considerando su insistencia firme en la fidelidad a la realidad, algunos críticos se inclinan a creer que existe una afinidad entre él y la "generación del 50". Por ejemplo, José Miguel Oviedo habla de una relación ambigua y curiosa que guarda Vargas Llosa con este grupo de escritores. Según Oviedo, su inclusión en esa generación que habían planteado algunos críticos, resulta forzosa y discutible, pero tampoco del todo ilegítima cronológicamente hablando. El problema es que, si confrontamos la concepción literaria de la "generación del 50" y la de Vargas Llosa, salta a la vista la discrepancia. Porque

---

① Véase Mario Vargas Llosa, "Novela primitiva y novela de creación en América Latina", en Norma Klahn y Wilfrido H. Corrral (eds.), ob. cit; pp. 359-371.

② En "Novela primitiva y novela de creación en América Latina", sobre las obras de Julio Cortázar, Vargas Llosa afirma: "Hasta la aparición de la más importante de sus novelas, *Rayuela* (1963), la obra de Cortázar fue alternativamente realista y fantástica, pero esas dos direcciones no la escindieron en dos escrituras"; p. 367.

al mismo tiempo que compartía con aquéllos la perseverancia en el compromiso que el novelista tiene contraído con la sociedad y la creencia en la virtualidad redentora de la literatura, Vargas Llosa requería algo más de la creación narrativa, que debía ser inventora y mítica, desinteresada, sin "tesis" y no un mero reflejo de la realidad que aborda.① Esta aspiración ya la dejó entrever en su primer estudio sobre Martorell y su *Tirant lo Blanc*: "Martorell es también un novelista desinteresado: no pretende demostrar nada, sólo quiere mostrar. Lo que significa que aunque está en todas partes de esa realidad total que describe, su presencia es (casi) invisible. El primer requisito para que un autor sea invisible es que sea imparcial frente a lo que ocurre en el mundo de la ficción"②.

Es cierto que Vargas Llosa nunca ha tocado lo fantástico en sus novelas. Siguiendo su teoría de "los demonios", arriesgaríamos que no ha sentido el demonio correspondiente para cultivar tal tema. Para él, lo fantástico remite "al hecho imaginario puro, que nace de la estricta invención y que no es producto ni de arte, ni de la divinidad, ni de la tradición literaria: el hecho real imaginario que ostenta como su rasgo más acusado una soberana gratuidad"③.

En esta definición que ofrece Vargas Llosa, "lo fantástico" se establece como un término antagónico de lo real. Es producto de la pura imaginación del ser humano y en él puede no existir ni atisbo de realidad, de ahí su "soberana gratuidad". Por eso, no será extraño que no tenga cabida en las obras de un escritor para quien la fidelidad hacia la realidad es un principio básico de su literatura. Ello no le llevó a rechazar lo fantástico frontalmente, busca más bien la revelación de zonas inéditas de realidad a través de la escritura④. Impulsado

① Véase José Miguel Oviedo, *Mario Vargas Llosa: La invención de una realidad*, Barcelona: Barral Editores, 1982; pp. 45-47.

② Mario Vargas Llosa, "Carta de batalla por *Tirant lo Blanc*", en *Obras completas VI. Ensayos literarios I*, Barcelona: Círculo de Lectores, 2006; pp. 37-73 (p. 53).

③ Mario Vargas Llosa, *García Márquez: historia de un deicidio*, en *Obras completas VI. Ensayos literarios I*; pp. 109-698 (p. 578).

④ Véase Mario Vargas Llosa, "Novela primitiva y novela de creación en América Latina", ob. cit; p. 386. Al hablar de la novela *Paradiso* (1966) del escritor cubano José Lezama Lima, Vargas Llosa señala que "la novela de Lezama resucita una función que la ficción de nuestros días ha eludido y que fue el designio mayor de la novela clásica: la revelación de zonas inéditas de realidad".

por esta inclinación, resucita funciones de la novela que la ficción moderna ha eludido o no ha sabido valorar o aprovechar debidamente, infundiéndoles nuevas energías y sobre todo, explorando en ellas nuevas dimensiones. Cuando otros escritores ensanchaban el mundo ficticio hacia el nivel de lo fantástico, Vargas Llosa optaba por la novela total para dar altura mítica y simbólica a lo cotidiano.

Estc descubrimiento podría arrancar de la lectura de la obra narrativa de José María Arguedas, la cual en palabras de José Miguel Oviedo, despertó una admiración y un interés profundamente significativos en Vargas Llosa[①]. En su prólogo a la edición venezolana de *Los ríos profundos*, Vargas Llosa dio la clave para descifrar su manera de detectar elementos secretos de lo real:

> No faltarán quienes digan que se trata de un testimonio enajenado sobre los Andes, que Arguedas falsea el problema al trasponer en una ficción las mistificaciones de una realidad en vez de denunciarlas. Pero el reproche sería injusto y equivocado. Es lícito exigir a cualquier escritor que hable de los Andes, dar cuenta de la injusticia en que se funda allí la vida, pero no exigirle una manera de hacerlo. Todo el horror de las alturas serranas está en *Los ríos profundos*, es la realidad anterior, el supuesto sin el cual el desgarramiento de Ernesto sería incomprensible. La tragedia singular de este niño es un testimonio indirecto, pero inequívoco, de aquel horror: es su producto. En su confusión, en su soledad, en su miedo, en su ingenua aproximación a las plantas y a los insectos, se transparentan las raíces del mal. La literatura atestigua así sobre la realidad social y económica, por refracción, registrando las repercusiones de los acontecimientos históricos y de los grandes problemas sociales a un nivel individual: es la única manera de que el testimonio literario sea viviente y no cristalice en un esquema[②].

Aquí Vargas Llosa inculca la importancia de intentar quitar el camuflaje de

① Véase José Miguel Oviedo, *Mario Vargas Llosa: La invención de una realidad*; p. 55.

② Mario Vargas Llosa, "Ensoñación y magia en *Los ríos profundos*", prólogo a *Los ríos profundos*, Caracas: Biblioteca Ayacucho, 1978; pp. IX-XIV (p. XIV).

una novela para llegar al verdadero sentido que quiere transmitir el escritor a través de las palabras, ya que el sentido social de una obra no tiene que estar presente en su significado inmediato y sí en el trasfondo del texto. "Porque la novela opera sobre la realidad como un ácido sobre la placa sensible: muestra lo que no se veía, difumina lo que estaba en primer plano, vuelve negro lo blanco"①. Así, sus obras están atestadas de detalles y pormenores aparentemente sueltos e independientes que, no obstante, sirven para edificar un mural de gran amplitud gracias a la relación sutil o explícita entre los detalles.

Otro recurso al que acude Vargas Llosa para ampliar el nivel de la realidad del mundo ficticio corresponde a la introducción de lo mítico. Vargas Llosa llama "mítico-legendario al hecho imaginario que procede de una realidad histórica sublimada y pervertida por la literatura"②. Según su definición y repasando las tres novelas suyas de los años sesenta, consideramos que en *La Casa Verde*, con la historia de Anselmo, el escritor incluye lo mítico en su novela. Si remitimos a lo que manifiesta Vargas Llosa en "La historia secreta de una novela", podemos ver que no se trata de una historia respaldada por personas y hechos reales y concretos, aunque el escritor reconoce que se inspiró en una casa verde que sí existió. La curiosidad que despertó en el Vargas Llosa adolescente la supuesta casa donde se llevaban a cabo actividades clandestinas acabó por sedimentarse en el fondo de su memoria y posteriormente se vería reactivada para dar forma a una historia misteriosa.

En el artículo "El mito y la nueva novela en Hispanoamérica", René Jara Cuadra distingue tres formas narrativas de plasmar míticamente la realidad:

> (1) Modo mitológico: el mundo se estructura sobre la base de un sustrato mítico que se proyecta al arcano original del individuo americano. Las objetividades representadas ponen en funcionamiento un sistema relacional referido a las teogonías y cosmogonías prehistóricas, coloniales o de la más antigua tradición occidental, actuantes por simple analogía o relación explícita.

---

① José Miguel Oviedo, *Mario Vargas Llosa: La invención de una realidad*; p. 56.

② Mario Vargas Llosa, *García Márquez: historia de un deicidio*; p. 578.

(2) Modo mitopéyico: creación inmediata de una realidad mítica que emana de la estructura misma del relato.

(3) Modo paramitológico: el mundo narrativo es amplificado o se lo explicita en un plano de mayor profundidad usando el mito clásico o bíblico [...] como correlato estructural implícito①.

La clasificación de Jara Cuadra nos presta un argumento más al creer que en el caso de *La Casa Verde*, el mito no es anterior al relato, ni es su origen, sino que al contrario, surge de él, inspirado por algún indicio de la realidad. La historia de Anselmo y la Casa Verde presenta todas las características propias del mito. En primer lugar, se trata de una formalización cultural que implica una vivencia colectiva. La vida de Piura se ve resumida en la Casa Verde. Esto lo vamos a tratar más en detalle al estudiar cómo el escritor aspira a la novela total en dicha obra. En segundo lugar, funciona como respuesta a las cuestiones graves que el grupo se plantea constituyendo, además, una realidad autónoma. Tercero, los personajes son antes arquetipos que individuos concretos. Finalmente, el mito se encuentra en un punto de cruce de lo natural con lo sobrenatural, lo conocido con lo desconocido, alcanzando planos que están más allá de la reflexión lógica. Es la propia narración, con la presencia de estos elementos, la que crea una realidad mítica que engloba y estructura toda la novela②.

Vargas Llosa sostiene la perspectiva mítica en *La Casa Verde* para apropiarse de una realidad múltiple. Trata de captarla de un modo intuitivo e irracional, tal y como entró en su experiencia. La coloca junto con las perspectivas realistas hasta que todas se funden en un magma y ya no existen líneas divisorias entre lo real y lo mítico. Es decir, el autor somete a un proceso de desfamiliarización lo real para transformarlo en algo indiscernible de lo imaginario: "Toda la hitoria de la Casa Verde y de Anselmo—esa serie de episodios que conforman el nivel mítico de la novela—están vistos a una cierta

---

① René Jara Cuadra, "El mito y la nueva novela en Hispanoamérica", *Estudios de Lengua y Literatura,* Universidad Católica de Valparaíso, Chile, Vol. II (1° y 2° semestres de 1968), nº 1 y 2; pp. 3-53.

② Véase Helena Establier Pérez, *Vargas Llosa y el nuevo arte de hacer novelas*, Alicante: Universidad de Alicante, 1998; p. 156.

distancia y siempre a través de un intermediario, de una conciencia colectiva, que filtra, diluye, 'poetiza', los hechos, distorsionándolos sin duda, mitificándolos: irrealizándolos. ¿Quiénes forman esta conciencia colectiva? Los piuranos en general, los mangaches en particular. Son ellos los que cuentan la historia de la llegada de Anselmo a Piura, la fundación de la Casa Verde, el incendio que encabeza el Padre García"①. Vargas Llosa incorpora a *La Casa Verde* la dimensión mítica para componer la imagen fabulosa de un Piura rufianesco, selva de señores feudales, y la emplea no tan sólo como equivalente de la verdad sino como complemento de la verdad histórica.

La cercanía al realismo convirtió a Vargas Llosa en un autor bastante singular dentro del grupo de los integrantes del *boom,* en cuyas obras a menudo la historia se ve retirada a un segundo plano frente a la experimentación con las técnicas narrativas. En sus ficciones, en cambio, el argumento siempre ocupa un lugar relevante y Vargas Llosa se configura como un testigo excepcional de la contemporaneidad del Perú y de América Latina. Abre nuevas perspectivas para la novela peruana, ya que, a partir del marco de la vida en su país, lo transciende al asumir problemáticas universales.

No obstante esta diferencia, su determinación para revitalizar la novela hispanoamericana lo une estrechamente a sus compañeros. En orden a esto, no hay que olvidar que en sus novelas hay un gran depliegue de innovaciones técnicas, que trataremos más adelante. Por eso, interesa destacar el modo en que consigue renovar la novela realista superando las viejas formas del realismo documental o testimonial y fundir el fondo tradicional y la forma innovadora en un conjunto armonioso. El realismo que busca Vargas Llosa no es el realismo decimonónico sino que asume desafíos más complejos. A este respecto ha señalado: "Yo creo que esa es la obligación del escritor que quiere ser realista: dar esas vivencias utilizando todos los procedimientos necesarios para que la realidad no se hiele"②. En este sentido, en "Novela primitiva y novela de

① Mario Vargas Llosa, carta citada por Wolfgang A. Luchting, "Vargas Vicuña, a technical predecessor of Mario Vargas Llosa?" (conferencia), en *Actas de la PNCFL* (Massachusetts), XIX, (1968); p. 128. Citado por José Miguel Oviedo, en *Mario Vargas Llosa: la invención de una realidad*; p. 135.

② Luis Harss, "Mario Vargas Llosa, o los vasos comunicantes", en *Los nuestros*, Buenos Aires: Sudamericana, 1969; pp. 420-462 (p. 439).

creación en América Latina" opina que Julio Cortázar, Lezama Lima, Alejo Carpentier y García Márquez son constructores de mundos, autores "cuyas obras hunden sus raíces al mismo tiempo en esas dos dimensiones de lo humano: lo imaginario y lo vivido"①. Ese mismo esfuerzo, como veremos, se observa en Vargas Llosa, la lucha por conseguir a través de la forma una representación de la realidad más intensa y abarcadora.

Es importante también destacar la flexibilidad de Vargas Llosa en su concepción de la novela a lo largo de su medio siglo de creación narrativa. Este rasgo se explica en parte por el reconocimiento que a lo largo de su trayectoria fue señalando de las deudas contraídas respecto a un gran número de autores de características muy diversas, tanto contemporáneos: Sartre, Faulkner, García Márquez y Camus, como de épocas anteriores: sobre todo Flaubert y Joanot Martorell.

2. Concepción de la novela: influencias

2.1 Presencia de Sartre

Jorge Edwards ha retratado en estos términos cómo era Vargas Llosa cuando lo conoció en 1962 en París: "Se proclamaba adorador ferveroso de Tolstoi, sobre todo el de *La guerra y la paz*, [...]. A él le interesaban todos los novelistas ambiciosos, que se esforzaban como titanes para salir de su yo y construir mundos novelescos objetivos, variados, completos, que pudieran levantarse frente a la realidad real como realidades ficticias, totales, elaboradas con una intención totalizadora"②. Entre esos escritores, y según confesión propia, Sartre constituye un caso interesante, pues su relación con su literatura pasó de la admiración al desengaño y el consecuente rechazo. Entre el amigo de la revolución cubana de los años sesenta que escribía: "Dentro de diez, veinte o cincuenta años habrá llegado a todos nuestros países, como ahora a Cuba, la

---

① Mario Vargas Llosa, "Novela primitiva y novela de creación en América Latina"; pp. 366-367.

② Jorge Edwards, *Adiós, poeta*, Barcelona: Tusquets Editores, 1990; p. 111.

hora de la justicia social [...]. Yo quiero que [...] el socialismo nos libere de nuestro anacronismo y nuestro horror”[①], y el reformista de ideología liberal de los ochenta o aún antes, se extiende un proceso de maduración ideológica del que dan fe los artículos que fue publicando sobre Sartre y Camus, recogidos en *Entre Sartre y Camus* y reproducidos también en su posterior *Contra viento y marea*. Para conocer de manera cabal el porqué de tal cambio radical de posición conviene revisar y confrontar dichos textos.

En los años sesenta, Vargas Llosa, en palabras de Luis Harss, “era un inspirado que parecía haber nacido bajo una lengua de fuego, con una varilla mágica”[②], combinando una extraordinaria sensibilidad con la integridad y el profesionalismo. Según confesión propia, a Sartre le debe la conciencia de la responsabilidad que tiene un escritor hacia su sociedad[③]. Fue quien le inculcó en su juventud, al inicio de su carrera de escritor, el problema viejo pero siempre actual de la relación entre la literatura y la historia. La respuesta que planteó Sartre determinó durante mucho tiempo gran parte de la poética del escritor peruano.

Ya a finales de los años ochenta, Vargas Llosa resumía así lo que Sartre le había enseñado a rechazar: “El artista evadido de su mundo y de la actualidad en un universo intelectual de erudición y de fantasía; el escritor desdeñoso de la política, de la historia y hasta de la realidad que exhibía con impudor su escepticismo y su risueño desdén hacia todo lo que no fuera la literatura; el intelectual que no sólo se permitía ironizar sobre los dogmas y utopías de la izquierda sino que llevaba su iconoclasia hasta el extremo de afiliarse al Partido Conservador con el argumento burlón de que los caballeros se afilian de preferencia a las causas perdidas”[④]. Siguiendo estas ideas, para Vargas Llosa, el escritor, en vez de un ermitaño encerrado en la torre de marfil, es un hombre social y debe cumplir con sus responsabilidades políticas e históricas.

---

① Mario Vargas Llosa, “La literatura es fuego”, en *Contra viento y marea (1962-1982)*, Barcelona: Seix Barral, 1983; pp.132-137 (p. 135).

② Luis Harss, ob. cit.; p. 420.

③ Véase Mario Vargas Llosa, “El mandarín”, en *Contra viento y marea (1962-1982)*; pp. 387-401 (pp. 392-393).

④ Mario Vargas Llosa, “Las ficciones de Borges”, en *Contra viento y marea, III (1964-1988)*, Barcelona: Seix Barral, 1990; pp. 463-476 (p. 463).

A esta postura sobre la responsabilidad del escritor, se añade, aunque con matices, la preocupación existencial sartreana. En vez de dejarla invadirse por el pesimismo o el fatalismo, la pone al servicio de la ejecución del compromiso social y como arma de denuncia. Los personajes de Vargas Llosa, sean los cadetes y oficiales del colegio militar de *La ciudad y los perros*, sean los habitantes de Piura y los residentes de la selva de *La Casa Verde*, o sean los supuestos señores policastros y sus seguidores en *Conversación en La Catedral*, ofrecen en muchos casos comportamientos degenerados, en muchos casos debido al contexto sociológico en el que se mueven. Aquellos que luchan para cambiar su destino terminan fracasando, no por falta de esfuerzo o voluntad, sino como algo inherente a su propia existencia. Es el caso de Santiago Zavala en *Conversación en La Catedral*: se rebela contra su propio medio, contra su herencia familiar y social, pero es esa misma herencia la que motivará su frustración, su incapacidad para comprometerse y dar un sentido a su existencia.

Esto ha llevado a buena parte de la crítica a considerar que las primeras novelas de Vargas Llosa ofrecen una visión pesimista de la realidad y cierta visión determinista. Frente a ello, ha respondido que el hecho de que en *La ciudad y los perros* y en *Conversación en La Catedral* buena parte de los personajes fracasen en sus empresas significa "simplemente que esos personajes, en unas circunstancias determinadas, en esas coordenadas en las que se mueven, les sucede aquello"[①]. Para él, esos fracasos y frustraciones se dan dentro de coordenadas históricas concretas que delimitan esas situaciones y no derivan de un "sino fatídico". Desde esta perspectiva, sus novelas pretenden expresar el fracaso y la frustración de una comunidad que vive determinada experiencia social o política. "Evidentemente, ese envilecimiento colectivo se manifiesta en órdenes distintos, pero deducir de eso que propongo una noción del hombre como un ser ontológicamente condenado al fracaso, a la frustración, a la infelicidad, me parece excesivo"[②].

Dejando a un lado las implicaciones ideológicas, destaca el modo de llevar a cabo esta representación del conjunto social. En sus primeras novelas, el

① Ricardo Cano Gaviria, *El buitre y el ave fénix. Conversación con Mario Vargas Llosa*, Barcelona: Anagrama, 1972; p. 98.

② Ibíd.

argumento se desarrolla por líneas aparentemente divergentes que poco a poco van enlazándose, aunque al principio no tengan nada que ver las unas con las otras. De tal juego de relaciones resulta una imagen de conjunto donde nadie está del todo aislado y todos forman parte de un mismo colectivo y comparten el mismo destino, trágico y sin esperanza. Así, el poder destructivo que ejerce el ambiente sobre las personas se ve subrayado por el entumecimiento moral y el destino adverso de los personajes. Este ambiente opresivo puede ser el de la institución educativa militar del Colegio Leoncio Prado en *La ciudad y los perros*, el de la ciudad de Piura en *La Casa Verde* o el del Perú en *Conversación en La Catedral*.

Vargas Llosa consideraba que en su país la injusticia y la violencia abarcaban todos sus estratos[①]. Afirmó que la violencia "es una especie de fatalidad en ese mundo"[②], un mal pandémico común a toda sociedad humana y sobre todo a la suya, "donde la estratificación social se ha petrificado hasta eliminar toda posibilidad de progreso pacífico"[③]. Por eso busca una descripción exhaustiva y total del Perú en su narrativa incial, abarcando, tanto en *La ciudad y los perros* como en *La Casa Verde* y *Conversación en La Catedral,* una amplia gama de formas de violencia: personal, social y política.

La violencia surge como una constante que a veces tiene una base autobiográfica como en *La ciudad y los perros.* Como el mismo Vargas Llosa ha afirmado en diversas ocasiones, fueron traumáticas sus experiencias en el Leoncio Prado. La tremenda diferencia entre el cómodo mundo familiar y el cruel ambiente militar causó una herida enconada e incurable en su conciencia. Lo que contribuiría a que arraigara en su corazón la impresión lúgubre de un mundo violento e inhumano. Así describía su pasado en el colegio militar: "Para mí fue descubrir el horror, una desconocida realidad, la cara contraria de la vida [...]. Lo que contaba era la fuerza bruta y la astucia. Supongo que eso me ha fijado en cierta forma una imagen del hombre de la que no me voy a librar

---

① Véase Rafael Conte, "Vargas Llosa y la novela total. Radiografía política del Perú contemporáneo", en Joaquín Marco, Jordi Gracia (eds.), *La llegada de los bárbaros: la recepción de narrativa hispanoamericana en España, 1960-1981*, Barcelona: Edhasa, 2004; pp. 601-609 (p. 605).

② Luis Harss, ob. cit; p. 432.

③ Ibíd.

muy fácilmente"[①]. A partir de entonces la violencia habría de ser uno de los signos distintivos de sus mundos de ficción.

En el proceso de paso de la afinidad al distanciamiento con Sartre hay un momento crucial. En 1964, según cuenta Vargas Llosa en "Los otros contra Sartre", el filósofo francés, en un reportaje de *Le Monde*, consideraba que en un mundo dominado por el hambre, un escritor que ha nacido y escribe en un país privilegiado debe alinearse junto a la mayoría escribiendo sobre los problemas que la afectan, mientras que en los países pobres, los escritores deberían anteponer al escribir otros oficios más beneficiosos para el país, porque, de lo contrario, su actitud equivaldría a la traición. Este criterio alarmó a Vargas Llosa, quien por aquel tiempo se había marchado del Perú y vivía en París con la aspiración a ser escritor. Según comprendía él, Sartre quería decir que escribir novelas o poemas era inútil e inmoral mientras hubiera injusticias sociales. El desacuerdo de Vargas Llosa se transformaba en irritación cuando en el mismo reportaje leía que Sartre "aconsejaba a los escritores de los nuevos países africanos que renunciaran a escribir por el momento y se dedicaran más bien a la enseñanza y otras tareas más urgentes, a fin de construir un país donde más tarde fuera posible la literatura"[②]. Esta formulación le resultó inaceptable, porque contradecía lo que hasta entonces tenía por principio: la literatura se plantea como tratamiento del mal del mundo y supone un compromiso irrevocable del escritor con su país. "La literatura—señalaba Vargas Llosa—cambia la vida, pero de una manera gradual, no inmediatamente, y nunca directamente, sino a través de ciertas conciencias individuales que ayuda a formar"[③].

Podremos sacar por lo menos tres razones que explican la inquietud de Vargas Llosa ante el cambio de actitud de Sartre. La primera es el compromiso del escritor con el lenguaje. El lenguje es materia de trabajo del escritor, por eso, un escritor no puede dejar de esgrimir su pluma, si no, dejaría de serlo. Otra es la negación de las raíces sociales de la creación literaria. Y por último está la

① Ibíd.; pp. 433-434.

② Mario Vargas Llosa, "El mandarín"; p. 399.

③ Mario Vargas Llosa, "Los otros contra Sartre", en *Contra viento y marea (1962-1982)*; pp. 38-42 (pp. 39-40).

idea de que el compromiso del escritor implica sobre todo a la propia literatura. Para Vargas Llosa, la vocación literaria, esa esclavitud solitaria y constante, constituye el distintivo que justifica la identidad y la existencia del escritor. En este sentido, entre el escritor y la literatura hay una dependencia absoluta.

> Es una pasión y la pasión no admite ser compartida. No se puede amar a una mujer y pasarse la vida entregado a otra y exigir de la primera una lealtad desinteresada y sin límites. Todos los escritores saben que a la solitaria hay que conquistarla y conservarla mediante una empecinada, rabiosa asiduidad. Porque el escritor, que es el hombre más libre frente a los demás y el mundo, ante su vocación es un esclavo. Si no se la sirve y alimenta diariamente, la solitaria se resiente y se va. El que no quiere exponerse, el puro que adivina el peligro que corre su vocación en la lucha por la vida, no tiene otra solución que renunciar de antemano a esa lucha. Si teme ser paulatinamente alejado de lo que para él constituye lo esencial, debe resignarse a no tener lo que la gente llama un "porvenir" [...]. La vocación literaria es una apuesta a ciegas, adoptarla no garantiza a nadie ser algún día un poeta legible, un decoroso novelista, un dramaturgo de valor. Se trata, en suma, de renunciar a muchas cosa—a la estricta holgura a veces, al decoro elemental—para intentar una travesía que tal vez no conduce a ninguna parte o se interrumpe brutalmente en un páramo de desilusión y fracaso①.

Por eso, el escritor peruano aplaudía la labor de Sebastián Salazar Bondy, quien sabía diferenciar perfectamente sus obligaciones de creador de sus responsabilidades de ciudadano, equilibrando la responsabilidad y compromiso con la sociedad y la literatura: "Ante y sobre todo, a pesar de su terrible bondad, de su inagotable curiosidad por todas las manifestaciones de la vida y su aguda percepción de los problemas humanos, Sebastián fue ese egoísta intransigente que es un escritor, y de todos los combates que sostuvo, el principal y sin duda

① Mario Vargas Llosa,"Sebastián Salazar Bondy y la vocación del escritor en el Perú", en *Contra viento y marea (1962-1982)*; pp. 89-113 (pp. 95-96).

el que motivó todos los demás fue el que tenía la solitaria como ideal"[①].

Luis Harss afirmaba en la entrevista que hizo a Vargas Llosa en 1966 que "a pesar de su orientación decididamente marxista, Vargas Llosa no es un militante político"[②]. En la misma ocasión, Vargas Llosa confesaba que, después de la injusticia, lo que más detestaba era el dogmatismo, porque a sus ojos, en el Perú, donde seis millones de personas, que suponían la mitad de la población, no votaban, "la política es una caricatura"[③].

2.2 De Sartre a Camus

Después de veinte años de vaivenes, Vargas Llosa fue poco a poco acercándose, frente al socialismo de Sartre, al reformismo libertario de Camus. En los años sesenta, entre los "demonios" de Vargas Llosa figuraban dos pasiones incandescentes, que correspondían respectivamente a la literatura y a la revolución social. Cuando entrados los años setenta la segunda se dio por desvanecida, la atención del escritor pasó a concentrarse en la primera. En este sentido, la revalorización de Camus tuvo mucho que ver con el desengaño que experimentara con el socialismo. En este proceso sobresalen dos sucesos: la intervención militar de la ex URSS a Checoslovaquia y el caso de Padilla en Cuba[④].

Con la intervención militar de la ex URSS en Checoslovaquia, Vargas Llosa empezaría a criticar directamente la política soviética, calificándola como "una agresión de carácter imperialista que constituye una deshonra para la patria de Lenin, una estupidez política de dimensiones vertiginosas y un daño irreparable para la causa del socialismo en el mundo"[⑤]. Vargas Llosa vio en este hecho la futura división internacional del socialismo, pero no era esto lo que lo desconcertaba. Lo que le produjo más sorpresa e incomprensión eran las

---

① Ibíd.; p. 112.

② Luis Harss, ob. cit.; p. 426.

③ Ibíd.

④ Véase Mario Vargas Llosa, "El socialismo y los tanques", en *Contra viento y marea (1962-1982)*; pp. 160-163.

⑤ Ibíd.; p. 160.

palabras de Fidel Castro justificando esta intervención militar. El efecto de este acontecimiento en la vida del novelista peruano es evidente: muestra una vez más que las promesas de libertad y justicia social que el marxismo presentaba no eran del todo ciertas y, por si fuera poco, atacaban algo que para él era ineludible dentro de todo juego democrático, la libertad de creación del escritor.

El caso de Padilla provocó su ruptura definitiva con la ideología socialista y le llevó a escribir sendas cartas a Fidel Castro, a raíz de dicho suceso, y otra dirigida a Haydée Santamaría. Ambas ponen al decubierto su desilusión con el socialismo①. En 1971, el Gobierno de Castro decretó el encarcelamiento de Heberto Padilla, porque su poemario *Fuera del juego* (1968) fue visto como una obra con una actitud demasiado crítica sobre la revolución cubana. Se alarmaba Vargas Llosa no tanto de la presencia de un escritor "no-conformista" en la nueva política de Cuba como del apuro de "cólera e impotencia" al que éste había de estar condenado. Se dio cuenta de que "en Cuba, el campo de la literatura […] entró también dentro del orden, y el funcionario pasó a sustituir al escritor como personaje principal de la vida literaria"②. Vio que el mismo sistema arrancaba al obrero de la condición de número para hacerlo hombre, dignificaba al campesino haciendo realidad los derechos esenciales del ser humano a la educación, a la salud, al trabajo, pero ponía a los escritores "en la alternativa de ser turiferarios o zombies, sirvientes o réprobos"③. Esto lo definió como "una de las contradicciones más desconcertantes del socialismo, y que, por desgracia, es más antigua que Stalin"④. Así, la desconfianza y desmitificación no sólo se referían al socialismo concreto de Cuba o de la entonces URSS, sino al socialismo por extensión. Se vino abajo, o mejor dicho, se hizo pedazos la ilusión de que Cuba significara la primera prueba tangible de que el socialismo podía ser una realidad en América Latina, y sobre todo, un régimen compatible con la libertad, lo que afectaba también a la creación literaria.

---

① Véase Mario Vargas Llosa, "Carta a Haydée Santamaría" y "Carta a Fidel Castro", en *Contra viento y marea (1962-1982)*; pp. 164-168.

② Mario Vargas Llosa, "Cuba", en *El diccionario del amante de América Latina*; pp. 133-139 (p. 137).

③ Ibíd.; p. 138.

④ Ibíd.

El compromiso de Vargas Llosa con la literatura explica el distanciamiento respecto a Sartre. Es consciente de que no puede pedirse a la literatura cosas que no están a su alcance. Sin embargo, no observó en Sartre la misma moderación, sino todo lo contrario: "El compromiso sartreano pide a la literatura una justificación social, contribuir políticamente a destruir el orden burgués y al advenimiento del socialismo"①. Vargas Llosa se lleva toda una desilusión al descubrir el paralelismo entre Sartre y el realismo socialista: "Para Sartre, como para el realismo socialista, la actualidad es una obligación moral y en última instancia ambos entienden la literatura como un periodismo mejor escrito"②. Esta actitud para Vargas Llosa es lo mismo que sacrificar la literatura por la causa social. No obstante las divergencias, él mismo ha dicho que su vida hubiera sido peor sin los libros que escribió Sartre③.

Inicialmente, Vargas Llosa se decidió por una literatura revolucionaria independiente y no aceptó el dilema moral planteado por Camus. Como ha confesado: "Muy influido por Sartre, a quien entonces seguía con pasión, leí en esa época a Camus sin entusiasmo, e incluso, con cierta impaciencia por lo que me parecía su lirismo intelectual"④. Pero ya en 1981, dando la razón a Camus, Vargas Llosa manifestaba en el prólogo a *Entre Sartre y Camus*: "La práctica del terror aparta al socialismo de los que fueron sus objetivos, lo vuelve 'cesarista y autoritario' y lo priva de su arma más importante: el crédito moral"⑤. El escritor peruano iba desengañándose de las utopías revolucionarias, en las que los medios de que se valen acaban por corromper los fines para los que nacieron. Según él, "las razones de la Historia son siempre las de la eficacia, la acción y la razón. Pero el hombre es eso y algo más: contemplación, sinrazón, pasión"⑥. Esta afirmación anuncia el posible cambio de su poética narrativa: de

---

① Mario Vargas Llosa, "Sartre, veinte años después", en *Contra viento y marea (1962-1982)*; pp. 324-327 (p. 326).

② Ibíd.

③ Véase Mario Vargas Llosa, "El mandarín"; p. 401.

④ Mario Vargas Llosa, "Albert Camus y la moral de los límites", en *Contra viento y marea (1962-1982)*; pp. 231-252 (p. 231).

⑤ Mario Vargas Llosa, "Prólogo a *Entre Sartre y Camus*", en *Contra viento y marea (1962-1982)*; pp. 11-14 (pp. 13-14).

⑥ Ibíd.; p. 14.

ambiciones que tienen que ver con el poder, la gloria y la riqueza”[①]. En el ambiente urbano, ese hombre parece como si estuviera fuera de sitio. Sin embargo, esta desubicación se traslada a la novela mediante el extrañamiento o la desfamiliarización.

Siguiendo el ejemplo de Camus, Vargas Llosa critica la idea de que la justicia está por encima de la vida, porque es la divisa de todas las dictaduras ideológicas, tanto de izquierda como de derecha, que existen sobre la tierra. Cree que vivir a la altura de las ideas es peligroso porque puede hacer atribuirse equivocadamente el derecho sobre la vida ajena con el falso pretexto de la supuesta idea[②].

El interés de Camus por la cultura clásica le inspira a Vargas Llosa la importancia de resucitar mediante la novela algunos valores morales, valiosos de por sí pero que el hombre moderno ha echado al olvido. Camus renueva la connotación de algunos valores del Medioevo, como la honra, la amistad, etcétera, confiriéndoles explicaciones más positivas y humanas. La amistad, en la terminología de Camus, no sólo es la más perfecta manera de solidaridad humana, “sino el arma más eficaz para combatir la soledad, la muerte en vida”[③]. Es decir, las virtudes, más allá de su valor moral, suponen también una salvación para el ser humano. Esto será un descubrimiento trascendental que la lectura de Camus revela a Vargas Llosa. Para combatir el mal de la realidad, la crítica aguda y recta no es la única arma a que puede recurrir el escritor, puesto que para el escritor, los sentimientos del hombre constituyen otro campo de combate que queda por conquistar. No hay que desconfiar de la razón, pero nunca hay que tomarla como el único punto de partida, porque, si se le asigna en exclusiva la función de explicar y orientar al hombre, el resultado será lo inhumano[④]. Probablemente, al menos en parte, la revaloración de los valores humanos defendida por Camus explica la desviación hacia lo sentimental, atenuando la desnuda denuncia social, que se observa en la narrativa posterior de Vargas Llosa.

---

① Ibíd.; p. 235.

② Ibíd.; p. 246.

③ Ibíd.

④ Ibíd.; p. 241.

Para alcanzar la libertad, urge romper con el fanatismo. La realidad del Perú y América Latina de los años setenta impulsaba a Vargas Llosa a aplaudir lo que Camus promulgaba en *L'été* (1954): "Rechazar el fanatismo, reconocer la propia ignorancia, los límites del mundo y del hombre"[①]. Al comienzo de esa década, cuando la desilusión con la revolución cubana se extendía entre los intelectuales latinoamericanos y las dictaduras se implantaban en diversos países del continente, Vargas Llosa halló en esa postulación que formuló Camus en plena guerra fría una sentencia acertada. Lo que Camus escribió en 1948 le parecía que reflejaba vivamente el problema del que adolecía la sociedad latinoamericana de aquel entonces: "Nuestra desgracia es que estamos en la época de las ideologías y de las ideologías totalitarias, es decir, tan seguras de ellas mismas, de sus razones imbéciles o de sus verdades estrechas, que no admiten otra salvación para el mundo que su propia dominación. Y querer dominar a alguien o a algo es ambicionar la esterilidad, el silencio o la muerte de ese alguien"[②]. Esta reflexión sobre el fanatismo, en cualquiera de sus versiones, señala el camino del cambio del escritor peruano hacia posiciones más moderadas y conservadoras, en sus planteamientos políticos posteriores.

Tercero, un escritor no es un pensador. Como Vargas Llosa profetizaba en 1962 en "Revisión de Albert Camus", uno no va a dar razón a Camus hasta cuando piensa según las palabras más que según las ideas. En otras palabras, no se lo va a hacer hasta que se comprende que ser escritor no significa ser pensador, que lo que un escritor ofrece al lector no es clave para "hacer frente a las contradicciones de una época crítica", sino justamente la conciencia de que existen tales contradicciones[③].

En cuanto a la función del escritor, Vargas Llosa lo concibe como un censor moral de la sociedad, alguien que piensa sobre la realidad, y escribe estas reflexiones para tratar de establecer una especie de moral de los límites que no deben ser traspasados por el ejercicio del poder: "Aquí en América Latina [...], ésta es una función difícil pero imperiosa para todo aquel que [...]

---

① Ibíd.

② Ibíd.; pp. 241-242.

③ Véase Mario Vargas Llosa, "Revisión de Albert Camus", en *Contra viento y marea (1962-1982)*; pp. 15-20 (p. 20).

por su oficio mismo, sabe que la libertad es la condición primera de su existencia: conservar su independencia y recordar al poder a cada instante y por todos los medios a su alcance, la moral de los límites"①.

A través de la relectura de Camus y apoyándose sobre el balance de sus vivencias, Vargas Llosa recupera de su ideario "la voz de la razón y de la moderación, de la tolerancia y la prudencia, pero también del coraje y de la libertad, de la belleza y el placer"②. Sostiene así una perspectiva más integral de la realidad y una mirada más tolerante hacia la vida de los hombres: "La experiencia moderna nos muestra que disociar el combate contra el hambre, la explotación, el colonialismo, del combate por la libertad y la dignidad del individuo es tan suicida y tan absurdo como disociar la idea de la libertad de la justicia verdadera, aquella que es incompatible con la injusta distribución de la riqueza y de la cultura. Integrar todo ello en una acción común, en una meta única, es seguramente una aventura muy difícil y riesgosa, pero sólo de ella puede resultar esa sociedad que habrá encarnado verdaderamente en este mundo, ese paraíso que los creyentes confían hallar en el otro y donde, como escribió Camus, 'la vida será libre para cada uno y justa para todos'"③.

2.3 Presencia constante de Flaubert

La deuda de Vargas Llosa con Flaubert constituye una de las claves fundamentales de su literatura. El escritor peruano ha señalado en diversas ocasiones que su concepción de la novela estaría determinada desde el principio hasta el final por la de Flaubert, cuya obra constituye en su opinión el *divortium aquarum* en la historia de la novela: las novelas previas serían primitivas y las posteriores modernas. El ensayo *Madame Bovary: la orgía perpetua*, considerado el más serio estudio escrito en español sobre esa obra y su autor, ofrece numerosas pistas para analizar el credo artístico de Vargas Llosa. Encontramos en dicho ensayo un argumento interesante para nuestra

① Mario Vargas Llosa, "Albert Camus y la moral de los límites"; p. 251.

② Ibíd.

③ Ibíd.; pp. 251-252.

investigación, porque, escrito en 1975, cronológicamente podría suponer un hito en la evolución de la concepción literaria de Vargas Llosa y podrían cruzarse aquí el balance de las postulaciones en las que hasta entonces siempre había insistido y una nueva propuesta para su futura creación. Sin duda, la manera en que asimila esa influencia ayuda a explicar su concepción del realismo literario.

De forma muy general, podríamos resumir el ensayo destacando los siguientes puntos. Primero, Vargas Llosa describe su entusiasmo especial por las obras del escritor francés, y sobre todo por *Madame Bovary*. Recuerda sus dos certidumbres del verano de 1959, cuando leyó la novela por primera vez: "Ya sabía qué escritor me hubiera gustado ser y [...] desde entonces hasta la muerte viviría enamorado de Emma Bovary"[①]. Enumera tres razones para su pasión por *Madame Bovary*. La primera es estructural y consiste en su preferencia por las obras construidas con una simetría y un orden rigurosos que den como resultado ficciones autosuficientes, cerradas y acabadas. Elige este tipo de novela antes que aquellas que quedan abiertas, que deliberadamente sugieren vaguedad u ofrecen la imagen de un proceso inacabado. Más allá de reflejos fieles y mecánicos de lo real, prefiere encontrarse "totalizaciones, conjuntos que, gracias a una estructura audaz, arbitraria pero convincente, dieran la ilusión de sintetizar lo real, de resumir la vida"[②]. Como antítesis de la parcialidad infinita de la realidad, Vargas Llosa busca establecer en la ficción una totalidad concentrada.

La segunda razón la explica en estos términos: "Que los pensamientos y los sentimientos en la novela parecieran hechos, que pudieran verse y casi tocarse no sólo me deslumbró: me descubrió una predilección profunda"[③]. Le seduce más la acción que la reflexión. Esto no quiere decir que desprecie el nivel subjetivo de los personajes. Al contrario, le llama mucho la atención que en *Madame Bovary* los hechos narrados desde la emoción o el recuerdo del personaje tengan el mismo peso que la acción objetiva. De esta manera, el estilo

---

① Mario Vargas Llosa, *La orgía perpetua: Flaubert y Madame Bovary*, en *Obras completas VI. Ensayos literarios I*; pp. 699-909 (p. 711).

② Ibíd.; p. 712.

③ Ibíd.

materialista de Flaubert le despierta mucho interés por explorar técnicas narrativas que permitan objetivizar lo subjetivo.

Por último, destaca en la obra maestra de Flaubert su capacidad para provocar en el lector la consonancia moral o sentimental. Para lograrlo, es imprescindible según él la presencia de cuatro elementos: la rebeldía, la violencia, el melodrama y el sexo, distribuidos equilibradamente a lo largo del discurso narrativo. Dice Vargas Llosa: "La máxima satisfacción que puede producirme una novela es provocar, a lo largo de la lectura, mi admiración por alguna inconformidad, mi cólera por alguna estupidez o injusticia, mi fascinación por esas situaciones de distorsionado dramatismo, de excesiva emocionalidad que el romanticismo pareció inventar porque usó y abusó de ellas, pero que han existido siempre en la literatura, porque, sin duda, existieron siempre en la realidad, y mi deseo"①. Estos cuatro elementos constituyen pilares indispensables de la concepción vargasllosiana de la novela total, pues vinculan y sintetizan diversos niveles de realidad. Por una parte, la rebeldía, la violencia, el melodrama y el sexo se dan a conocer en acciones objetivas, es decir, su representación artística debe realizarse a través de la descripción de escenas concretas con asunto y personaje determinados. Por otra parte, estos cuatro elementos pertenecen por esencia a impulsos sentimentales o físicos del ser humano e implican por tanto una dimensión subjetiva.

La violencia de la que habla Vargas Llosa no se limita a aquella que causa la muerte y el derrame de sangre, sino que cubre una gama más amplia de formas, entre las cuales la represión de los deseos humanos es la más cruel. Vargas Llosa señala un aspecto que comparte con Emma Bovary: "Nuestro incurable materialismo, nuestra predilección por los placeres del cuerpo sobre los del alma, nuestro respeto por los sentidos y el instinto, nuestra preferencia por esta vida terrenal a cualquier otra"②. El escritor peruano define la historia de la protagonista de la novela como una ciega, tenaz y desesperada rebelión contra la violencia social que sofoca el derecho al placer y a la realización de sus deseos.

---

① Ibíd.; p. 713.

② Ibíd.; p. 714.

En esa época, el entusiasmo de Vargas Llosa por predicar la libertad humana no obedece exclusivamente a la influencia o la inspiración por parte de Flaubert. Se presta a explicaciones sociológicas y estéticas. La realidad latinoamericana generaba su propio tipo de represiones sobre los deseos humanos y las consecuentes frustraciones. Tanto las primeras como las segundas eran altamente justificadas por un conjunto de factores sociales, políticos y económicos negativos. En la conciencia del escritor peruano, la violencia es un distintivo de la realidad, de ahí que las obras exentas de alguna dosis de violencia le resultaran irreales[①]. En lo estético, creemos que plasmar la violencia también corresponde a la aspiración vargasllosiana a la belleza en la novela. La situación extrema causada por la violencia agudiza la subconciencia potencial del personaje, lo que posibilita la exteriorización sublime de lo humano, que se encontraba cohibido y oculto. Esto es lo que de verdad fascina a Vargas Llosa. Convencido de que es "absolutamente imposible evitar que en la literatura comparezcan experiencias que, en todos los otros órdenes de la vida social, los hombres ignoran o niegan que existen"[②], lo que busca es hacer posible en la ficción lo que parezca ilusorio en la realidad a través de una representación total e intensa.

Vargas Llosa se interesa también por las circunstancias en que se concibió *Madame Bovary,* el largo y penoso proceso de escritura que su autor se impuso a sí mismo. La teoría de la impersonalidad del narrador de Flaubert lo impresionó. Cree que el novelista debe poner especial cuidado en no hacer juicios de valor, porque la verdad está en todas las cosas. Esto ya lo dejaba muy claro al afirmar que la novela era mostrar y no demostrar en "Novela primitiva y novela de creación en América Latina". El deseo de objetividad de Flaubert, sus desvelos por dar con una técnica que borrara cualquier huella autorial, revela en cierta medida una concepción de la novela como producto científico. El escritor francés maduraba estas ideas en la época de Auguste Comte (1798-1857) y de Claude Bernard (1813-1878), durante el desarrollo del positivismo y el entronamiento de las ciencias experimentales como modelo de

① Ibíd.; p. 715.

② Mario Vargas Llosa, *García Márquez: Historia de un deicidio*; p. 198.

todo el conocimento humano. Sin embargo, la recepción activa de Vargas Llosa con respecto a estas ideas se debe principalmente a la visión behaviorista que toma de la realidad. Según él, "a partir de *Madame Bovary*, la descripción pasó a cumplir una función sobresaliente en aquellas novelas narradas por un relator invisible, por la simple razón de que una de las tácticas más eficaces para disimular la existencia del narrador omnisciente es hacer de él una imparcial y minuciosa mirada, unos ojos que observan la realidad ficticia desde una distancia que jamás se acorta ni alarga y una boca que refiere lo que esos ojos ven con precisión científica, total neutralidad y sin insinuar nunca una interpretación de lo descrito"①. Este planteamiento dejó un poso evidente en la novelística del escritor peruano. La retirada del narrador úbico y al mismo tiempo la práctica de la perspectiva objetivista de la camára suponen un nuevo paso en la búsqueda de la novela total. El autor no es un portavoz ni un presentador de la realidad sino su creador, un suplantador de Dios.

En tercer lugar, la perspectiva que adopta Vargas Llosa al analizar *Madame Bovary* es sincrónica y diacrónica al mismo tiempo. Esgrime dicha perspectiva para enfocar los diversos aspectos de la novela, ejerciendo comparaciones entre Flaubert y otros escritores de su época y también de épocas posteriores. Así, establece una interesante genealogía entre Flaubert y aquellos escritores cuyas novelas fueron posibilitadas o enriquecidas gracias a *Madame Bovary*.

Es obvio el intento totalizador de Vargas Llosa al analizar *Madame Bovary* y las técnicas narrativas de Flaubert, porque en cada una de las tres partes el problema se aborda desde un punto de vista diferente. La primera parte enfoca el impacto que la obra produce en sus lectores; la segunda estudia lo que es la novela en sí misma; y la tercera trata del lugar que ocupa la novela en la historia literaria. En resumen, la lección flaubertiana consiste en la objetividad e imparcialidad del escritor hacia su obra. Concretamente, de Flaubert Vargas Llosa aprende dos estrategias fundamentales para desarrollar la novela total. Una tiene que ver con las técnicas narrativas—punto que se analizará más adelante—, la otra se relaciona con lo que podría denominarse el sistema binario: la conjugación de opuestos, realidad e ilusión o, en palabras de Flaubert,

---

① Mario Vargas Llosa, *La orgía perpetua: Flaubert y Madame Bovary*; p. 898.

lo "lírico" y lo "vulgar". Estos aspectos dialécticos no se fundan en una síntesis superior como en el modelo hegeliano sino que, por el contrario, coexisten en su diferencia. Se necesitan el uno al otro para alcanzar un realismo pleno e integrador. La fusión de los opuestos, para el autor de *La Casa Verde* parte del diseño totalizador de la ficción: se contradicen pero también se complementan. En la realidad imaginaria esta ambición se expresa por medio de un sistema binario en el que cada objeto, suceso o persona, es a la vez ello mismo y su contrario. Flaubert no separaba al virtuoso del villano; pensaba que la bondad y la maldad pueden atribuirse a una misma persona y presentaba la complejidad de la vida con sus ambigüedades y contradicciones. El deseo de Vargas Llosa de dar forma literaria a esas consideraciones morales y ambigüedades que encontraba en la vida jugó sin duda un papel fundamental en la redacción de sus tres novelas de los años sesenta.

Las reflexiones sobre Flaubert apuntan a la amplitud del concepto de realismo de Vargas Llosa. Para él una novela es siempre invención de la realidad. Pero prefiere las novelas que simulan lo real en vez de lo irreal, porque la irrealidad le "aburre" tremendamente[①]. Manifiesta abiertamente su atracción hacia las novelas que combinan violencia, sexo y melodrama. Por otra parte, la famosa frase de Flaubert: "Madame Bovary c´est moi", la interpreta como prueba de que el novelista sólo puede crear relatos surgidos de su historia personal, convirtiendo las experiencias propias en literatura. Lo que el novelista añade a la realidad es lo que otorga la originalidad y la autonomía de la obra. El concepto de realismo se amplía con la inclusión de lo que él denomina el "elemento añadido".

2.4 Presencia de Faulkner

En su artículo "El mandarín", Vargas Llosa afirmó que, junto a Sartre, el estadounidense William Faulkner (1897-1962) fue en su juventud el autor que más poderosamente le influyera. Su obra, según él, es probablemente la única suma novelesca contemporánea comparable, en número y calidad, a la de los

① Ibíd.; p. 715.

grandes clásicos. Faulkner, en opinión de Vargas Llosa, es el paradigma del novelista. Fue este autor quien le mostró, como a García Márquez, Onetti y Fuentes, la técnica y la organización de los materiales de la novela[①]. Y su influjo se hizo notar asimismo en el plano temático. En *Historia secreta de una novela* reconoce que la historia de Anselmo tiene resonancias faulknerianas[②]. En cuanto a los estímulos técnicos, Vargas Llosa recuerda en "En el país de las mil caras" su deslumbramiento de estudiante ante "la infinita complejidad de matices y resonancias y la riqueza textual y conceptual"[③] que presentaban *El sonido y la furia* (1929), *Mientras agonizo* (1930), *Luz de agosto* (1932) y *Las palmeras salvajes* (1939). Comparte con Faulkner la convicción de que contar bien exige "una técnica de prestidigitador"[④]. Si Flaubert le mostró las ventajas de la retirada del narrador ubicuo de la novela, Faulkner le convenció de las posibilidades narrativas del punto de vista múltiple, perspectiva que pasa de un personaje a otro ampliando extraordinariamente los significados del relato. Faulkner descartaba al narrador omnisciente para sustituirlo por narradores-personajes y monólogos interiores, voces de diversos testigos secundarios que ampliaban aún más el multiperspectivismo. Indudablemente, esta técnica exploraba aún más las posibilidades para desarrollar la novela total. Al mismo tiempo, los monólogos interiores ensanchan el nivel de la realidad hacia lo subjetivo. No obstante, hay que tener en cuenta que en la obra de Vargas Llosa la introducción de los narradores-personajes no reemplaza del todo el narrador omnisapiente. La coexistencia de estos dos manejos del punto de vista evidencia aún más la aspiración totalizadora del autor. Uno de los efectos es la frecuente interrupción de la narración lineal por la inclusión de *flashbacks*. En medio de este mosaico de narradores, opiniones, tiempos y espacios, la información se retiene y oculta, dando lugar a un hábil manejo narrativo de lo que el propio Vargas Llosa ha dado en llamar "el dato escondido".

---

① Véase Mario Vargas Llosa, "El mandarín"; pp. 387-401.

② Véase Mario Vargas Llosa, "La historia secreta de una novela", en *Obras completas I. Narraciones y novelas (1959-1967)*, Barcelona: Círculo de Lectores, 2005; pp. 955-998 (p. 987).

③ Véase Mario Vargas Llosa, "En el país de las mil caras", en www.letraslibres.com/pdf.php?id=1289

④ Ibíd.

Rita Gnutzmann ha señalado un paralelismo entre *Absalom, Absalom!* (1936) y *Conversación en La Catedral* con respecto a la focalización narrativa y la estructura. En la primera, existe un narrador distinto para cada uno de los capítulos; en la segunda, el punto de vista va desplazándose de personaje en personaje dentro del mismo capítulo según convenga a la narración. Sin embargo, a pesar del aparente desorden del argumento, en ambas obras existe una situación básica como eje troncal de toda la novela. En este sentido, la conversación en enero de 1910 entre Quentin y Shreve en el campus de la Universidad de Harvard de la obra de Faulkner es una situación dialogal equivalente a la de Ambrosio y Santiago en el bar La Catedral en la novela de Vargas Llosa. Además, Rita Gnutzmann opina que la estructura doble de *La tía Julia y el escribidor* y *Pantaleón y las visitadoras* puede deberse a la inspiración en el desarrollo paralelo de dos historias que Faulkner aplicaba en novelas como *Las palmeras salvajes*, e incluso supone que *La Casa Verde* con sus cinco historias tuvo en cuenta esta forma de narrar[①].

3. Sentido y valor de la escritura

Entre las cavilaciones que Vargas Llosa ha dedicado a la relación entre el escritor y la literatura, la primera que desarrolló de manera sistemática vino dada por su ensayo "La novela". En este texto expone tres ideas fundamentales. En primer lugar, cree que para ser un novelista, una condición necesaria es la rebeldía: "Un hombre en desacuerdo con su sociedad, o con su tiempo, o con su clase, un hombre que no está satisfecho con el mundo"[②]. En segundo lugar, y como consecuencia inmediata de lo anterior, el novelista está condenado a la insatisfacción permanente, e intentará salvarse a través de la escritura con el fin de dar rienda suelta a una rebeldía aún mayor. Para ilustrarlo, Vargas Llosa recuerda que, cuando estaba en el Leoncio Prado, sólo se salvaba de su profundo desámparo a través de la literatura, que suponía un escape, justificación

---

① Véase Rita Gnutzmann, *Cómo leer a Mario Vargas Llosa*, Barcelona: Ediciones Júcar, 1992; pp. 27-29.

② Mario Vargas Llosa, "La novela", en *Los novelistas como críticos (II)*; pp. 341-359 (p. 343).

y compensación de su vida[1]. En los años sesenta, Vargas Llosa encontraba en la escritura “una manera de defenderse, de salvarse, de reintegrarse a una sociedad de la qué se está o se cree estar excluido, o a un mundo familiar del que uno se siente expulsado”[2]. A pesar de ello, en determinado momento Vargas Llosa subraya el círculo vicioso en el que el novelista se ve atrapado, cuanto más intenta cerrar la brecha entre él y el mundo, la escritura a menudo consagra esa distancia y evidencia de manera cada vez mayor la dificultad de lograrlo.

El tercer aspecto de su reflexión tiene que ver con el origen de los temas de una obra. Vargas Llosa afirma que “ese hombre que escribe ficciones verbales lo hace a partir de su experiencia y no tiene otro punto de partida que su propia experiencia del mundo”[3]. A partir de aquí, llega a la conclusión de que todas las novelas sólo pueden ser autobiográficas. Para conseguir emanciparse o tomar distancia de estas experiencias, ha de disimularlas en la novela a la hora de devolverlas al mundo. De ahí otra paradoja a la que debe enfrentarse el novelista. Insiste en que la realidad debe ser la única procedencia de la ficción, mientras persevera en la importancia de disimular tal origen hasta que ni siquiera el mismo escritor pueda reconocerlo:

> Escribir una novela es una ceremonia parecida al strip-tease. Como la muchacha que, bajo impúdicos reflectores, se libera de sus ropas y muestra, uno a uno, sus encantos secretos, el novelista desnuda también su intimidad en público a través de sus novelas. Pero, claro, hay diferencias. Lo que el novelista exhibe de sí mismo no son sus encantos secretos, como la desenvuelta muchacha, sino demonios que lo atormentan y obsesionan, la parte más fea de sí mismo: sus nostalgias, sus culpas, sus rencores. Otra diferencia es que en un strip-tease la muchacha está al principio vestida y al final desnuda. La trayectoria es inversa en el caso de la novela: al comienzo el novelista está desnudo y al final vestido. Las experiencias personales (vividas, soñadas, oídas, leídas) que fueron el estímulo primero para escribir la historia quedan tan maliciosamente disfrazadas durante el

① Véase Luis Harss, ob. cit.; pp. 434-435.

② Ibíd.; p. 435.

③ Mario Vargas Llosa, “La novela”; p. 346.

proceso de la creación que, cuando la novela está terminada, nadie, a menudo ni el propio novelista, puede escuchar con facilidad ese corazón autobiográfico que fatalmente late en toda ficción. Escribir una novela es un strip-tease invertido y todos los novelistas son discretos exhibicionistas①.

Esta reflexión se ve reflejada en sus novelas. Así, en *La ciudad y los perros* y *Conversación en La Catedral* hay alguien que escribe. En la primera, Alberto siente una gran afición por la literatura. Su pasión y su facilidad para escribir le ganan el sobrenombre de "el Poeta". Escribía cartas de amor por otros cadetes en el colegio militar. Por si fuera poco, no asiste a las clases para inventar en la glorieta cuentos de amor, descubiertos cuando se registraban las habitaciones en busca de pruebas relacionadas con la muerte del Esclavo, lo que le vale un reproche y castigo por parte de las autoridades del Leoncio Prado. En la segunda, Santiago Zavala se resiste a seguir la vida que su padre tenía arreglada por él y trabaja de periodista en un periódico de mala muerte. Este rasgo será constante en el conjunto de su narrativa. Concretamente, en sus obras posteriores, dicha preocupación, además de ser representada por algún personaje que escribe, como sucede en *Elogios a la madrastra* (1988), *Cuadernos de don Rigoberto* (1997), ocupa un primer plano en los argumentos en *La tía Julia y el escribidor* (1977), *Historia de Mayta* (1984), *El hablador* (1987) y *Travesuras de la niña mala* (2006).

A juicio de Vargas Llosa, además de una dedicación exclusiva, la vocación literaria requiere un espíritu crítico y un constante descontento, como manifestó en el discurso del Premio de Rómulo Gallegos (1967): "Nuestra vocación ha hecho de nosotros, los escritores, los profesionales del descontento, los perturbadores conscientes o inconscientes de la sociedad, los rebeldes con causa, los insurrectos irredentos del mundo, los insoportables abogados del diablo"②.

Atribuye la utilidad de la literatura a su inconformismo y a su rebeldía. El escritor sirve para alarmar del mal que sufre la sociedad. Es "el guardián entre

---

① Mario Vargas Llosa, *La historia secreta de una novela*; p. 961.

② Mario Vargas Llosa, "La literatura es fuego", en *Contra viento y marea (1962-1982)*; pp. 132-137 (p. 136).

el centeno" y las malas hierbas no han de escapar a su perspicacia y agudeza. Nunca debe dejarse de oír su voz, pues de lo contrario perdería sentido su existencia. Esa es la responsabilidad del escritor en su dimensión social: "El dogma, la censura, la arbitrariedad son también enemigos mortales del progreso y de la dignidad humana"①. El escritor debe reivindicarse "afirmando que la vida no es simple ni cabe en esquemas, que el camino de la verdad no siempre es liso y recto, sino a menudo tortuoso y abrupto, demostrando con nuestros libros una y otra vez la esencial complejidad y diversidad del mundo y la ambigüedad contradictoria de los hechos humanos"②. En este llamamiento dirigido a todos los escritores latinoamericanos, Vargas Llosa amplía aún más el compromiso del escritor, desde el apoyo de la justicia y el progreso de la patria y de América Latina hasta la defensa y la búsqueda de la verdad de lo humano.

Esta teoría del compromiso de raíz sartreana formaba parte de las orientaciones que Vargas Llosa tomaba durante su temprana creación literaria. Comprometerse significaba que el escritor, tomando su pluma como arma, participaba en el combate social de la época a favor de aquellas acciones, clases, ideas que representaban el progreso. Observamos que esta definición es bien diferente de la que Vargas Llosa planteó en 1980:

> El "compromiso" consistía en asumir la época que uno vivía, no las consignas de un partido; en evitar la gratuidad y la irresponsabilidad a la hora de escribir pero no en creer que la función de la literatura podía ser divulgar ciertos dogmas o convertirse en pura propaganda; en mantener las dudas y en afirmar la complejidad del hecho humano aun en aquellas situaciones extremas-como las del racismo, el colonialismo y la revolución-en las que la frontera entre lo justo y lo injusto, lo humano y lo inhumano, parecía nítidamente trazada③.

El compromiso que define aquí Vargas Llosa es diferente de la intervención de la literatura en la lucha política que predica el realismo social.

---

① Ibíd.

② Ibíd.

③ Mario Vargas Llosa, "El mandarín", ob. cit.; p. 393.

Supone en cambio la responsabilidad que el escritor debe asumir con el mundo en que habita sin ser portavoz de ningún partido. Cree que un escritor comprometido pone en evidencia la ambigüedad de la realidad y de la vida, en vez de intentar aclarar nada. "No es precisamente un 'entusiasmo' sino un malestar lo que dejan las buenas ficciones en el espíritu de sus lectores que contrastan aquellas imágenes con el mundo real: la sensación de que el mundo está mal hecho, de que lo vivido está muy por debajo de lo soñado e inventado"[①].

A lo largo de toda su carrera de escritor, Vargas Llosa nunca ha dejado de elucubrar sobre este tema. En resumen de lo arriba expuesto y adelantando lo que vamos analizando en los capítulos posteriores, su concepción de la relación entre el escritor y el escribir ha pasado dos épocas importantes: viaje a la realidad y viaje a la ficción.

4. Mario Vargas Llosa y el realismo

El realismo que enarbolaba Vargas Llosa en los años sesenta contiene los siguientes puntos clave. En primer lugar, la ficción que por esta época realizaba Vargas Llosa era esencialmente mimética. En su opinión, una novela realista es aquella que da conocimiento de la realidad. Como la realidad es amplia, la novela tiene que transmitir la imagen de tal amplitud. En cuanto a los personajes, le interesa que en ellos y sus acciones se revele el conjunto de la sociedad. Plasma personajes prototípicos, que lucen una personalidad particular y al mismo tiempo representan características de la clase a la cual pertenecen y del ambiente donde se mueven. En las tres novelas vargasllosianas del *boom*, las individualidades de los personajes se pierden en la densidad del ambiente. No hay personas, sino más bien estados de conciencia que se manifiestan a través de las situaciones que las definen. Sus reacciones son genéricas. Los individuos permanecen difusos. No arrojan luz más allá del gesto inmediato. Esta vaguedad en el retrato, como comentaba Luis Harss, podría sugerir una

---

① Mario Vargas Llosa, *La tentación de lo imposible: Víctor Hugo y "Los Miserables"*, Madrid: Alfaguara, 2004; p. 192.

falla visual del autor, pero también podría ser intencional. “Estoy convencido—decía Vargas Llosa—de que la novela es fundamentalmente descripción de actos. La novela lograda es la que consigue dar o describir caracteres individuales, problemas sociales, incluso realidades puramente físicas a través de una sucesión de actos, de acciones. Las ideas, los problemas, la moral, la filosofía de un autor de ficción deben brotar de una anécdota, de una historia, es decir, de una acción, como brota el sudor de la piel. Deben tener el carácter de una emanación de una materia fundamentalmente conformada por actos”①. Como la realidad es variopinta y multidimensional, el problema estaría en dotar el núcleo del acto de todos los significados, de todas las latencias posibles, para que las radiaciones sean múltiples. Aquí la visión naturalista, que funciona en un nivel bastante elemental, casi puramente diagnóstico, podría ser un verdadero impedimento. Podría quedar excluida, por ejemplo, toda resonancia metafísica. Y, en efecto, para Vargas Llosa, esa dimensión, nada automática en cierto contexto social, no existe prácticamente, o si existe, como él dice, “no hay ninguna necesidad de buscarla”②. La realidad que le interesa a él es la realidad inmediatamente perceptible de los sentidos: “En última instancia, la literatura no ha sido sino eso: un reflejo, una reconstrucción de la realidad a través de otra realidad puramente verbal y cuya utilidad, digamos, última no es sino dar a los hombres la posibilidad de conocer esa realidad que de otro modo no conocerían jamás”③. La más alta misión de la literatura, dice Vargas Llosa, está justamente en esa circunstancialidad, esa imaginación de lo cotidiano en la que se ofrece “la posibilidad de que los hombres se conozcan a sí mismos. Yo creo que la literatura es un instrumento extraordinario de conocimiento. Un instrumento y esta sería la diferencia entre ciencia y técnica y literatura- que es en sí mismo también una realidad independiente”④.

Para que la novela represente la realidad ampliamente, entre los personajes, la descripción ambiental y la acción hay que poner el énfasis en esta última. Cada una de las tres novelas de Vargas Llosa de los años sesenta es como un

① Luis Harss, ob. cit.; pp. 441-442.

② Ibíd.; p. 441.

③ Ibíd.; p. 442.

④ Ibíd.

árbol de ramas múltiples pero con limitadas hojas. Con esta metáfora queremos dar a conocer gráficamente las mesuras que tomaba el autor en la descripción del ambiente y del paisaje. En estas novelas son manifiestos los esfuerzos del escritor por no incurrir en el mismo mal del que adolecen las novelas regionalistas latinoamericanas de los años veinte a los años treinta. Pues en éstas, según Vargas Llosa "el paisaje acaba comiéndose a los personajes; ese paisaje es una fuerza de una potencia tal, que al final son los árboles, las pampas, los elementos los que tienen vida, no los hombres"[①].

En las tres novelas del *boom*, Vargas Llosa intenta reconstruir la realidad extraliteraria del entonces Perú, mediante la creación de circuntancias y eventos de la vida social y privada de una multitud de personajes. Para desplegar el mundo novelesco en sus más variadas dimensiones, recurre a, o mejor dicho, inventa técnicas narrativas especiales que han de desembocar en una "novela total".

En segundo lugar, el realismo no significa trasladar la realidad fiel y mecánicamente a la ficción. En opinión de Vargas Llosa, la forma de representación de la realidad en la ficción es uno de los problemas que plantea el realismo. "La literatura es siempre una trasposición de la realidad pero el sector de la vida escogido por el escritor debe ser transformado, manipulado, de una manera especial para que no se congele al transformarlo en literatura, para que no muera en el camino"[②]. Dice a este respecto, en conversación con Luis Harss, que en una época fue gran lector -y admirador- de la literatura pornográfica. Pero "ya después mucho menos. Porque el gran drama de esa literatura es eso justamente: que es irreal. No porque los hechos o episodios que cuenta no correspondan a una realidad, sino porque no hay suficiente trasposición literaria. Mantiene siempre una distancia tal que congela la materia literaria que evoca. En todos esos temas o episodios o hechos o sectores del mundo contra los que se ejerce una especie de censura colectiva, censura psicológica, censura social, se crea inmediatamente una resistencia en el lector para rechazarlo, para no creer en él. Allí está el gran peligro de caer en el

① Mario Vargas Llosa, "Cómo nace una novela", en Charles Rossman, Alan Warren Friedman (eds.), *Mario Vargas Llosa: estudios críticos*, Madrid: Alhambra, 1983; pp. 1-13 (p. 9).

② Luis Harss, ob. cit.; p. 438.

exhibicionismo, que yo creo que mata automáticamente la vivencia"①. Parece paradójico, pero sin duda no lo es, que para que la realidad ficticia sea verosímil, al trasladar el mundo real a su libro, el escritor, en vez de conservarlo tal como era, tenga que romper el orden previamente establecido en él. Es decir, en la novela, el artificio y el arte narrativos son necesarios para que una obra posea poder persuasivo.

Por último, es fundamental la concepción vargasllosiana del realismo como realismo crítico. En sus tres primeras novelas se refleja sintéticamente la realidad social peruana y también la latinoamericana, sacudida por conflictos de tipo racial, sexual, moral y político. Pueden ser consideradas reflexiones o denuncias que abarcan ámbitos culturales, políticos y a veces también religiosos. Si, según él, la literatura es un antídoto de la decepción y de la angustia para quien no esté contento con el mundo, sería lógico que construyera en la ficción un mundo mejor con desenlaces prometedores que permitieran la ilusión. En cambio, en sus novelas iniciales la realidad peruana ofrece su representación más desnuda y cruel. Vargas Llosa, impulsado por la pasión por la literatura, encontró en ella una vía para exorcizar los demonios, personales y sociales. Por otra parte, entonces el joven sartrecillo valiente confiaba en el poder subversivo de la literatura y creía en el doble compromiso del novelista: el compromiso con su país y su sociedad, pero también con la palabra.

Su teoría de los "demonios" define el tono crítico e inconformista de su narrativa. En las tres novelas se detecta una intransigencia pronunciada y una disidencia implacable frente a la sociedad del Perú y América Latina, así como también una sensación de soledad y de desilusión. "El *por qué* escribe un novelista está visceralmente mezclado con el *sobre qué* escribe: los demonios de su vida son los temas de su obra"②. Los demonios abarcan todo aquello que tenga origen en la vida real y que lleve a enfrentar al escritor con su entorno. Aunque en las tres novelas, la vida de los personajes acaban, sin excepción alguna, en fracaso, desilusión, transigencia y mediocridad, la escritura sirve para exorcizar ese desengaño.

---

① Ibíd.

② Mario Vargas Llosa, *García Márquez: Historia de un deicidio*; p. 183.

Debido a las condiciones nada hospitalarias que encuentra la literatura en América Latina, ser escritor es muy duro, por ello escribir en esa tierra supone hacerlo contra viento y marea, nadar contra corriente con el fin de mantener vivas las obras, como lo hacen aquellos escritores "curiosos, inquietos, informados de lo que se escribe aquí y allá, lectores ávidos, creadores en perpetua y tormentosa agitación, envenenados de dudas, apetitos y proyectos, activos, incansables"[①].

Vargas Llosa opina que sociedades problemáticas como latinoamericanas constituyen un acicate para la creación literaria. En el diálogo que mantuvo en 1967 con García Márquez planteaba una cierta relación "proporcional" entre el apogeo de los novelistas y la situación de crisis de una sociedad[②]. Señalaba allí que una sociedad estabilizada y próspera estimula mucho menos al escritor que una sociedad como la latinoamericana, corroída por un futuro oscuro y al borde del apocalipsis.

Otro obstáculo al que tiene que enfrentarse el escritor latinoamericano contemporáneo consiste en las nuevas estrategias del poder a la hora de ejercer el control sobre la literatura, que buscan ahora atraer a los escritores con estratagemas que contrarresten su espíritu crítico. En el siguiente párrafo de "La literatura es fuego" ha dejado en claro esta actitud:

> Las mismas sociedades que exiliaron y rechazaron al escritor, pueden pensar ahora que conviene asimilarlo, integrarlo, conferirle una especie de estatuto oficial. Es preciso, por eso, recordar a nuestras sociedades lo que les espera. Advertirles que la literatura es fuego, que ella significa inconformismo y rebelión, que la razón de ser del escritor es la protesta, la contradicción y la crítica. Explicarles que no hay término medio: que la sociedad suprime para siempre esa facultad humana que es la creación artística y elimina de una vez por todas a ese perturbador social que es el escritor, o admite la literatura en su seno y en ese caso no tiene más remedio que aceptar un perpetuo torrente de agresiones, de ironías, de

① Mario Vargas Llosa, "Sebastián Salazar Bondy y la vocación del escritor en el Perú"; p. 113.

② Véase "Diálogo entre Gabriel García Márquez y Mario Vargas Llosa", en Mario Vargas Llosa, Gabriel García Márquez, *Diálogo sobre la novela latinoamericana*, Lima: Editorial Perú Andino, 1988; p. 42.

sátiras, que irán de lo adjetivo a lo esencial, del vértice a la base de la pirámide social. Las cosas son así y no hay escapatoria: el escritor ha sido, es y seguirá siendo un descontento. Nadie que esté satisfecho es capaz de escribir, nadie que esté de acuerdo, reconciliado con la realidad, cometería el ambicioso desatino de inventar realidades verbales. La vocación literaria nace del desacuerdo de un hombre con el mundo, de la intuición de deficiencias, vacíos y escorias a su alrededor. La literatura es una forma de insurrección permanente y ella no admite las camisas de fuerza. Todas las tentativas destinadas a doblegar su naturaleza airada, díscola, fracasarán. La literatura puede morir pero no será nunca conformista[①].

5. En busca de la novela total

Para Georg Lukács (1885-1971), una novela es total cuando consigue articular las condiciones objetivas o materiales de una sociedad con la vida subjetiva o privada de los individuos. El filósofo húngaro valora en este sentido las grandes novelas realistas del siglo XIX y condena la mayoría de las novelas modernas—tanto las que produce el realismo socialista como la vanguardia europea—pues considera que presentan una visión unidimensional de la realidad. Si en el primer caso se trata de una visión meramente exterior, en el segundo la subjetividad aparece aislada del contexto social o histórico que la produce.

Para caracterizar brevemente el deterioro del arte contemporáneo, diría que la literatura ha perdido la riqueza dimensional en que consistía la atracción infalible y la eficiencia eterna de las literaturas de otras épocas. No supone ninguna diferencia si la multidimensionalidad de los mundos exterior e interior, o la interracción ininterrumpida entre el uno con el otro es asimilada y reducida, al fin y al cabo, a una corriente de asociaciones en forma de monólogos, o si entre los esfuerzos por un frío objetivismo emerge un nuevo mundo exterior, un mundo con el cual el hombre pueda

① Mario Vargas Llosa, “La literatura es fuego”, ob. cit.; pp. 134-135.

no tener nada que ver ni nada en común, y en el cual toda interracción entre la vida interior de un individuo y su ambiente circunsdante ha de ser impedida por el mismo modo de representación①.

Por otro lado, Vargas Llosa ha estudiado conspicuamente la pretensión totalizadora de la novela; califica como "totales" a textos de épocas y culturas distintas. Entre éstas el escritor menciona a *Tirant lo Blanc* (1490) de Joanot Martorell (1413-1468), en el siglo XV; *Guerra y paz* (1865-1869), de León Tolstói (1828-1910), y *Madame Bovary* (1857), de Gustave Flaubert (1821-1880), en el siglo XIX; y en el siglo XX, *Manhattan Transfer* (1925), de John Dos Passos (1896-1970), *Ulises* (1922), de James Joyce (1882-1941), *En busca del tiempo perdido* (1913-1927), de Marcel Proust (1871-1922), *La montaña mágica* (1924), de Thomas Mann (1875-1955), y *Berlin Alexanderplatz* (1929), del alemán Alfred Dölblin (1878-1957). En el ámbito latinoamericano, el novelista peruano califica como novela total a *Cien años de soledad* (1927), de Gabriel García Márquez (1927-), a la que dedica el estudio *García Márquez: historia de un deicidio* (1971)②.

La concepción de la novela total de esos años sesenta no puede ser separada de la teoría de compromiso que entonces sustentaba. Definía metafóricamente al novelista total como "buitre que se alimenta de carroña histórica, sepulturero y rescatador de una época"③. Es decir, la novela total es testimonio de una época pero que desentraña los diversos aspectos de la realidad concentrada y sintéticamente, presentando al mismo tiempo una

---

① Georg Lukács, *Writer and Critic and Other Essays*, Trans. Arthue Kahn, London: Merlin Press, 1970; p. 9. "To characterize the contemporary artistic deterioration briefly, one might say that literature has lost that richness in dimension which provides the unfailing attraction and timeless effectiveness of earlier literatures. It makes little difference whether the multidimensionality of the outer and inner worlds or their uninterrupted interactions is reduced ultimately to an internalized monotonous stream of associations in monologue or whether an autonomous external, self-sufficient world emerges in the trend toward lifeless objectivism, a world which can have no relation to men and with which they can have nothing in common, where every meaningful interaction between an individual's inner life and his environment is precluded by the very mode of representation". En el presente trabajo, todas las citas en inglés se traducen en el texto al castellano y el original en inglés se incluye en las notas al pie. Todas las traducciones son nuestras.

② Véase Mario Vargas Llosa, "Carta de batalla por *Tirant lo Blanc*"; pp. 49-51.

③ Ibíd.; p. 42.

negación y una expresión de ella. Por eso, bien podríamos resumir que la totalidad a la que aspiraba Vargas Llosa exigía una novelística realista, crítica e inspirativa.

Según Vargas Llosa, toda novela es realista, porque no hay novela que no refleje de algún modo la realidad. La novela total es realista porque se vale de todos los materiales que le ofrecen la cultura, la historia y las costumbres de su tiempo. Supone una ampliación de la concepción del realismo porque se manifiesta ante todo en su naturaleza plural y sustentada en elementos tradicionalmente contradictorios: tradicional y moderno, localista y universal, imaginario y realista.

Es crítica porque, al mismo tiempo que expresa lo real, le enfrenta una realidad ficticia que compite con ella de igual a igual, presentando una vitalidad, vastedad y complejidad cualitativamente equivalentes. La ficción es negación y rectificación del mundo que nombra, lo suplanta en un afán indudablemente quijotesco. Vargas Llosa busca recrear el mundo, fundarlo de nuevo, a través de la palabra.

Es inspirativa en el sentido de que debe despertar la imaginación, los recuerdos y la asociación de ideas en el lector. El mundo ficticio que trata de construir la novela total es limitado pero susceptible a la ampliación y multiplicación. De ahí su infinitud. El autor totalizador busca cubrir los diversos niveles de realidad y los fusiona en un conjunto, de ahí su facultad de estar al alcance, con distintos grados, de distintos tipos de lectores, que han de ser cómplices para potenciar y multiplicar las interpretaciones.

La fragmentación narrativa se erige en técnica predominante. Como ya hemos expuesto, la novela de Vargas Llosa durante los años sesenta puede definirse como mímesis crítica. Dicha mímesis se proyecta hacia la estructura narrativa, en la que se impone una aprehensión fragmentaria del entorno por parte de los personajes. Es decir, la realidad múltiple se refleja en la mentalidad humana a base de fragmentos. De esta manera, se requiere de técnicas narrativas análogas para que la realidad sea representada con la mayor verosimilitud posible en la ficción. En las tres novelas del *boom*, la fragmentación se encuentra en todos los niveles del discurso: en la estructura narrativa, en la representación del espacio y del tiempo, en el discurso del narrador y de los personajes, así como en la temática. A través de ella se intenta emular en la creación novelística la percepción humana: que es selectiva, discontinua y asociativa. Por ello en sus narraciones abundan técnicas como los vasos comunicantes, las cajas chinas y la muda o el salto cualitativo. La búsqueda de la novela total no evita el reconocimiento de su imposibilidad. Vargas Llosa creía que las grandes novelas "son las que, hasta cierto punto, se acercan a esa novela de las novelas imposibles"[1].

5.1 La novela total en el contexto latinoamericano

En relación con su proyecto narrativo de los años sesenta, resulta interesante repasar algunas de sus ideas sobre la novela de América Latina. En primer lugar, las particularidades de la novela posibilitan y justifican la existencia de una novela total, puesto que en comparación con otros géneros literarios, la novela presenta una propensión invasora, como manifiesta Vargas Llosa en su ensayo "La novela":

> Desde un punto de vista puramente formal es evidente que la novela es un género invasor, el más imperialista de los géneros, porque utiliza todos los otros géneros para sus fines y los integra dentro de una síntesis superior. La novela utiliza la poesía, utiliza el diálogo teatral, incorpora el ensayo. Hay novelas de las que podrían extraerse sin dificultad relatos autónomos, textos teóricos de carácter social, o político, o religioso. No sucede en cambio lo contrario: un cuento, un poema, un drama, no pueden apoderarse de este género para sus propios fines[2].

Respondiendo al requisito inherente a la naturaleza del género, los primeros escritores de novelas ofrecían una representación total del mundo:

> ¿Cómo mostraban la realidad de su tiempo estos primeros escritores

---

① Luis Harss, ob. cit.; p. 462.

② Mario Vargas Llosa, "La novela"; p. 341.

del género? La mostraban de una manera desinteresada. Ellos contaban aquello que veían, aquello que creían, aquello que sentían. Su descripción, su representación del mundo, era, a diferencia de lo que ocurría en los otros géneros, no parcial sino, al contrario, total, o mejor dicho, totalizadora.

Los creadores del género trataban de mostrar la realidad en todos sus niveles, en todos sus estratos; querían, se diría, abarcar en sus novelas toda la realidad①.

Así, realidad y novela se enfrentan, en cada lectura, como dos totalidades complejas, plenas de sentidos, autosuficientes, y cuya validez y coherencia no dependen en ningún caso de su mutua confrontación, sino de la riqueza, versatilidad y dinamismo internos a cada una de ellas. De ahí que Vargas Llosa vea al novelista como un deicida y a la novela como un supremo deicidio. Ninguna labor artística, en tanto que producto terminado, se propone como una sustitución tan absoluta, tan radical, de la realidad como la novela. Además, como dicho género "es una representación verbal de la realidad"②, existen numerosos paralelismos entre ambas. "Porque a la realidad podemos abordarla de muchas maneras, desde ángulos muy distintos, desde puntos de vista absolutamente antagónicos. Es lo que ocurre exactamente con la novela"③. Esta observación presupone el contenido a la vez heterogéneo y compacto que debe tener el discurso novelístico. Sin embargo, de acuerdo con la clasificación exhaustiva que han planteado los teóricos sobre la novela, hay subgéneros que se caracterizan por una gama de contenido mucho más limitada frente a otros. En este sentido, se ve que a la hora de proponer lo arriba citado, Vargas Llosa traza un signo de equivalencia entre la novela por extensión y la novela total como su modalidad moderna. El impulso totalizador sería entonces algo inherente al género en cualquier época.

En segundo lugar, desde un punto de vista histórico, para Vargas Llosa la novela de América Latina tiene la propensión a la totalización. Teniendo en

① Ibíd.; p. 351.
② Ibíd.; p. 341.
③ Ibíd.; p. 342.

cuenta las condiciones históricas y sociales en que nació el género en América Latina, la múltiple funcionalidad que se esperaba de él revela que desde el principio la ambición totalizadora formaba parte de una importante tradición narrativa latinoamericana. En su ensayo "Novela primitiva y novela de creación en América Latina", de 1969, Vargas Llosa mira retrospectivamente la evolución de la novela en América Latina, y considera que fue un género maldito. Anduvo a duras penas entre prohibiciones y restricciones durante tres siglos. Cuando éstas acabaron, el único progreso que conoció fue pasar de la novela refleja a la novela primitiva:

> La nueva actitud tuvo dos caras. Históricamente significó una toma de conciencia de la propia realidad, una reacción contra el desdén en que se tenía a las culturas aborígenes y a las subculturas mestizas, una voluntad de reivindicar a esos sectores segregados y de fundar a través de ellos una identidad nacional. En algunos casos, significó también un despertar político de los escritores en torno a los desmanes de las oligarquías criollas y al saqueo imperialista de América. Literariamente, en cambio, consistió en una confusión entre arte y artesanía, entre literatura y folklore, entre información y creación[①].

En el criterio de Vargas Llosa va implícito lo siguiente: las penalidades que sufrió la novela de América Latina desde el mismo momento en que nació le infundieron una conciencia del compromiso con la sociedad, la cual a su vez, le priva del lujo de desempeñar sólo sus funciones literarias y, en cambio, le requiere una preocupación por el mundo exterior y de allí una conspicuidad del contenido al reflejar la realidad.

Aprovechándose de esta inclinación innata, los escritores optaron por una síntesis cultural, donde se identifican con el pasado, resuelven los problemas de la actualidad y exceden las fronteras del realismo con construcciones mitológicas y símbolos arquetípicos desplegados mediante nuevas técnicas narrativas. Como señalara Carlos Fuentes, una característica original en esta

---

① Mario Vargas Llosa, "Novela primitiva y novela de creación en América Latina"; p. 361.

nueva novela era la síntesis crítica de la sociedad y la imaginación, que pudo realizarse a raíz de la profunda revolución en la prosa de ficción realizada por Borges, cuando "confunde todos los géneros, rescata todas las tradiciones, mata todos los malos hábitos, crea un orden nuevo de exigencia y rigor sobre el cual pueden levantarse la ironía, el humor, el juego"[①]. Así en los años sesenta, los autores coincidían en la búsqueda por ofrecer una visión más amplia, dramática y compleja del hombre como criatura enigmática y desde ahí refractar más rincones y abarcar las diversas dimensiones del mundo.

De acuerdo con lo expuesto anteriormente, la pasión de Vargas Llosa por desarrollar una novela total se debe en cierto sentido a su lectura de la tradición clásica novelística. Se nutre de la tradición literaria con un espíritu innovador. Al respecto, no debemos pasar por alto la atención y el interés que presta a la novela de caballería. Como él mismo ha confesado en diversas ocasiones, su creación novelística debe mucho a dichas novelas, entre las cuales destaca *Tirant lo Blanc* del escritor valenciano Joanot Martorell.

5.2 *Tirant lo Blanc* y la novela total

En "Carta de batalla por *Tirant lo Blanc*", Vargas Llosa llama a rescatar del olvido esta obra del escritor valenciano Joanot Martorell publicada en 1490, calificándola de una ficción moderna y al autor de un predecesor de la novela total. En sus palabras, "Martorell es el primero de esa estirpe de suplantadores de Dios—Fielding, Balzac, Dickens, Flaubert, Tolstói, Joyce, Faulkner—que pretenden crear en sus novelas una 'realidad total', el más remoto caso de novelista todopoderoso, desinteresado, omnisciente y ubicuo"[②]. En este ensayo encontramos su definición más temprana sobre la novela total:

> Novela... fantástica, histórica, militar, social, erótica, psicológica: todas esas cosas a la vez y ninguna de ellas exclusivamente, ni más ni menos que la realidad. Múltiple, admite diferentes y antagónicas lecturas y

① Carlos Fuentes, *La nueva novela hispanoamericana*; p. 26.

② Mario Vargas Llosa, "Carta de batalla por *Tirant lo Blanc*"; p. 38.

su naturaleza varía según el punto de vista que se elija para ordenar su caos. Objeto verbal que comunica la misma impresión de pluralidad que lo real, es, como la realidad, objetividad y subjetividad, acto y sueño, razón y maravilla. En esto consiste el "realismo total", la suplantación de Dios①.

Vargas Llosa cree que un gran creador suele edificar su novela a imagen y semejanza de su época, utilizando todos los materiales que su tiempo le ofrecía. Un novelista total crea a partir de todo. Observa en *Tirant lo Blanc* un aprovechamiento de hechos históricos, experiencias personales y ajenas y plagios. En relación a éstos últimos, afirma que en una novela, la procedencia de los materiales de creación importa menos que el uso que se haga de ellos, por ello los plagios de Martorell interesan porque confirman su genio②. La copia representa una manera de ensanchar el nivel de la realidad ficticia, creando nuevos escenarios y multiplicando los significados a partir de cosas previamente establecidas. Invención propia inspirada en la propuesta ajena, se realiza a través de la asimilación perfecta del conjunto en el mundo verbal. En el caso de Vargas Llosa, las influencias de otros escritores que va interiorizando a lo largo de su experiencia de lector voraz y despierto sirven como materia prima para su creación narrativa. Veinte años después, cuando volvió a mirar la obra en 1990 con motivo de su quinto aniversario, el maestro peruano sigue firme en su criterio: "Ahora creo que sé cuál es, entre los muchos atributos del *Tirant lo Blanc*, el que más admiro: su ambición. Esa voluntad deicida de recrearlo todo, de contarlo todo, desde lo más infinitamente pequeño hasta lo más desmesuradamente grande que la mirada, la imaginación y el deseo de los humanos pueden abarcar"③.

Al mismo tiempo, Vargas Llosa sentencia que si una novela se limita a ser testimonio de su época, no es una gran obra; la grandeza de *Tirant lo Blanc* se encuentra en que "Martorell al mismo tiempo que expresó, rectificó su realidad:

---

① Ibíd.; p. 49.

② Ibíd.; p. 52.

③ Mario Vargas Llosa, "*Tirant lo Blanc*: las palabras como hechos", en *Obras completas VI. Ensayos literarios I*; pp. 94-108 (p. 98).

al mismo tiempo que dijo la vida, la contradijo"①. Esta concepción novelística estuvo presente en toda su trayectoria, su aspiración a la novela total nunca fue abandonada, sólo que le confiere diferentes matices y la realiza de distintos modos según las épocas.

Aparte de las consideraciones sobre la novela total, en su primer ensayo dedicado a la obra maestra de Martorell llama la atención la siguente reflexión: "Ocurre que la vida de un libro—la vigencia de sus técnicas, la eficacia de su fantasía, su poder de persuasión que no disminuyó con los siglos—no se puede describir: se descubre por contaminación cuando se encuentran el libro y el lector"②. Aquí está otra conclusión a la que llega Vargas Llosa a través de la lectura de *Tirant lo Blanc*. La vida de un libro no depende exclusiva y únicamente de los elementos internos sino también de lo que le proporciona el lector. Para un lector que sepa valorarlo, tendrá vida; de lo contrario, habrá de dormir en la biblioteca como un cadáver. Esta creencia impulsa a Vargas Llosa a hacer su literatura para aquellos lectores cuya capacidad comprensiva y cuya preparación cultural les permiten estar a las alturas de su narrativa. Por ello sus tres novelas del *boom* se caracterizan por su ambición técnica.

Lo más interesante de *Tirant lo Blanc* está en su capacidad narrativa para sobrevivir a lo largo de los siglos, que siga en pie cuando el mundo es tan diferente de aquél en que fue escrito. La solución que cree haber encontrado en *Tirant lo Blanc* es la aspiración totalizadora que busca sintetizar los diversos niveles de lo real. Para ello, hay que explorar el fondo y revolver las entrañas de una época en busca de sus distintivos inherentes e inequívocos, en tanto que no menos importante es explorar las profundidades de lo humano. El tiempo pasa sin cesar, pero en el ser humano siempre hay algo que se sedimenta y se posa en el curso de la historia, y por ello el hombre presente se identifica con los personajes de obras creadas siglos atrás. Este algo es lo que se propone establecer en sus libros. Así, ya podemos entender que el interés de Vargas Llosa por las novelas de caballería se debe en cierto sentido, a la imaginación y el signo de libertad que ésta implica, porque en sus palabras, es "enemiga

① Mario Vargas Llosa, "Martorell y el'elemento añadido' en *Tirant lo Blanc*"; en *Obras completas VI. Ensayos literarios I*; pp. 74-93 (p. 93).

② Mario Vargas Llosa, "Carta de batalla por *Tirant lo Blanc*"; p. 37.

natural del dogma y fuente de toda rebelión"[1]. La libertad es una necesidad así como un deseo perpetuo del hombre, cualquiera que sea la época en que vive.

5.3 *Cien años de soledad,* descubrimiento de un modelo

Vargas Llosa expresa de esta manera su pasión hipnótica por cierto modelo novelesco:

> Las mejores novelas son siempre las que agotan su materia, las que no dan una luz sobre la realidad, sino muchas. Los puntos de vista para enfocar la realidad son infinitos. Es imposible que la novela los presente todos, naturalmente, pero las novelas serán más grandes y más vastas en la medida en que expresen más niveles de realidad [...]. Ha habido una especie de decadencia de la novela en los últimos tiempos, una especie de repliegue. Las tentativas modernas de la novela quieren dar una visión de un solo canal, de un solo nivel de realidad. Yo estoy, al contrario, por la novela totalizadora, que ambiciona abrazar una realidad en todas sus fases, en todas sus manifestaciones. No puede hacerse nunca en todas. Pero mientras más fases consiga dar, la visión de la realidad será más amplia y la novela será más completa[2].

Esta aspiración es compartida con otros escritores del *boom*. Será en su análisis de *Cien años de soledad* de su libro *García Márquez: Historia de un deicidio* donde articule de manera más acabada sus ideas sobre el concepto de "novela total". Para Vargas Llosa, la novela de García Márquez constituye uno de sus paradigmas por los siguientes motivos:

1. Es una recopilación exhaustiva de anteriores realidades ficticias.

2. Pone en práctica el utópico designio de todo suplantador de Dios: describir una realidad total, enfrentar a la realidad real una imagen que es su expresión y negación.

---

① Ibíd.; p. 38.

② Luis Harss, ob. cit.; p. 440.

3. Presenta distintos niveles de lectura.

Y añade:

> *Cien años de soledad* narra un mundo en sus dos dimensiones: la vertical (el tiempo de su historia) y la horizontal (los planos de la realidad). En términos estrictamente numéricos, esta empresa "total" era utópica: el genio del autor está en haber encontrado un eje o núcleo, de dimensiones apresables por una estructura narrativa, en el cual se refleja, como en un espejo, lo individual y lo colectivo, las personas concretas y la sociedad entera, esa abstracción. Ese eje o núcleo es una familia, institución que está a medio camino del individuo y de la comunidad[①].

Vargas Llosa, en *La ciudad y los perros*, *La Casa Verde* y *Conversación en La Catedral* edifica también una realidad ficticia totalizada en la que cada una de las diversas líneas yuxtapuestas, combinadas, construyen otra realidad aún más completa, en la que cada una representa un aspecto de la sociedad peruana que el autor se propone reconstruir literariamente. Concretamente, el Colegio Militar Leoncio Prado en *La ciudad y los perros*, el prostíbulo en *La Casa Verde* y la cafetería llamada La Catedral en *Conversación en La Catedral*, funcionan como ejes narrativos y espacios autosuficientes desde los que irradia la imagen de la sociedad y la historia peruanas.

5.4 La novela como ejercicio de libertad

Entre los planteamientos que van formulando Vargas Llosa en los diversos escritos, consideramos fundamentales los siguientes puntos para comprender sus novelas del *boom*. En primer lugar, no obstante las afirmaciones de muchos críticos, nos gustaría arriesgar que el mensaje esencial que transmite su poética durante los años sesenta es la libertad de la literatura y, a través de ésta, la libertad del hombre. Para él, en la relación entre el arte y la historia este problema constituye una presencia constante. Así, según afirma en "La novela",

① Mario Vargas Llosa, *García Márquez: Historia de un deicidio*; p. 496.

la Inquisición prohibió en América Latina la novela durante siglos con una prudencia casi exagerada porque intuía el espíritu rebelde que impulsaba a este género. Enfatiza también la importancia que tiene la novela para América Latina en el sentido de que durante mucho tiempo es la única manera eficaz de hacer oír voces del pueblo. Vargas Llosa cree a pies juntillas en esta función social de la novela y del escritor. El escritor es para él un agitador cuya razón de ser es la protesta, la contradicción y la crítica, y cuyo oficio, la literatura, es fuego y se alimenta siempre del inconformismo y la rebelión. Este espíritu rebelde innato determina que el escritor está condenado a librar las treinta y dos guerras del coronel Aureliano Buendía, aunque como a éste, le derroten en todas[①]. Consciente del clima corrupto del Perú de esa época, concibe la literatura su campo de lucha. Fruto de este exorcismo de demonios es la versión miniaturizada del Perú y de sus problemas sociales que encontramos en las tres novelas de los sesenta.

Vargas Llosa sostiene que en la sociedad el escritor es el factor que más requiere de la libertad, que es el oxígeno de su vocación literaria. Señala al respecto: "Cuando se instala un sistema de intolerancia y control pleno, el escritor de vocación auténtica queda inmediata y brutalmente afectado, no sólo, como la mayoría de sus conciudadanos, en una parte importante de su actividad social, sino en el centro mismo de su vocación, que es alérgica por esencia a la coacción, a la que unas dosis mínimas de libertad y disponibilidad son tan vitales como el aire y el agua a las plantas"[②]. En esta tesitura, a menudo el escritor, en vez de escoger sus temas a su antojo, se encuentra a merced de la realidad. Así, no puede escoger libremente sus temas, sino todo lo contrario[③]. En *García Márquez: Historia de un deicidio* señala:

> Si un novelista no elige sus temas, sino, más bien, es elegido por éstos como novelista, la conclusión es, en cierto modo, deprimente: el

① Véase Mario Vargas Llosa, "La literatura es fuego"; p. 136.

② Mario Vargas Llosa, "Un francotirador tranquilo", en *Contra viento y marea (1962-1982)*; pp. 201-212 (pp. 207-208).

③ Véase Mario Vargas Llosa, "El novelista y sus demonios", en *Los novelistas como críticos (II)*; pp. 371-385 (p. 383).

novelista no es libre. Efectivamente, no lo es, pero en el mismo sentido que ningún hombre es libre de elegir sus sueños o sus pesadillas. En el dominio específico de sus fuentes, el suplantador de Dios es un esclavo de determinadas experiencias negativas de la realidad, de las que ha extraído la voluntad de escribir y de las que esa voluntad se nutre incansablemente al traducirse en una praxis. Pero en el ejercicio de su vocación, en la operación concreta de convertir sus obsesiones en historias, el suplantador de Dios recupera su libertad y puede ejercerla sin límites. El esclavo es un ser absolutamente libre en el dominio de la forma①.

En su caso, una novela suele verse vinculada con la experiencia vital de una determinada época. Como confiesa Vargas Llosa en muchas ocasiones, *La ciudad y los perros* está basada en sus años pasados en el colegio militar; *La Casa Verde* se debe en parte a su recuerdo de su infancia en Piura y en parte a un viaje que hizo a la selva a finales de los años 50; *Conversación en La Catedral*, por su parte, es una descripción panorámica de la política peruana durante la dictadura de Manuel Odría (1948-1956). Muchos críticos califican a algunas novelas suyas de autobiográficas. Esto no lo niega Vargas Llosa pues cree que entre el escritor y la realidad existe una esclavitud a favor de ésta. Para que el escritor gane tal lucha por la libertad, plantea dos elementos importantes de su teoría de la novela.

5.5 Elemento añadido

El primero es el "elemento añadido"; en "El novelista y sus demonios" lo define en estos términos: "Toda novela es un testimonio cifrado: constituye una representación del mundo, pero de un mundo al que el novelista ha *añadido* algo: su resentimiento, su nostalgia, su crítica. Este *elemento añadido* es lo que hace que una novela sea una obra de creación y no de información, lo que llamamos con justicia la originalidad de un novelista"②. El "elemento añadido"

① Mario Vargas Llosa, *García Márquez: Historia de un deicidio*; pp. 101-102.

② Mario Vargas Llosa, "El novelista y sus demonios"; p. 372.

no tiene sólo que ver con los contenidos sino que también implica a la forma novelesca: "En otros términos, como la verdad o la mentira de un mundo de ficción dependen exclusivamente de su forma, no de los 'temas' sino de su objetivación en una escritura y una estructura, el suplantador de Dios es plenamente responsable, como escritor, de su mediocridad o de su genio"[①], porque "escribir novelas es un acto de rebelión contra la realidad, contra Dios, contra la creación de Dios que es la realidad"[②]. El "elemento añadido" surge como indispensable para mantener la libertad del escritor y pone la distancia imprescindible entre el novelista y la materia prima para facilitar su labor creadora[③]. Un escritor es esclavo de sus demonios y de ahí el exorcismo que se busca en la misma escritura, "donde sí puede elegir, seleccionar, buscar y rechazar con una libertad y una racionalidad de que no goza en la elección de sus experiencias vitales"[④]. "No son los 'temas'—añade—los que deciden el fracaso o la victoria de un creador sino la forma en que se encarnan"[⑤]. Y en otro sitio puntualiza: "Lo importante no es lo que el escritor usa, sino la forma en que lo usa y en qué lo convierte: sólo las dos últimas etapas conciernen a la literatura"[⑥].

Con el transcurso del tiempo y entre los vaivenes que se perciben en la concepción literaria de Vargas Llosa, la mayoría de los alardes técnicos de los años sesenta los ha relegado a un segundo plano. Sin embargo, el procedimiento del dato escondido o elemento añadido ha sido uno de los pocos que se ha conservado de forma permanente en la narrativa posterior del escritor peruano. Aquí nos limitamos a señalarlos en las dos novelas que vamos a analizar en este estudio. En *La tía Julia y el escribidor*, todas las historias que se cuentan en los capítulos pares (excepto el capítulo XX) acaban en una secuencia de interrogantes. El lector tiene que imaginar un final por su cuenta. *El hablador* se construye por completo sobre un dato escondido principal, que es la

① Ibíd.

② Mario Vargas Llosa, *García Márquez: Historia de un deicidio*; p. 85.

③ Ibíd.; p. 294.

④ Mario Vargas Llosa, "Luzbel, Europa y otras conspiraciones", en *Contra viento y marea (1962-1982)*; pp. 150-159 (p. 153).

⑤ Mario Vargas Llosa, *García Márquez: Historia de un deicidio*; p. 133.

⑥ Mario Vargas Llosa, *Madame Bovary: La orgía perpetua*; p. 779.

enigmática figura de ese personaje singular del que el lector apenas sabe nada hasta el final de la obra: Saúl Zuratas, el único hablador pelirrojo de la tribu de los machiguengas.

5.6 Los "demonios"

Otro elemento fundamental de la teoría vargasllosiana es lo que denomina "los demonios", definidos como aquellos elementos que nos enemistan con la realidad, obsesiones que a menudo son las que conducen a la decisión de convertirse en un novelista. Fuentes y origen de la escritura, son de tres tipos: demonios personales, históricos y culturales. Así ha afirmado Vargas Llosa:

> Los demonios que deciden y alimentan la vocación pueden ser experiencias que afectaron específicamente a la persona del suplantador de Dios, o patrimonio de su sociedad y de su tiempo, o experiencias indirectas de la realidad real, reflejadas en la mitología, el arte o la literatura. Toda obra de ficción proyecta experiencias de estos tres órdenes, pero en dosis distintas, y esto es importante, porque de la proporción en que los demonios personales, históricos o culturales hayan intervenido en su edificación, depende la naturaleza de la realidad ficticia[①].

Señala que en las obras de algunos escritores contemporáneos predominan diferentes "demonios": el histórico en Alejo Carpentier, el cultural en Borges, el personal en Onetti, mientras que en García Márquez observa un equilibrio entre los tres tipos de experiencias.

En el caso de Vargas Llosa, diríamos que la prioridad se da a los demonios personales. En la entrevista con Joaquín Soler Serrano, explica: "En realidad, todo lo que he escrito parte siempre de experiencias personales, de algunos hechos vividos, de algunas personas conocidas o de situaciones que, más o menos, han estado cerca de mi propia experiencia"[②].

---

① Mario Vargas Llosa, *García Márquez: Historia de un deicidio*; p. 198.

② Joaquín Soler Serrano, *Escritores a fondo*, Barcelona: Planeta, 1986; pp. 255-267 (p. 263).

Vargas Llosa cree que los novelistas construyen sus novelas a partir de sus experiencias personales, que son la única materia prima que poseen. Al mismo tiempo enfatiza la importancia de someter los "demonios" a un supuesto proceso de extrañamiento a la hora de incluirlos en la ficción:

> Yo creo que todas las novelas son autobiográficas y que sólo pueden ser autobiográficas. [...], la habilidad del escritor, del novelista, no está en crear propiamente sino en disimular, en enmascarar, en disfrazar lo que hay de personal en lo que escribe[1].

Los "demonios" personales son las experiencias cruciales que están depositadas en la mente como obsesiones constantes que acechan al escritor. Para librarse de ellos, recurre a la escritura de novelas como un tipo de exorcismo. De esta manera, la escritura se ve como un proceso a través del cual el escritor ajusta cuentas con el pasado, con hechos y experiencias que lo han convertido en lo que es o en lo que cree que es. La escritura es una búsqueda de las raíces de la insatisfacción y un intento de reintegrarse a la sociedad de la cual se siente excluido, tratando así de restablecer la armonía entre el individuo y su entorno. Como afirmó el mismo Vargas Llosa, no consiguió librarse de las experiencias traumáticas del Leoncio Prado hasta que las proyectó en la redacción de *La ciudad y los perros*, mientras que *La Casa Verde* le permitió vencer los traumas causados por su niñez en Piura y sus breves visitas a la selva peruana[2].

Vargas Llosa describe los "demonios" históricos en estos términos:

> Pero los hechos determinantes del conflicto con la realidad real, fuente de la vocación del deicida, pueden ser también acontecimientos de carácter social, que marcaron poderosamente a la colectividad de la que el novelista forma parte, y que lo afectaron a él de manera especial. Esos "demonios" que comparte el deicida con su clase o grupo social, con su

---

① Mario Vargas Llosa, "La novela"; pp. 344-345.

② Véase Mario Vargas Llosa, "Historia secreta de una novela"; p. 965.

nación o con la humanidad, merecen ser diferenciados de aquellos episodios de resonancia estrictamente individual que hemos llamado "demonios personales"[①].

Frente a la borrosa división entre los "demonios" históricos y los "demonios" personales, los "demonios" culturales, que Vargas Llosa identifica con las influencias literarias, parecen claramente delimitados:

> Lo cierto es que la originalidad de un autor es un problema estrictamente "formal", y no tiene nada que ver con los materiales que trabaja, con sus "temas" o fuentes; es algo que depende, únicamente, del tratamiento a que somete, de la escritura y estructura en que encarna, esos materiales que toma inevitablemente de la realidad (personal, histórica o cultural). Que el estímulo creador proceda de hechos que experimentó personalmente, o de experiencias históricas, o de libros que leyó, no tiene importancia alguna, y, en todo caso, no es un asunto de ética sino de psicología. El movimiento primero de la creación, la selección del material de trabajo, es siempre, y sólo puede ser, una especie de plagio o usurpación[②].

La teoría de los "demonios" constituye en Vargas Llosa una reflexión sobre los motivos que llevan a alguien a escribir y asimismo sobre los temas que elige. Al mismo tiempo nos ofrece pistas importantes para acercarnos a sus ficciones, ya que los tres tipos de demonios corresponden a tres aspectos fundamentales de la narrativa vargasllosiana en diversas épocas: experiencias autobiográficas, datos sociales e influencias literarias.

---

① Mario Vargas Llosa, *García Márquez: Historia de un deicidio*; p. 206.

② Ibíd.; p. 227.

Capítulo II

La narrativa de Mario Vargas Llosa en la década de los sesenta

Las tres novelas que publica Vargas Llosa en la década de los sesenta responden a la ambición que adivina Carlos Fuentes en la nueva novela hispanoamericana, pues "poseen la fuerza de enfrentar la realidad latinoamericana, pero no ya como un hecho regional, sino como parte de una vida que afecta a todos los hombres y que, como la vida de todos los hombres, no es definible con sencillez maniquea, sino que revela un movimiento de conflictos ambiguos"①. Si observamos en conjunto *La ciudad y los perros*, *La Casa Verde* y *Conversación en La Catedral*, vemos cómo constituyen una crónica de la decadencia de la sociedad peruana a través de un segmento temporal muy amplio. El período correspondiente a cada una de las tres novelas es aproximadamente el siguiente:

La ciudad y los perros: 1949-1954

La Casa Verde: 1925-1965

Conversación en La Catedral: 1948-1965

Si integramos estos lapsos, tenemos una panorámica del Perú de aproximadamente cuatro décadas y nos enfrentamos de algún modo a un todo balzaciano, donde cada una es un engranaje del mecanismo total, un cuadro que ilumina una parte del conjunto.

1. *La ciudad y los perros*

El mismo año, 1962, de la publicación de *Tiempo de Silencio* de Luis

① Carlos Fuentes, *La nueva novela hispanoamericana*; p. 35.

Martín-Santos (1924-1964), se le concedió a Mario Vargas Llosa, por *La ciudad y los perros*, el Premio Biblioteca Breve de la editorial Seix Barral, acontecimiento que tendría una enorme repercusión en el panorama literario de la lengua española. Al igual que la obra del psiquiatra español, en *La ciudad y los perros*, Vargas Llosa pone en marcha un sondeo hacia el interior y la conciencia del hombre a través del monólogo y el estilo indirecto libre. La novela, que narra los últimos meses de un grupo de cadetes en el colegio militar Leoncio Prado, es una historia de frustración y fracaso. Refleja las consecuencias del militarismo autoritario, y mediante un retrato del mundo de la adolescencia, se presenta un análisis profundo y reflexivo del Perú en el que predominan los tonos sombríos y desencantados. El libro está dividido en dos grandes partes y un epílogo. Cada parte consta de ocho capítulos, y cada capítulo tiene entre una y diez escenas; el epílogo incluye tres secuencias, como se puede ver en el siguiente recuadro:

La ciudad y los perros			
Primera parte		Segunda parte	
Capítulo I	5 escenas	Capítulo I	10 escenas
Capítulo II	6 escenas	Capítulo II	4 escenas
Capítulo III	5 escenas	Capítulo III	6 escenas
Capítulo IV	10 escenas	Capítulo IV	5 escenas
Capítulo V	6 escenas	Capítulo V	4 escenas
Capítulo VI	2 escenas	Capítulo VI	3 escenas
Capítulo VII	5 escenas	Capítulo VII	3 escenas
Capítulo VIII	1 escenas	Capítulo VIII	3 escenas
Total	40 escenas	Total	38 escenas
Epílogo			
3 escenas			
Total general: 81 escenas			

La primera parte trata de la vida de los cadetes en el colegio y termina con la muerte del Esclavo. La segunda parte narra las consecuencias de esta tragedia y las subsiguientes investigaciones. En estas dos partes, en la narración en tercera persona, que se centra en la vida dentro del colegio, se intercalan en primera persona los recuerdos del pasado de tres cadetes: el Esclavo, el Jaguar y el Boa, y el relato en tercera persona de la vida de Alberto fuera del Leoncio Prado. El epílogo cuenta en tercera persona la salida del colegio militar de los personajes principales: el teniente Gamboa ha sido enviado a Puna, un pueblo perdido en la sierra; el Jaguar, despojado de todo su antiguo poder, se reintegra en la sociedad y se casa con Teresa; Alberto reinicia su vida de burgués miraflorino con nuevas amistades.

Las 81 escenas, aparentemente aisladas e independientes entre sí, conforman una estructura que subraya la soledad y la incomunicación. Es en los monólogos donde apreciamos esta atmósfera. Las tres series de monólogos representan el nivel subjetivo, donde se rompe la linealidad del tiempo y se reorganizan el pasado, el presente y el futuro; las líneas narrativas dedicadas a la vida del colegio militar y a la vida de Alberto representan el nivel objetivo, donde el tiempo es lineal. Los dos niveles no se ven separados, porque están unidos por un factor objetivo, que es el colegio y por otro factor subjetivo, que es Alberto, quien establece una comunicación entre estos dos mundos saliendo del colegio para casa y volviendo de la ciudad al colegio. También los recuerdos del pasado de los tres cadetes establecen las conexiones entre el internado militar y la vida de la ciudad y del país.

La novela da forma así a dos mundos enfrentados y complementarios a un tiempo. El cuartel encarna la sociedad en miniatura, y la sociedad en ocasiones surge como un gigantesco cuartel. Los cadetes aún no son mayores de edad, pero emulan la manera de ser de los adultos. Su educación se realiza a través del castigo físico y la amenaza, dando como resultado la frustración y el resentimiento. La violencia, insolencia y vulgaridad son los comportamientos habituales. Los cadetes van pasando de la adolescencia a la juventud con la inocencia torcida y traicionada y con esos valores se integrarán en la sociedad. Se lleva a cabo así un examen muy crítico de la sociedad peruana de la época, un análisis de sus contradicciones y un testimonio de su envilecimiento moral.

Mediante la aplicación de un buen número de técnicas narrativas, la novela supera el realismo documental. La crítica al mundo civil se realiza de manera indirecta y gradual. Incluso se daría la impresión de que frente a la vida confinada dentro de los muros del Leoncio Prado, la vida de afuera pudiera ser codiciable. Dicha apariencia parece corroborada por las inquietudes que se llevan los cadetes cuando se suspenden las salidas del fin de semana, y sobre todo, por la ansiedad de salir del Esclavo, quien, en cierto sentido, pierde la vida por ello. Sin embargo, cuando se va desgranando la vida de los protagonistas antes de ingresar al Leoncio Prado y se conocen sus motivos para entrar en el colegio, se aprecian los males de que adolece la ciudad. El Leoncio Prado se ofrecía como sustituto de hogares problemáticos y son enviados al colegio militar para que se hagan hombres, actitud común a las familias humildes y pequeñoburguesas que pensaban que la disciplina militar forja verdaderos hombres. Los alumnos acabarán siendo víctimas de un culto morboso a una hombría falsa y de una pedagogía castrense espartana y anacrónica.

En un simulacro de maniobras militares, el Esclavo recibe un balazo en la cabeza y muere poco después. Aunque todos sospechan del Jaguar, e incluso Alberto le acusa del crimen al teniente Gamboa, el colegio, que teme las consecuencias del escándalo, establece como versión oficial que se trata de un accidente. Los pactos de silencio se imponen en todo el colegio, lo que neutraliza la posible investigación de los supuestos jueces y testigos, quienes tienen que callarse y así el caso se da por cerrado. Alberto se ve impedido de seguir adelante porque las autoridades lo amenazan con mostrar a sus padres las novelitas pornográficas que escribía y vendía a sus compañeros. Alberto cede y Gamboa también, tras un apoyo inicial que le cuesta un ascenso. El ocultamiento de la tragedia muestra cómo, aunque el mal se despliega dentro de los muros del colegio, sus raíces provienen desde la ciudad. El Leoncio Prado, en vez de ser una entidad aislada de las convulsiones que agitan al cuerpo social, es sólo su símbolo y su metáfora. En este sentido, la denuncia de la novela apunta a los cimientos de la sociedad.

De todas las novelas de este período, *La ciudad y los perros* es la única cuyo argumento está centrado en la adolescencia. El protagonismo lo asume un grupo de jóvenes: Alberto, el Poeta; el Jaguar; Ricardo Arana, el Esclavo; el Boa; el serrano Cava; el Rulos; Teresa; etcétera. Mientras que la acción transcurre durante los últimos meses que los cadetes pasan en el colegio militar, el tiempo narrativo se remonta a menudo a varios años atrás, hasta la infancia de los personajes. Así, *La ciudad y los perros* es una novela de iniciación. Pero lejos de todo optimismo, descarga un golpe moral sobre el mito del joven héroe y anticipa el tono desencantado de sus siguientes novelas, que reflejarán un clima social y político destructivo que aniquila cualquier impulso rebelde y deja a los personajes como simples supervivientes, sin iniciativa ni fuerza alguna. Los jóvenes del Leoncio Prado prefiguran los adultos de sus novelas posteriores. La cita que encabeza el epílogo de la obra podría servir de epígrafe, en mayor o menor medida, para casi todas las novelas de Vargas Llosa: "En cada linaje / el deterioro ejerce su dominio". Al comentar *La ciudad y los perros*, Carlos Fuentes ha dicho: "Si bien es la más extraordinaria novela de la adolescencia que se ha escrito entre nosotros y si es cierto que contiene la línea de desarrollo de las narraciones de la crisis juvenil, *La ciudad y los perros* no se detiene en la evidencia del dolor del crecimiento. Su visión es más original y, nuevamente, cercana a la de Blake: el adolescente es otro, ante sí mismo y ante los demás, y se venga de esta distancia"[①].

El clima violento que impera en la primera novela de Vargas Llosa nunca se disipa de sus ficciones. La violencia, no importa en qué forma se representa, es un tema constante en su narrativa. Incluso en su novela más reciente *Travesuras de la niña mala*, a pesar del código sentimental y nostálgico de la novela, la violencia sigue en pie. Sólo que esta vez resulta más humana con la incorporación del afecto y la comprensión incondicionales que abriga el protagonista hacia la niña mala. Esto, sin embargo, resalta otro tipo de violencia, la de las pasiones. En *La ciudad y los perros* la violencia pasional también está presente. Alberto el poeta vuelca en sus papeles pornográficos su descontento y su rebeldía contra el ambiente familiar y el escolar. La dimensión de dicha violencia se redobla cuando vemos que esta actitud tiene tintes autobiográficos, como Vargas Llosa señalaba al recordar cómo esta obra le sirvió para proyectar su rebelión contra el Leoncio Prado hacia la literatura[②]. El tiempo que pasó en el aludido colegio militar "fue una experiencia muy traumática, que de alguna

① Carlos Fuentes, *La nueva novela hispanoamericana*; p. 38.

② Luis Harss, ob. cit.; p. 434.

manera significó el fin de mi infancia"①.

En *La ciudad y los perros*, Vargas Llosa incorpora las experiencias de la novela de vanguardia al principio clásico del relato, en el sentido de que el autor recurre a las técnicas vanguardistas para contar una historia sin borrar en ningún momento la narratividad para transmitir una experiencia profunda que emocione al lector al vivirla imaginativamente. Concretamente, por una parte, el escritor valora mucho lo anecdótico. Se puede reconocer en el argumento de la novela las divisiones preceptivas de "presentación", "nudo", "clímax" y "desenlace". Por otra parte, los recursos técnico-formales que utiliza, entre los cuales destacan la discontinuidad, heterogeneidad, irracionalidad y multiplicidad, pertenecen inequívocamente al arte contemporáneo de la novela. El ejercicio con técnicas novedosas no es un fin en sí mismo, sino una estrategia con la que ampliar las dimensiones del mundo ficticio. Al respecto, los múltiples puntos de vista desempeñan un papel clave. El continuo entrecruzamiento de perspectivas es una manera de concentrar la materia narrativa y de reducir las distancias con el lector. Esos saltos de un lugar a otro, de un momento a otro, de un personaje a otro, obligan al lector a reordenar sueltos puntos temporales y a establecer relación entre personajes y hechos aparentemente desordenados, como afirma Raúl Silva Cáceres: "La multiplicidad de focos de narración permite el libre juego de un resorte muy usado por la novela actual y se refiere a la elusión de ciertos desarrollos de la acción que culminan iluminando el desenlace o su proximidad inmediata. [...]. Diversas acciones sucesivas o simultáneas de personajes que se desconocen o ignoran contactos comunes, terminan por converger en un momento, de manera que algún sutil vínculo los ha unido sin que ellos hayan tomado conciencia de la situación"②.

Los recuerdos del Esclavo, el Jaguar y el Boa, representados en forma de monólogo, al mismo tiempo que remontan el tiempo narrativo al pasado, forman parte del nivel subjetivo de la realidad ficticia. Dentro de este nivel subjetivo, existe una diferencia fundamental entre los puntos de vista de

---

① Raymond L. Williams, *Vargas Llosa: otra historia de un deicidio*, México, D.F.: Taurus, 2001; p. 25.

② Raúl Silva Cáceres, "Reseña de *La ciudad y los perros*", en *Cuadernos Hispanoamericanos*, nº 173; pp. 147-149 (p. 148).

diferentes personajes: hay quienes encarnan el plano objetivo, y hay quienes encarnan el plano subjetivo. El Jaguar pertenece al primer caso. Al hablar de este personaje, Vargas Llosa ha explicado que "representa el mundo objetivo, que es la pura objetividad, que está visto siempre desde fuera"①. El Boa es el caso contrario: "Está visto siempre como una conciencia. Esta realidad permite incluir en ella el aspecto más tremendo, más fuerte, más violento de la realidad que se describe. Entonces el Boa representa un poco el personero del horror"②. En esta conciencia en movimiento se perciben los ecos de la voz primaria y anormal de Benjy de *El sonido y la furia* (1929), de William Faulkner.

En la novela hay también un narrador omnisciente, que observa la vida en común de los cadetes y las conversaciones privadas de los oficiales. Esta omnisciencia en tercera persona enfoca la acción de Alberto, se intercalan "diálogos interiores"③ que introducen al lector en la conciencia del personaje y desde allí hace registro de sus pensamientos y sensaciones. Este doble foco de la perspectiva desde la que se contempla a Alberto enriquece los puntos de vista narrativos de la novela. Al hablar del punto de vista de Alberto, Vargas Llosa señala que "es más complejo de lo que se describe en la realidad, en sus dos fases, en sus dos caras. Alberto está visto desde el exterior y desde el interior"④. Dualidad que se debe a la combinación de la perspectiva exterior del narrador omnisciente y la interior y limitada del personaje.

En *La ciudad y los perros* el colegio militar Leoncio Prado es plasmado como un trasunto del Perú. En él se halla toda la gama de la heterogénea sociedad peruana: las diferentes clases sociales y los diversos grupos étnicos del país encuentran aquí sus representantes. En la novela, lo objetivo y lo subjetivo,

---

① "Sobre *La ciudad y los perros*" (mesa redonda con Luis Agüero, Juan Larco, Ambrosio Fornet y Mario Vargas Llosa). *Casa*, nº 30, mayo-junio 1965; pp. 63-80 (p. 79).

② Ibíd.

③ Así ha denominado Raúl Silva Cáceres el procedimiento de Vargas Llosa que consiste en la invención de un interlocutor imaginario dentro del monólogo de los personajes y que el autor usa profusamente en sus libros a partir de *La ciudad y los perros*. Véase Raúl Silva Cáceres, "Reseña de *La ciudad y los perros*"; p. 149.

④ Ibíd.

el pasado y el presente, lo militar y lo civil se integran en una unidad a través de diversos puntos de vista en un intento por construir una visión totalizadora del Perú y su cuerpo social.

Los críticos han atribuido a *La ciudad y los perros* una larga lista de antecedentes: Andrés Sorel ha recordado a *Manhattan Transfer* y *USA* de John Dos Passos①; Leonard Kriegel, a *End as a Man* de Calder Willingham②; Alberto J. Carlos, al *Portrait of the Artist as a Yong Man* de Joyce, *Studs Lonigan* de J. Farrell, *Duelo en el paraíso* de Juan Goytisolo y a *Las buenas conciencias* de Carlos Fuentes③; Rodríguez Monegal, a Robbe-Grillet④; Harss, a Faulkner⑤; Luchting a *From Here to Eternity* de James Joyce, *The Naked and the Dead* de Norman Mailer y a *Berlin Alexanderplatz* de Alfred Döblin⑥. José Miguel Oviedo destaca su relación con Robert Musil, Sartre, William Golding, Paul Nizan, Malraux, Hemingway, Genet, etcétera⑦. Esta enumeración evidencia la genialidad de un Vargas Llosa joven, casi iniciándose como narrador, capaz de apropiarse de una voz personal y de lograr una escritura singular y llena de aciertos a partir de todas esas presencias.

2. *La Casa Verde*

Si *La ciudad y los perros* corresponde a un momento en el que son más visibles los ecos de Sartre, en *La Casa Verde* lo que parece imperar son las huellas de Faulkner. En el prólogo que hizo en 1998 a esta novela, Vargas Llosa confirma este extremo: "Probablemente, la deuda mayor que contraje al escribirla fue con William Faulkner, en cuyos libros descubrí las hechicerías de

---

① Véase Andrés Sorel, "Reseña de *La ciudad y los perros*", *CHA*, nº 205, enero 1967; pp. 185-190.

② Véase Leonard Kriegel, "Private & Public Sensibility", *Nat*, diciembre 5, 1966; pp. 612-620.

③ Véase Alberto J. Carlos, "Reseña de *La ciudad y los perros*", *Hisp*, Vol. XLVIII, nº 1, marzo 1965; p. 947.

④ Véase Rodríguez Monegal, "Madurez de Vargas Llosa", *MunN*, nº 3, septiembre 1966; pp. 62-72.

⑤ Véase Luis Harss, ob. cit.; pp. 440-442.

⑥ Véase Wolfgang Luchting, "Crítica paralela: Vargas Llosa y Ribeyro", *MunN*, nº 11, mayo 1967; pp. 21-27.

⑦ Véase José Miguel Oviedo, "La ciudad y los perros: un mundo angustiado y violento", en *Mario Vargas Llosa: la invención de una realidad*; pp. 89-135.

la forma en la ficción, la sinfonía de puntos de vista, ambigüedades, matices, tonalidades y perspectivas de que una astuta construcción y un estilo cuidado podían dotar a una historia"[1].

La Casa Verde está compuesta por cinco historias: la historia de Bonifacia, centrada en el pueblo Santa María de Nieva; la vida de Fushía, que tiene como escenario la selva; la vida de Anselmo, en la que asistimos a la evolución de la Casa Verde; la resistencia de Jum ocurrida también en la selva, y la historia de cuatro pícaros, en la que tiene mayor importancia la parte dedicada a Lituma. La novela comprende cuatro partes y un epílogo. Cada parte la forman un prólogo y unos capítulos, que a su vez abarcan cada uno algunas escenas. El autor segmenta las cinco historias rompiendo el orden temporal y espacial y los prólogos narran acontecimientos que ocurren alrededor de Santa María de Nieva—las expediciones de las monjas de la Misión para apresar nativas, la entrega de Bonifacia a Reátegui, la rebelión de Jum, etcétera- o en la isla del río Santiago, lugar donde habita Fushía. Los "prólogos" no funcionan exactamente como una introducción a lo que viene después sino que sirven para crear atmósferas e implantar desde el comienzo una tensión narrativa que se disparará en muchas direcciones con un movimiento siempre proliferante.

Mediante la estructura cuidadosamente diseñada, se confirma el papel demiúrgico del novelista. La realidad no tiene orden, es el escritor quien le confiere uno a través de la ficción, como ha señalado Vargas Llosa en varias ocasiones. Las escenas dispersas y entrecruzadas presentan la fragmentación y el caos de la realidad, mientras el diseño estructural sugiere relaciones sútiles y complejas entre las diversas líneas narrativas. Ese orden que se realiza a través de la forma es el "elemento añadido" que, como hemos visto anteriormente, establece interesantes relaciones entre vida y ficción en la poética vargasllosiana.

Podemos ver cómo está compuesta la novela en el siguiente recuadro:

---

[1] Mario Vargas Llosa, "Prólogo" a *La Casa Verde*, en Londres, en *Obras completas I. Narraciones y novelas (1959-1967)*; p. 513.

La Casa Verde							
Libro Uno		Libro Dos		Libro Tres		Libro Cuatro	
Prólogo		Prólogo		Prólogo		Prólogo	
Cap. I	5 escenas	Cap. I	5 escenas	Cap. I	4 escenas	Cap. I	4 escenas
Cap. II	5 escenas	Cap. II	5 escenas	Cap. II	4 escenas	Cap. II	4 escenas
Cap. III	5 escenas	Cap. III	5 escenas	Cap. III	4 escenas	Cap. III	4 escenas
Cap. IV	5 escenas			Cap. IV	4 escenas		
Total general: 63 escenas							
Epílogo							
Prólogo							
Cap. I							
Cap. II							
Cap. III							
Cap. IV							

Cada libro tiene una estructura fija con muy pocas variantes y se observa una coincidencia notable en la distribución por capítulos y escenas entre los cuatro Libros. La reducción de las cinco escenas de los primeros dos Libros a las cuatro en los dos últimos se explica por la confluencia de la historia de Jum con la de Fushía a partir del Libro Tres y su desaparición en el Libro Cuatro.

Dentro de cada capítulo las escenas siguen un determinado orden. En los dos primeros libros, los capítulos están organizados según el siguiente orden:

Escenas de Libro Uno y Libro Dos	
1ª escena	acontecimientos en la Misión y en Santa María de Nieva
2ª escena	aventuras de Fushía
3ª escena	historia de la Casa Verde, Anselmo y Antonia, en Piura
4ª escena	historia de Jum, historia de Adrián Nieves y Lalita
5ª escena	historia de los Inconquistables, en la Mangachería

Los capítulos de los dos últimos Libros presentan otra disposición:

Escenas de Libro Tres y Libro Cuatro	
1ª escena	acontecimientos en la Misión y en la isla del río Santiago
2ª escena	historia de Fushía
3ª escena	historia de la Casa Verde
4ª escena	historia de los Inconquistables

Los capítulos del epílogo, que valen cada uno por una escena, guardan un orden similar al de las escenas de los Libros.

Escenas del Epílogo	
Capítulo I	historia de Fushía
Capítulo II	muerte de Anselmo en la Casa Verde
Capítulo III	llegada de Lalita y el Pesado
Capítulo IV	acontecimientos en la Mangachería

La simetría de la estructura permite que las distintas partes de la novela vayan desplegándose equilibrada y espontáneamente. Mientras tanto, con la concurrencia de la narración pluridimiensional, los diálogos entreverados, las "cajas chinas", la yuxtaposición de tiempos narrativos, entre otras técnicas que hacen posible el entrecruzamiento simultáneo de planos espaciales y temporales, las historias se van contagiando y volcándose unas en otras.

Poco a poco se eleva a la superficie del texto la relación entre las diversas líneas novelescas. Desde la primera escena del segundo capítulo, con Nieves y su esposa como intermediarios, la historia de Bonifacia y la de los pícaros empiezan a relacionarse, teniendo como vínculo a Lituma, hasta integrarse en una sola al principio de la tercera parte. Cabe mencionar que, entre los cuatro pícaros, Lituma es un personaje clave, al unir esta historia con el resto. Además de ser marido de Bonifacia, persiguió a Fushía cuando trabajaba de policía en Nieva, y cuando llegó a ser comisario atendió a la apelación de Jum. Después de volver a Piura, apoyó a la Chunga, hija de Anselmo, en la reconstrucción de la Casa Verde. En una palabra, dicho personaje no sólo enlaza la selva y Piura, sino que es la llave para adentrarse en las historias de algunos de los personajes más importantes de la novela. Otros personajes puente entre líneas narrativas son, por ejemplo, Aquilino, cómplice de Fushía, y que relaciona esta línea de Fushía con la de Jum. Como consecuencia de su demagogia, Jum acabó por unirse al grupo de Fushía. Con Lalita se establece un enlace sutil entre la línea de Fushía, la historia de Bonifacia y la de los policías. Fue amante de Fushía y luego convivió sucesivamente con Nieves y el Pesado, debido a los que pudo ponerse en contacto con Bonifacia y Lituma, jefe de los policías de Nieva.

Hasta aquí, podemos ver que en cierto sentido la estructura de *La Casa Verde* tiene en parte forma de árbol, pero un árbol que deja ver sus ramas pero cuyo tronco está ausente. Preferimos por ello hablar de una estructura en forma de red. Una tela de araña con unos pocos hilos principales con los que se entretejen otros mucho más pequeños. Con esta estructura de nuevo Vargas Llosa logra penetrar en zonas plurales y recónditas de la sociedad peruana. "Sin la forma en que está escrita, esta novela desaparece"①, afirma José Miguel Oviedo. A través de las estrategias narrativas, el autor consigue reunir en una sola totalidad elementos heterogéneos, sin incurrir en la rigidez de la novela regionalista tradicional, que para Vargas Llosa muchas veces parece una réplica mecánica de la realidad. Así lo ha visto Angel Rama: "Es obvio que no estamos en presencia de la mera acumulación fotográfica y fonográfica de la realidad sino en una constante tarea de creación narrativa a partir de referencias y ambientaciones reales"②.

En su ensayo sobre los niveles de realidad en la narrativa de Vargas Llosa, Nelson Osorio Tejeda señala: "La compleja red de conexiones, enlaces e imbricaciones se revela como estructura de una visión de la realidad distinta y nueva"③. En *La Casa Verde*, la realidad se presenta en fragmentos discontinuos; pero no se trata de una simple yuxtaposición y entretejimiento de elementos heterogéneos, cada uno está conectado a otros en particular y a todos en general, por eso es necesario, para llegar al verdadero y último sentido de la historia, rastrear las enmarañadas relaciones que se dan en el texto. En esta y las otras novelas del período, Vargas Llosa despliega una visión de lo real cuyo sentido

---

① José Miguel Oviedo, *Mario Vargas Llosa: La invención de una realidad*; p. 161.

② Angel Rama, "Vargas Llosa: las arias del virtuoso", *Marcha*, nº 1316; p. 30.

③ Nelson Osorio Tejeda, "La expresión de los niveles de realidad en la narrativa de Vargas Llosa", *Atenea*, nº 419; p. 131.

total emerge en las sutiles relaciones entre sus partes. Sólo estructuras laberínticas como la de *La Casa Verde* permiten descubrirlo.

Carlos Fuentes al analizar la importancia de esta novela en el panorama de la narrativa hispanoamericana de ese período, ha señalado:

> En *La Casa Verde*, como en *Cien años de soledad*, *Pedro Páramo*, *El lugar sin límites* y *Los pasos perdidos*, la novela latinoamericana se ofrece como un nuevo impulso de fundación, como un regreso al acto de la génesis para redimir las culpas de la violación original, de la bastardía fundadora: la conquista de la América española fue un gigantesco atropello, un fusilico descomunal que pobló al continente de fusiloquitos, de siete leches, de hijos de la chingada[①].

Por lo tanto, en su temática, *La Casa Verde* supera a *La ciudad y los perros* en la amplitud y la profundidad. Aquí la atención del autor no sólo ha cubierto los diversos aspectos de la sociedad peruana de su época, sino que también se ha extendido a problemas arraigados en la historia. Se destila entre líneas la inquietud y preocupación del escritor por la identidad de los peruanos. Además, tampoco están ausentes reflexiones existenciales. En la historia de Fushía, en su esplendor inicial y su fin miserable, queda cabalmente trazado un destino individual que alegóricamente nos habla por extensión del destino humano.

Asimismo en *La Casa Verde* ofrece interesantes rasgos novedosos en el palno de su escritura. Vargas Llosa ofrece una totalidad de gesto y lenguaje. Son frecuentes los juegos con una temporalidad en la que el pasado es narrado en presente y el presente en pasado. Las formas verbales asumen indiscriminadamente todo el caudal simultáneo del habla y el gesto, a fin de operar esa ruptura de las oposiciones entre cambio y estructura. El propósito narrativo primordial del autor es borrar las fronteras entre los diversos niveles de la realidad, por eso, el procedimiento estilístico dominante de la novela es la fusión de la realidad objetiva, el diálogo y los movimientos irracionales de la subjetividad.

---

① Carlos Fuentes, *La nueva novela hispanoamericana*; pp. 45-46.

> *La Casa Verde* se mueve como una gran draga, barriendo todo lo que encuentra en su camino, extendiéndose sobre mil frentes simultáneos, abriendo grietas, plantando redadas y a veces enroscándose como una serpiente marina que se muerde la cola. Una prosa robusta, copiosa, ondulante mezcla las corrientes de muchas conciencias. La selva atraviesa el libro como un hálito, a grandes sorbos, tragándose todo. Las técnicas son deslumbrantes. Hay una cantidad de escenas que escalan el tiempo. Un procedimiento típico es la conversación retrospectiva -por ejemplo, entre Fushía y Aquilino mientras su bote remonta el río hacia el olvido-, que de pronto, sin advertencia o transición, corre una cortina para desembocar directamente en la escena recordada. El método tiende a volverse mecánico con el hábito -como en los episodios en que intervienen los Inconquistables, donde introduce complicaciones innecesarias-, pero también puede ser brillantemente eficaz. Crea una sensación constante de recurrencia, entroncamiento e intemporalidad. En *La Casa Verde* no hay líneas que avanzan, sino círculos concéntricos que giran en espiral unos dentro de otros. Se tocan y rebotan como las bandas luminosas de algún arco iris siempre al brode de la explosión. En *La Casa Verde*, el hombre en sus diversas fases psíquicas es poco más que una partícula acelerada, una exhalación, un espíritu que flota en las aguas y se desbarata en las brumas tropicales[①].

Teniendo en cuenta la concepción vargasllosiana de la novela total, vemos que la realidad que alberga *La Casa Verde* abarca los cuatro niveles que el autor describe en “Carta de batalla por *Tirant lo Blanc*”. En el nivel retórico, se traza la panorámica histórica del Perú urbano y del otro Perú selvático que albergan los personajes. En el nivel objetivo se nota el cuidado que presta el autor a la acción de los personajes, entre otras exterioridades. El nivel subjetivo lo constituyen las supersticiones, los temores desconocidos, el ansia de dominio, la resignación ante la mala suerte, entre otros procesos misteriosos que abruman a los personajes o los exaltan, les hacen gozar o sufrir. *La Casa Verde* presenta

① Luis Harss, ob. cit.; pp. 459-460.

un mayor grado de totalización de la realidad que *La ciudad y los perros* con la inclusión de un nivel mítico①. La primera Casa Verde siempre está envuelta en un ambiente mítico. Nadie sabe a ciencia cierta el motivo de su destrucción ni si tuvo lugar efectivamente el incendio legendario. La aventura de Fushía es otro elemento fabuloso que refuerza el nivel mítico de la novela. La engrandece la decrepitud del personaje al recuperar de la memoria sus fechorías y su vida pasada cuando era fuerte y temido. Mientras tanto, la hace fantástica e incluso increíble la admiración ilimitada que despierta en el viejo Aquilino, quien es a la vez su interlocutor y testigo de su decadencia. Así explica Vargas Llosa el nivel mítico de la obra:

> Toda la historia de la Casa Verde y de Anselmo -esa serie de episodios que conforman el nivel mítico de la novela- están vistos a una cierta distancia y siempre a través de un intermediario, de una conciencia colectiva, que filtra, diluye, "poetiza", los hechos, distorsionándolos sin duda, mitificándolos: irrealizándolos. ¿Quiénes forman esta conciencia colectiva? Los piuranos en general, los mangaches en particular. Son ellos los que cuentan la historia de la llegada de Anselmo a Piura, la fundación de la Casa Verde, el incendio que encabeza el padre García②.

La perspectiva mítica de *La Casa Verde* es el resultado de un esfuerzo sostenido por apropiarse de una realidad múltiple sin reducir su complejidad en su paso a la literatura. Por eso, la meta de Vargas Llosa no es construir un mito en la novela. El mito es un vehículo para alcanzar el objeto último de totalizar la realidad en la ficción. En otras palabras, el mito es más bien, un terreno donde se difuminan las fronteras entre lo real y lo imaginario, lo verdadero y lo

---

① Véase "Sobre *La ciudad y los perros*" (mesa redonda), ob. cit.; p. 79. Según la declaración del mismo autor en esta mesa redonda, se reprochaba a sí mismo no haber incluido la dimensión mítica en la obra. "Yo quería también, en ese sentido, dar una visión mítica del colegio, de una serie de actos en los que nadie cree, pero en los que todos están obligados a creer; en fin, leyes convencionales, sociales, ideas que son automáticamente incumplidas en la práctica, de hecho, pero que todos se sienten obligados a respetar de una manera externa o verbal".

② Carta a Wolfgang A. Luchting. Citado por José Miguel Oviedo en *Mario Vargas Llosa: la invención de una realidad*; p. 154.

falso, lo individual y lo colectivo, y se legitimiza el criterio irracional con que se examina los asuntos. Es bien diferente del tratamiento de lo mítico en *El hablador*, que vamos a investigar en adelante.

De *La ciudad y los perros* a *La Casa Verde*, Vargas Llosa ha dado un gran paso en su búsqueda de la novela total. *La Casa Verde*, que se desarrolla en las tres regiones principales del Perú: el desierto costero, el altiplano central y la selva oriental, da una visión panorámica del país. En esta novela, hay menos obsesiones personales, más lucidez y más orden en el trabajo imaginativo. Aquí no se alude al reino de violencia y corrupción a través de un microcosmos juvenil; se asume, sin atenuantes, el desgarrado mundo adulto como una realidad doliente y humanamente valiosa.

3. *Conversación en La Catedral*

Conversación en La Catedral culmina el primer período de la obra de Vargas Llosa. Luciendo una ambición balzaquiana, extiende más que en ninguna otra una pintura panorámica muy completa de la sociedad peruana bajo la dictadura de Manuel Apolinario Odría (1896-1974). Donald L. Shaw la ha calificado de novela política que merece colocarse al lado del grupo importante de novelas sobre la dictadura: *Yo, el Supremo* (1974), de Roa Bastos; *El otoño del patriarca* (1975), de García Márquez, y *El recurso del método* (1974), de Alejo Carpentier[①]. Sin embargo, a diferencia de estas novelas, en *Conversación en La Catedral* el dictador no se pone en primer plano. Todo está contado desde el punto de vista de los que sufren la apatía y el encanallamiento que impone la dictadura. El interés de la novela está puesto en el cruce de los comportamientos sociales y las conductas individuales, en la indagación de cómo los avatares políticos de un país se reflejan fatalmente en un amplio número de seres humanos, desde los ministros hasta las artistas, entre otros muchos.

La novela se sitúa en la dictadura del general Manuel Apolinario Odría

① Véase Donald L. Shaw, *Nueva narrativa hispanoamericana: Boom. Posboom. Posmodernismo*, Madrid: Cátedra, 2008; pp. 145-146.

entre los años 1948 y 1956. A diferencia de *La ciudad y los perros* y *La Casa Verde*, los contextos de *Conversación en La Catedral* abarcan todo el país. La preocupación y la perspectiva crítica que asume el autor sobre la política del Perú son aún más obvias que en las dos precedentes. En 1998, cuando volvió a repasar esta obra treinta años después de su publicación, Vargas Llosa afirmó que la historia política y social de aquellos años sombríos y el clima de cinismo, apatía, resignación y podredumbre era su materia prima. Es bastante revelador el hecho de recoger como epígrafe la proclamación que con ánimo totalizador hizo Honoré de Balzac en el que afirmaba que la novela debía retratar la vida privada de las naciones[①]. La famosa pregunta de Santiago Zavala a lo largo de la novela: "¿En qué momento se había jodido el Perú?" parece transmitir a las claras el afán por llevar a cabo un retrato colectivo de su país, colocándose en primer plano. Son representativas las siguientes citas extraídas del texto:

> El era como el Perú, Zavalita, se había jodido en algún momento... el Perú jodido, piensa, Carlitos jodido, todos jodidos (33).

> Un gran canchón rodeado de un muro ruin de adobes color caca -el color de Lima, piensa, el color del Perú- (39).

> El corpulento río de olores parece fragmentarse en ramales de tabaco, cerveza, piel humana y restos de comida que circulan tibiamente por el aire macizo de 'La Catedral', y de pronto son absorbidos por una invencible pestilencia superior: ni tú ni yo teníamos razón papá, es el olor de la derrota papá (48).

La influencia de Faulkner encuentra un exponente convincente en la estructura de *Conversación en La Catedral*. La manera de edificar se basa en la

---

① Véase Mario Vargas Llosa, *Conversación en La Catedral*, en *Obras completas II. Novelas (1969-1977)*, Barcelona: Círculo de Lectores, 2004; pp. 23-629. Todas las citas de esta novela harán referencia a dicha edición y se indicará la página entre paréntesis dentro del texto. El epígrafe es el siguiente: "Il faut avoir fouillé toute la vie sociale pour être un vrai romancier, vu que le roman est l'histoire privée des nations" (Balzac, *Petites Misères de la Vie Conjugale*); p. 29.

utilizada por Faulkner en *Absalom, Absalom!*, donde toda la historia nos está referida a través de una conversación. Hay un primer plano que es la conversación de dos personajes, a través de la cual va surgiendo la verdadera historia que constituye la materia profunda del relato. El diálogo entre Ambrosio y Zavala durante cuatro horas va sacando otras conversaciones que, entabladas entre variados personajes a diversas horas y en distintos sitios, van desovillando una historia cuyas dimensiones temporal y espacial exceden en mucho el pequeño recinto de la cafetería. Constituye el centro de irradiación alrededor del cual van aflorando nuevos argumentos. Con esta estructura se representa un clima nacional de corrupción generalizada que, desde el centro del poder, se extiende hacia todos los sectores e instituciones, envileciendo el conjunto social. En este armazón central dialogado, no se respetan las convenciones de tiempo y lugar, siguiendo las necesidades de la anécdota mediante una conversación absolutamente libre que se mueve en el espacio y en el tiempo de una manera no convencional. Al mismo tiempo, el hecho de que la historia se desarrolle principalmente a través del contrapunto de diálogos alternados supone que la narración se articule sobre una suma de subjetividades.

Según avanza la conversación, Zavala, estudiante fracasado metido a periodista, va enterándose y descubriendo las lacras de su país. Desaparece aquí todo rastro de narrador omnisapiente para desvelar la historia mediante un personaje que, en su inocencia y desconocimiento, se asimila al lector. Así se emprende la recuperación y la revelación de la verdad, pero el personaje resulta ser, debido a su desconocimiento, una de las principlaes víctimas de toda la historia que nos es narrada.

La novela es la historia de una familia de la alta burguesía, conectada a diversos ambientes de la política, la economía, la vida prostibularia, la policía, el periodismo, el servicio doméstico, los matones profesionales, las aberraciones sexuales, etcétera. La vida familiar de Zavala ofrece un cuadro de la corrupción moral que refleja simbólicamente el estado general del país. Los prejuicios raciales de su madre para con su nuera, Ana, y el conformismo egoísta de sus hermanos son representativos del modo de ser burgués contra el que Zavala se ha rebelado inútilmente. El momento más traumático para él en toda la novela llega cuando descubre no sólo que su padre es un homosexual pasivo, sino también que el hecho es notorio y le ha valido a don Fermín el apodo de Bola de Oro. Las relaciones sexuales entre don Fermín y su chófer negro Ambrosio, reflejan en un clima degradado las relaciones de opresión de la burguesía peruana con las clases bajas. El clima de sordidez social se plasma también en el rechazo de Zavala, vástago de la alta burguesía, a su clase y en su decisión, debido a la toma de conciencia de la podredumbre nacional, de perderse en la amorfa e impotente pequeña burguesía. Mientras, Cayo Bermúdez, un elemento nocivo de la clase baja, sube hasta llegar a ser ministro. Mensaje alegórico que cuestiona la identidad de la alta clase del país. Cayo Bermúdez, el siniestro jefe de la policía política, sostiene al régimen, es lúcido en sus actuaciones, pero también será víctima de ese mismo régimen que sostiene, que lo abandonará cuando le resulte conveniente.

Vargas Llosa expone con nitidez los manejos de la corrupción como instrumento del poder. Pero lo que le interesa realmente son "las consecuencias en el plano individual de vivir en un medio corruptor y corrompido"[①]. El hilo primordial de *Conversación en La Catedral* se teje en un proceso de contaminación sin resquicios ni salvación para nadie debido a la sordidez moral en que está fundado el régimen, como ha señalado Donald Shaw[②].

Las técnicas narrativas de *Conversación en La Catedral* reúnen los principales procedimientos que había ensayado en sus novelas anteriores: multiperspectivismo, multilinealidad, fragmentariedad, etcétera. La omnipresencia de los diálogos, que consituye un elemento singular de esta obra frente a las dos anteriores, atenúa la presencia del narrador, que no va mucho más allá de la simple designación de los emisores. La situación del discurso que permite situar y precisar el sentido de esos diálogos viene dada por episodios anteriores o por su entrecruzamiento con otras conversaciones, construyéndose así un rompecabezas que a pesar de su fragmentación muestra en todo momento un gran coherencia. Los diálogos sucesivos y sin mediaciones imponen una gran economía de la narración, fabrican continuos suspenses y requieren

① Jorge Edwards, "El gusano de la conciencia", en José Miguel Oviedo, Giacoman Helmy F. (eds.), *Homenaje a Vargas Llosa*, Nueva York: Las Américas: Anaya, 1972; pp.297-301 (p. 300).

② Véase Donald L. Shaw, ob. cit.; p. 146

incesantemente la complicidad y la participación del lector. La interrupción de las escenas pide la continuación de la lectura y dota a la narración de una intensidad mayor, como se puede comprobar en el siguiente extracto de la novela:

> —¿De veras se siente bien, niño? ¿No quiere que lo acompañe?
>
> —El que se siente mal eres tú—dice, sin mover los labios—. Toda la tarde, las cuatro horas te has sentido mal.
>
> —Ni crea, tengo muy buena cabeza para el trago—dice Ambrosio, y, un instante, ríe. Queda con la boca entreabierta, la mano petrificada en el mentón.
>
> —Sabes de sobra de qué estoy hablando—dice Santiago—. Por favor, deja de hacerte el cojudo (57-58).

Podemos inducir que Santiago está haciendo alusión a un secreto oscuro de Ambrosio. Sin embargo, el autor lo deja en suspenso intencionalmente. Poco después, el diálogo continúa:

> —Que dejes de hacerte el cojudo—cierra los ojos y toma aire—. Que hablemos con franqueza de la Musa, de mi papá. ¿El te mandó? Ya no importa, quiero saber. ¿Fue mi papá?
>
> Se le corta la voz...
>
> —Me voy para que no se arrepienta de lo que está diciendo—ronca, la voz lastimada. No necesito trabajo, sépase que no le acepto ningún favor, ni menos su plata. Sépase que no se merecía el padre que tuvo, sépaselo. Váyase a la mierda, niño (28).

A través de este diálogo, sabemos que Ambrosio debe haber hecho algo malo que tiene que ver con Fermín Zavala. Sin embargo, se omite cualquier información sobre qué ha hecho y quién es la Musa. Esas incógnitas, como ocurre a lo largo de toda la novela, se resolverán más adelante, e incesantemente aparecerán nuevos suspenses.

En comparación con *La ciudad y los perros* y *La Casa Verde*,

Conversación en La Catedral presenta un mayor grado de totalidad. Las primeras dos tienen un epílogo, donde se da a conocer el desenlace de los personajes, mientras que la última no lo necesita porque el mundo ficticio encerrado en ella es de por sí completo y autosuficiente. La novela, que empieza por la conversación marco para terminar en la misma, ofrece una estructura circular y cerrada en sí misma.

La novela está dividida en cuatro partes, que a su vez constan de capítulos. Dentro de cada capítulo, las diferentes historias se cruzan entre sí, y hasta se contraponen dentro de un mismo diálogo frases y personajes pertenecientes a épocas y escenarios diferentes, red en la que cada elemento forma parte de un todo general mucho más amplio y vasto. Pero a pesar de esta aparente confusión, la índole y articulación de los hechos y los personajes responden a una lógica racional fuera de toda arbitrariedad. El relato, que en un principio parece confuso e incoherente, paulatinamente se va clarificando para desembocar en una imagen de conjunto nítida y rotunda.

En *Conversación en La Catedral*, el autor pone en juego el foco ampliador y el foco reductor del arte cinematográfico. Poco después de que se ha iniciado la novela, se pone en marcha la ampliación del foco que ha de continuar a lo largo de la obra. Cuando Zavalita acaba por caer en la cuenta de la relación entre Fermín y Ambrosio, el foco, que ha estado ampliándose hasta entonces, conoce su límite y vuelve al punto de partida: el figón humilde y estrecho. La novela se cierra sobre sí misma cuando el círculo ha quedado definitivamente clausurado, sin rastro de una posible redención.

En resumen, en *La ciudad y los perros*, *La Casa Verde* y *Conversación en La Catedral*, aunque el autor ha plasmado diferentes mundos ficticios, el imaginario se nutre de los mismos elementos: la corrupción moral, la decadencia física, la frustración individual y colectiva, la violencia, la miseria. Estas manifestaciones se repiten sistemática y consecutivamente en las tres novelas, de tal manera que parecen ser el magma definitorio de la nacionalidad, la "materia prima" con la cual las novelas elaboran una imagen del Perú y su sociedad.

Quizá no es exagerado considerar *Conversación en La Catedral* como la cima del proceso llevado a cabo por Vargas Llosa en sus primeras tres novelas.

A partir de ahora, su creación, aunque con alguna excepción destacable como *La guerra del fin del mundo,* aspirará a representaciones literarias menos abarcadoras[①], fruto de cambios en su poética que son indicios también de nuevas visiones de la realidad y de la literatura.

① Véase Mario Vargas Llosa, "Prólogo" a *Conversación en La Catedral*, ob. cit.; p. 25.

Capítulo III

La narrativa de Mario Vargas Llosa a partir de 1975

A medida que el supuesto *boom* iba apaciguándose, algunos aspectos que constituían las características comunes de esa narrativa se convierten en el blanco de críticas y autorreproches, sobre todo en cuanto a la pretensión de escribir epopeyas y la autoconcepción del autor comprometido[①]. En este contexto, después de los años sesenta Vargas Llosa vislumbra la manera de romper con los círculos viciosos del poder, el autoritarismo y la corrupción que malean la atmósfera de sus mundos ficticios. El ambiente relativamente aliviado e incluso jocoso que construye en *Pantaleón y las visitadoras* y en *La tía Julia y el escribidor* muestra que la literatura que empieza a producir desde los años setenta refleja una nueva forma de interpretar los problemas de su país. Sin embargo, el diagnóstico no cambia. Como se puede ver en los ensayos más recientes del escritor, hasta hoy sigue insistiendo en que uno de los problemas más graves del Perú es la explotación y la miseria de los indígenas y de los pobladores de los Andes, al igual que la corrupción, la hipocresía y el arribismo en la vida pública. Lo que podemos ver en las novelas escritas a partir del caso Padilla es una interpretación diferente de las causas y de las soluciones para estas problemáticas. Tal viraje se debe a la revisión que hace con respecto a su militancia en la izquierda y su acercamiento paulatino al liberalismo—ya analizado en el primer capítulo—y a la conciencia cada vez más atenta sobre el papel de la industria cultural en los tiempos actuales y sus efectos sobre un

① Véase Gesine Müller, "El proyecto de una identidad latinoamericana-¿un intento abandonado? Los autores del *boom* hoy en día", en José Manuel López de Abiada, José Morales Saravia (eds.), *Boom y Postboom desde el nuevo siglo: impacto y recepción*, Madrid: Verbum, 2005; pp. 162-174 (p. 170).

público cada vez más numeroso. Como ha señalado Jean Franco, "Vargas Llosa no se siente atraído por una escritura que signifique unos pocos lectores altamente calificados: al contrario, aspira al público de la cultura de masas"①. Estos cambios no son ajenos a pautas generales de la narrativa continental que tiene lugar en esos mismos años y que conviene reflejar mínimamente para contextualizar la obra del escritor peruano tras la década de los sesenta.

1. La narrativa hispanoamericana después del *boom*

Entrados los años setenta, entre el caso Padilla y otros eventos, se fue enfriando el entusiasmo por la defensa de la utopía socialista generada por el triunfo de la Revolución Cubana, en tanto que el neoliberalismo iría ganando terreno hasta extenderse abrumadoramente en las políticas de los años noventa. Los setenta y ochenta fueron años turbios y extraordinariamente problemáticos para América Latina, que conoció la emergencia de sangrientas dictaduras y la sucesión de guerras civiles francas o encubiertas en muchos países. Con el derrumbe de los antiguos ideales socialistas, los intelectuales se polarizaron en bandos irreconciliables de apoyo o rechazo al régimen castrista. Las consecuencias de esta situación fueron terribles: numerosos escritores murieron en la lucha y otros sufrieron prisión, tortura o exilio, por lo que sus trayectorias se vieron interrumpidas o se desarrollaron a caballo entre diferentes países a causa del exilio. Este ambiente repercutirá en las creaciones de los autores de maneras diversas. En general, y como testimonian actitudes de escritores como el propio Vargas Llosa, Antonio Skármeta, David Viñas, Ricardo Piglia o Diamela Eltit, frente a la narrativa anterior asoma una desconfianza generalizada acerca de la posibilidad de articular verdades a través del lenguaje, de construir ficciones abarcadoras sustitutivas de la realidad.

A menudo, la crítica ha identificado tales actitudes con el posmodernismo o la posmodernidad a la hora de definir la literatura hispanoamericana de ese

① Jean Franco, "Memoria, narración y repetición: La narrativa hispanoamericana en la época de la cultura de masas", en Angel Rama, ob. cit.; pp. 111-129 (p. 124).

período. "El concepto de Posmodernidad alude a un clima de época caracterizado por el recelo ante cualquier tipo de discurso autoritario, el triunfo del pensamiento *débil*, el derrumbe de la noción de jerarquía y la defensa de los márgenes, que pasan a ocupar un lugar preeminente en las diferentes disciplinas. En un universo a todas luces incierto triunfa el concepto de hibridación, lo que explica que las ciencias humanas releguen a un segundo plano la cuestión de la identidad para interesarse prioritariamente por la heterogeneidad y los fenómenos de mestizaje cultural"[①]. Obviamente, la disposición a renovarse que constituye la esencia posmoderna ya la emprendieron algunos autores del *boom*, que a su vez, siguen siendo referentes indispensables para comprender las orientaciones estéticas posteriores.

El término "Posmodernidad" comenzó a utilizarse literariamente por primera vez en Estados Unidos, donde a finales de la década de 1940 un grupo de poetas lo utilizó para distanciarse del tipo simbolista del modernismo representado por T. S. Eliot. Como los primeros posmodernos, la mayoría de quienes posteriormente se unieron a la reacción antimodernista fueron radicales estéticos y a menudo intelectualmente cercanos al espíritu de la contracultura. La posmodernidad de que hablamos ahora es el término usado por los críticos angloeuropeos para señalar el fin de su *modernity*, que es más o menos asimilable a la vanguardia hispanoamericana. Teniendo en cuenta esta procedencia, no faltan críticos que dudan de la legitimidad de su aplicación al *postboom* de la literatura hispanoamericana. Según ellos, el término presenta problemas asociados a sus raíces en el vocabulario del pensamiento angloeuropeo, del que ha sido trasladado un poco mecánicamente[②]. Más allá de si son apropiadas tales denominaciones, utilizaremos los vocablos "posmodernismo" y "posmodernidad" como meros instrumentos de aproximación. Lo cierto es que aparecen en las expresiones literarias hispanoamericanas algunas de las notas que generalmente se adscriben al espíritu posmoderno: escepticismo, desaliento, sarcasmo, incertidumbre

---

① Francisca Noguerol Jiménez, "Últimas tendencias y promociones", en Trinidad Barrera (ed.), *Historia de la literatura hispanoamericana, Tomo III, Siglo XX*, Madrid: Cátedra, 2008; pp.167-180 (p. 168).

② Véase José Miguel Oviedo, *Historia de la literatura hispanoamericana 4. De Borges al presente*, Madrid: Alianza Editorial, 2001; p. 384.

espiritual, antirrealismo, visión apocalíptica de la Historia, gusto por las formas paródicas y autorreflexivas, tendencia al caos, desconfianza en el lenguaje como creador de sentido, etcétera.

Matei Calinescu ha resumido en tres las cuestiones centrales de la escritura posmodernista: "¿Puede ser la literatura otra cosa que no sea autorreferencial, dada la actual duda epistemológica radical y los modos como esta duda afecta el status de representación? ¿Puede decirse que la literatura es una 'representación de la realidad' cuando la realidad misma resulta estar impregnada de ficción por todas partes? ¿En qué sentido difiere la construcción de la realidad de la construcción de la mera posibilidad?"[①] Se nota que hay un paralelismo entre estas tres cuestiones y ciertas preocupaciones que comienzan a infiltrarse en la literatura de Vargas Llosa y que tienen que ver con su carácter de reflexiones sobre el mismo escribir y las relaciones entre realidad y ficción y verdad y mentira en las representaciones literarias. Nuestro objetivo no es analizar si Vargas Llosa es un escritor posmoderno o no, pero esta coincidencia nos ofrece una nueva perspectiva. En otras palabras, los cambios que experimenta su narrativa obedecen a un conjunto de motivos que hay que tener en cuenta. Estas nuevas tendencias se inscriben además en un clima de época y anuncian algunas de las transformaciones por venir.

No pocos críticos han calificado de posmodernas a las novelas que Vargas Llosa escribiera a partir de los años setenta. Modernismo y posmodernismo son categorías culturales de amplias connotaciones que representan en las artes las ideologías imperantes en la sociedad en la que aquéllas son producidas y consumidas. Sin comprometernos a juzgar con rotundidad si es legítima la inclusión de Vargas Llosa entre los escritores posmodernistas, queremos indicar que dicho juicio se debe en parte a la presencia en sus obras de algunos rasgos propios del posmodernismo. Juan Armando Epple ha señalado tres características fundamentales del *posboom*: la parodia de los géneros literarios y los códigos oficiales del lenguaje, la caracterización protagonista del estrato adolescente y juvenil de la sociedad y la incorporación a la textualidad narrativa

---

① Matei Calinescu, *Cinco caras de la modernidad: Modernismo, Vanguardia, Decadencia, Kitsch, Postmodernismo*, Trad. Francisco Rodríguez Martín, Madrid: Alianza Editorial, 2003; p. 16.

de la expresividad poética, como forma natural de decir; en resumen: la presencia de parodia, poesía y cultura de masas①.

En cuanto al pastiche como otra de las características fundamentales de lo posmoderno, Fredric Jameson arguye que su predominio se debe a la imposibilidad de desarrollar nuevos estilos individuales en una sociedad en la que la personalidad se ha convertido en algo del pasado. Explica que los artistas modernos se caracterizan por tener su propio estilo personal, pero "lo que está claro es que los antiguos modelos—Picasso, Proust, T. S. Eliot—ya han dejado de serlo (o son positivamente perjudiciales), ya que ahora nadie puede volver a dar con esa única palabra o ese único estilo para expresarse"②. A ello se une el humor como elemento básico de estas actitudes, rasgo bastante escaso en la literatura hispanoamericana previa y que ahora resulta imprescindible en los frecuentes discursos paródicos que comienzan a aparecer.

El mercado comienza a surgir como un espacio que condiciona cada vez más la creación literaria y la constitución del gusto artístico. Las leyes de la publicidad y sus exigencias amenazan la aspiración al valor artístico de las obras y ceden el paso a las estrategias de marketing y venta. Los límites entre alta cultura y cultura de masas se diluyen o se confunden. La literatura parece perder peso y autonomía frente al impetuoso proceso de industrialización de la cultura. Este marco produce nuevos fenómenos, como la llamada "literatura de supermercado" o "literatura light", consecuencia de los sistemas de producción editorial que se dirigen a un *mass market* después de haber identificado sus gustos. Si bien constituye un producto alejado de los objetivos de la narrativa que insisten en moverse por los circuitos "cultos", lo cierto es que algunos de sus elementos también aparecerán, con un tratamiento diferente en algunos

① Véase Juan Armando Epple, "El contexto histórico-generacional de la literatura de Antonio Skármeta", en Raúl Silva Cáceres (ed.), *Del cuerpo a las palabras*, Madrid: Literatura Americana Reunida, 1983; pp. 101-105.

② Fredric Jameson, "Postmodernismo and Consumer Society", en Hal Foster (ed.), *The Anti-Aesthetic: Essays on Postmodern Culture*, Port Townsend, Wash.: Bay Press, 1983; pp. 111-126 (p. 115). He aquí la versión original: "what is clear is merely that the older models -Picasso, Proust, T.S.Eliot- do not work any more (or are positively harmful), since nobody has that kind of unique private world or style to express any longer".

escritores y escritoras más representativos de las nuevas tendencias latinoamericanas, Vargas Llosa incluido.

En los años posteriores al *boom* coexisten escritores pertenecientes a distintas generaciones. Al lado de los consagrados en los sesenta, surgen nombres como Manuel Puig (1932-1990, Argentina), Alfredo Bryce Echenique (1939, Perú) y Antonio Skármeta (1940, Chile), entre otros muchos. Estos nuevos creadores se identificaron con la proclama de Mempo Giardinelli en "Un retorno a la espontaneidad": "La demagogia populista de izquierda, el disimulado romanticismo, la fantasía y la exuberancia for-export, el escepticismo idealista, el moralismo solapado y las pretensiones ideologicistas de la generación anterior, incluido el llamdo *boom*, hoy empiezan a ser materiales en desuso"①.

Por su parte, en el ensayo "Al fin y al cabo es su propia vida la cosa más cercana que cada escritor tiene para echar mano", Antonio Skármeta llamó atención sobre la prioridad que la narrativa del *posboom* da a la cultura popular. Afirmó que "la narrativa más joven [...] es vocacionalmente antipretenciosa, pragmáticamente anticultural, sensible a lo banal, y más que reordenadora del mundo [...] es simplemente presentadora de él [...]. La más nueva narrativa se debate en este proceso que se podría caracterizar como infrarreal en motivos y personajes, *pop* en actitud y realista-lírico en su lenguaje"②. En un espacio en el que conviven dos formas distintas de producción y consumo de la literatura: culta y de masas, no es fácil, según Sodré, definir las diferencias entre la una y la otra. La obra culta se apoya en el reconocimiento académico, mientras que la literatura popular es legitimada por el juego del mercado③.

En este contexto, la integración de la cultura de masas en la narrativa, además de ser una técnica novedosa, representa una actitud, muchas veces transigente, frente a dicho fenómeno. Sin embargo, no significa necesariamente que un escritor priorice la legibilidad sobre la innovación. Juan Manuel Marcos

---

① Mempo Giardinelli, "Un retorno a la espontaneidad", *Clarín*, (1986) 1.2; pp. 21-23 (p. 23).

② Antonio Skármeta, "Al fin y al cabo es su propia vida la cosa más cercana que cada escritor tiene para echar mano", en Angel Rama, ob. cit.; pp. 263-285 (pp. 275-276).

③ Véase Muniz Sodré, *Best seller: A literatura de mercado*, Sao Paulo: Editora Atica, 1985; pp. 6-7.

afirma que las novelas que incorporan el género popular buscan la restauración poética del mismo, y se configuran como un texto intensamente referencial pero no monosémico ni mucho menos simplista. Añade que estas novelas no copian servilmente la estructura de estos géneros sino que adaptan creativamente algunos elementos de dichos códigos tradicionales para apelar con más fuerza a la sensibilidad y a la conciencia del público[①]. Teniendo en cuenta esta nueva situación, en los setenta Vargas Llosa renueva su concepción literaria y explora nuevos rumbos narrativos, y con ello logra inyectar vitalidad y originalidad a una trayectoria ya de por sí extraordinaria.

2. La ideología revisada

A partir de los años setenta, Vargas Llosa va alejándose de las concepciones y actitudes que le orientaban durante el *boom*. Entre ellas, destaca la nueva toma de posición en el debate entre Sartre y Camus: "Releí a Sartre y a Camus y me impresionó ver cómo ha variado mi punto de vista. En ese debate—que no sólo abarca una serie de artículos sino la obra conjunta de cada uno de ellos—me doy cuenta de que quien tenía razón era Camus. Su visión fue más lúcida y profunda que la de Sartre. Camus acertó al decir que lo fundamental es el trasfondo ético de la acción; tenía razón al sostener que el problema de la libertad es inseparable del problema de la justicia"[②].

Este cambio de actitud de Vargas Llosa frente a los dos maestros franceses ya lo hemos analizado en el primer capítulo. Para no incurrir en repeticiones aquí queremos solamente enfatizar la influencia de dicho cambio en su narrativa, que se analizará posteriormente con mayor amplitud. Desde entonces, en vez de acometer directa e impetuosamente las fallas del sistema social y político del Perú, Vargas Llosa adopta miradas más oblicuas hacia esa realidad.

---

① Juan Manuel Marcos, "El género popular como metaestructura textual del *postboom* latinoamericano", *Monographic Review/Revista Monográfica*, 3.1-2 (1987); pp. 268-278 (p. 270).

② Cristina Pacheco, "Mario Vargas Llosa (1982)", en *Al pie de la letra*, México: Fondo de Cultura Económica, 2001; pp. 291-300 (p. 294).

A la hora de investigar obras de un escritor tan preocupado por la política como Vargas Llosa, no es sensato separar sus concepciones ideológicas y literarias. Desde los primeros años de la década del setenta, se iba gestando la evolución ideológica del escritor que se irá confirmando a lo largo de los años en su vida social y política y gracias a lecturas heterogéneas.

El año 1981 resultó fructífero para la visión política de Vargas Llosa. Durante su estancia en Estados Unidos, leyó a autores como Hayek, Popper, Berlin o Friedman. Los teóricos del liberalismo político y económico influyeron decisivamente en sus opiniones futuras sobre el destino del continente latinoamericano y, muy en particular, de su país natal. Desde entonces, Vargas Llosa se iba formando una nueva ideología política neoliberal, distinta de las fórmulas marxistas y neomarxistas a las que se había aferrado. A partir de los años ochenta, Vargas Llosa interviene de forma cada vez más activa en la política del Perú. En 1983, a petición del presidente Belaúnde Terry (1980-1985), participa en una comisión de investigación acerca de ciertos sucesos ocurridos en Uchuracay, donde fueron asesinados ocho periodistas. Más tarde, en 1987, el aprista Alan García (1985-1990), en una decisión sin precedentes, decidió nacionalizar la banca. Surgieron grandes protestas entre ciertos sectores de la población y Vargas Llosa protagonizó un mitin de repulsa a las medidas gubernamentales en pleno centro de Lima. El hecho fundamental fue su ingreso en política cuando se postuló para la carrera presidencial de 1990, encabezando un programa neoliberal con el apoyo de las clases medias y altas. En la campaña electoral, presentó un plan de gobierno que incluyó "la privatización del sector público, el fin de los privilegios y las prebendas, la movilización de la sociedad civil contra la guerrilla bajo la conducción personal del presidente, la reforma integral de la educación, la liberación de la economía, la flexibilización del mercado laboral, y la reducción a la mitad del número de ministerios"[①]. Como se sabe, fue derrotado por Alberto Fujimori en la segunda vuelta.

---

① Alvaro Vargas Llosa, *El diablo en campaña*, Madrid: Ediciones El País, 1991; p. 80.

3. Nuevas concepciones literarias

3.1 *La orgía perpetua: Flaubert y Madame Bovary.* Redescubrimiento del folletín y el melodrama

La fecha de publicación de *La orgía perpetua: Flaubert y Madame Bovary*, 1975, resulta muy significativa en la trayectoria novelística de su autor, año en el que con *La tía Julia y el escribidor* adopta un cambio de rumbo en su desarrollo. Por ello, consideramos importante analizar este ensayo, pues en él hay pistas de esa reorganización de un pensamiento estético que se trasladaría a ficciones abordadas desde nuevos parámetros. El largo ensayo está compuesto de dos partes. La primera consiste en una especie de autobiografía literaria en la cual el autor revela su relación personal e íntima con la novela de Flaubert y su personaje, Madame Bovary, mientras la segunda es un estudio más académico de la obra. Tras su estudio sobre García Márquez y *Cien años de soledad*, es la siguiente exposición sistemática y profunda de sus gustos y concepciones literarias.

> Una novela ha sido más seductora para mí en la medida en que en ella aparecían, combinadas con pericia en una historia compacta, la rebeldía, la violencia, el melodrama y el sexo. En otras palabras, la máxima satisfacción que puede producirme una novela es provocar, a lo largo de la lectura, mi admiración por alguna inconformidad, mi cólera por alguna estupidez o injusticia, mi fascinación por esas situaciones de distorsionado dramatismo, de excesiva emocionalidad que el romanticismo pareció inventar porque usó y abusó de ellas, pero que han existido siempre en la literatura, porque, sin duda, existieron siempre en la literatura, porque, sin duda, existieron siempre en la realidad, y mi deseo①.

---

① Mario Vargas Llosa, *La orgía perpetua: Flaubert y "Madame Bovary"*; p. 713.

Al admitir su seducción por "la rebeldía, la violencia, el melodrama y el sexo", y teniendo en cuenta que la rebeldía, la violencia y el sexo ya estaban presentes en sus obras previas, hemos de pensar que la incorporación de lo melodramático podría considerarse una de las innovaciones más significativas de sus nuevas novelas:

> Aunque no soporto el melodrama literario en estado puro -el cinematográfico sí, y es posible que esa debilidad mía haya sido forjada por el melodrama mexicano de los años cuarenta y cincuenta que frecuenté viciosamente y que todavía añoro-, en cambio, cuando una novela es capaz de usar materiales melodramáticos dentro de un contexto más rico y con talento artístico, como en *Madame Bovary*, mi felicidad no tiene límites[①].

Y añade:

> Mi afición al melodrama no tiene nada que ver con ese juego intelectual, desdeñoso y superior, que consiste en reivindicar estéticamente, mediante una noble e inteligente *interpretación*, lo innoble y lo estúpido, como hicieron, por ejemplo, Hermann Broch con el *kitsch* y Susan Sontag con el *camp*, sino una identificación con esa materia que es, ante todo, emocional, es decir una plena obediencia de sus leyes y una reacción ortodoxa a sus incitaciones y efectos. Melodrama quizá no sea la palabra exacta para expresar lo que quiero decir, porque tiene una connotación ligada al teatro, al cine y a la novela, y yo aludo a algo más vasto, que está presente sobre todo en las cosas y hombres de la realidad. Hablo de una cierta distorsión o exacerbación del sentimiento, de la perversión del gusto entronizado en cada época, de esa herejía, contrapunto, deterioro (popular, burgués y aristocrático) que en cada sociedad sufren los modelos establecidos por las élites como patrones estéticos, lingüísticos, morales, sociales y eróticos; hablo de la mecanización y encanallamiento que en la vida cotidiana, padecen las emociones, las ideas, las relaciones humanas; hablo de la inserción, por obra de la ingenuidad, la ignorancia, la pereza y

---

① Ibíd.; p. 717.

la rutina, de lo cómico en lo serio, de lo grotesco en lo trágico, de lo absurdo en lo lógico, de lo impuro en lo puro, de lo feo en lo bello[1].

La sanción del elemento melodramático por parte de Vargas Llosa presupone la posibilidad de infundirle más dosis de realidad a la ficción: "El elemento melodramático me conmueve porque el melodrama está más cerca de lo real que el drama, la tragicomedia que la comedia o tragedia"[2]. Por eso no resulta extraño que recurra a su propia autobiografía en el caso de *La tía Julia y el escribidor*. En una entrevista con José Miguel Oviedo, Vargas Llosa ha confesado su predilección por el melodrama, que según él, siempre ha estado presente en su obra, aunque escondido. Pero el escritor enfatiza que sólo en *La tía Julia y el escribidor*, el melodrama llega a constituir "la materia profunda del relato"[3], porque con él "trata de mostrar cómo todo ese mundo no es sino la magnificación o la selección de una suma de experiencias, que son profundamente melodramáticas y sensibleras en los personajes de la vida real"[4]. Para Vargas Llosa, el melodrama existe en la vida real, "tan profunda, tan vívidamente como en el mundo de la imaginación y la fantasía"[5]. De ahí también que, a la hora de establecer sus preferencias literarias, señale: "Prefiero a Tolstói que a Dostoievski, la invención realista a la fantástica, y entre irrealidades la que está más cerca de lo concreto que de lo abstracto, por ejemplo la pornografía a la ciencia-ficción, la literatura rosa a los cuentos de terror"[6]. Su narrativa a partir de entonces confirmará esas opciones, con propuestas que juegan con los códigos de algunos de estos subgéneros.

Madame Bovary revela a Vargas Llosa las posibilidades que implica el melodrama para la novela en cuanto es capaz de presentar la banalidad de la vida humana mediante un estilo trabajado que dota de gran altura estética ese universo aparentemente trivial. Esta es una de las principales novedades que aportará su narrativa a partir de los sesenta. Asimismo, la odisea existencial de

---

① Ibíd.; p. 718.

② Ibíd.; p. 719.

③ José Miguel Oviedo, "Conversación con Mario Vargas Llosa sobre *La tía Julia y el escribidor*", en Charles Rossman, Alan Warren Friedman (eds.), ob. cit.; pp. 200-208 (p. 205).

④ Ibíd.

⑤ Ibíd.

⑥ Mario Vargas Llosa, *La orgía perpetua: Flaubert y "Madame Bovary"*; p. 712.

Emma Bovary le enseña un modo de conciliar las ansias de rebelión y la necesidad de contravenir las presiones sociales, sin que ello conduzca al colectivismo, al totalitarismo o a la reestructuración integral de la sociedad. Llega a darse cuenta de que el drama de Emma supone una nueva manera de entender la rebelión, proyectada ahora a la defensa del individuo. La lectura que hace de Flaubert muestra la distancia que ahora lo separa de sus ideales de los sesenta. Como Emma, Vargas Llosa ya no cree en el precepto utópico que supone sacrificar el presente a favor de un futuro mejor: “La rebelión de Emma nace de esta convicción, raíz de todos sus actos: no me resigno a mi suerte, la dudosa compensación del más allá no me importa, quiero que mi vida se realice plena y total aquí y ahora”[①]. Este fanatismo será clave de su literatura desde este momento, pues serán frecuentes esas figuras que le permitan explorar el lugar que tienen la ficción, la creencia y la convicción en la vida humana; personajes que establecen una forma de vida en torno a una vocación o un credo capaces de enriquecer la vida y de embarcar a un individuo en aventuras creativas, o de ensombrecerla con el dogmatismo y la intransigencia. Sus obras explorarán frecuentemente estas paradojas.

Flaubert le enseña a Vargas Llosa cauces por los que hacer transitar una literatura a la vez exigente y aceptada por el gran público. “Sin renunciar a su pesimismo y desesperación, convirtiéndolos más bien en materia y estímulo de su arte, y llevando el culto de lo estético a un límite de rigor casi sobrehumano, Flaubert escribió una novela capaz de congeniar la originalidad y la comunicación, la sociabilidad y la calidad. Porque en este formalista intransigente la forma no estuvo nunca divorciada de la vida: ella fue su mejor valedora”[②]. *Madame Bovary* constituye para Vargas Llosa un extraordianrio ejemplo de las posibilidades de la forma para dotar de rango artístico cualquier argumento: “Para volver bello lo que hasta entonces parecía por antonomasia un tema antiartístico, Flaubert se valió de la forma, claro está. Esto significó llegar a la certeza de que no hay temas buenos y malos, que todos pueden ser lo uno o lo otro porque ello depende exclusivamente de su tratamiento”[③]. Y añade: “Reivindicar el tema común para la novela fue simultáneo en Flaubert con la máxima exigencia en el

① Ibíd.; p. 714.

② Ibíd.; p. 909.

③ Ibíd.; p. 889.

dominio del lenguaje, con un propósito, repetido una y mil veces en sus cartas de esos años, que sintetiza en esta fórmula: dar a la prosa narrativa la categoría artística que hasta entonces sólo ha alcanzado la poesía"[①].

Vargas Llosa encuentra así un filón para, inscribiéndose en cierta tendencia general atenta a los temas y técnicas de la cultura de masas, llevar a cabo un literatura de la máxima exigencia: "Estas dos preocupaciones—aprovechamiento del tema común, cuidado obsesivo de la forma—eran indisociables en el autor de *Madame Bovary*. Extrañamente, los discípulos cercanos y remotos harán una división de ambas actitudes y tomarán partido por una en contra de la otra"[②]. Y gracias a ello las vidas ordinarias constituyen un material novelesco al que no hay por qué renunciar.

Resulta también interesante observar cómo las tesis de Flaubert le sirven a Vargas Llosa para modificar su concepción del realismo. "Muchos movimientos que se proclamaban realistas fracasaron porque para ellos el realismo consistía en tomar pedazos de la realidad común y genérica y describirla con la mayor fidelidad y una mínima elaboración artística. Una cosa no excluye la otra: la elección de un tema 'realista' no exonera a un narrador de una responsabilidad formal, porque, sea cual sea la materia sobre la que escribe, todo en su libro será tributario en última instancia de la forma"[③].

La "orgía perpetua" aplicada al estudio de Flaubert significa la casi enfermiza pasión por escribir que ha de ser reflejada en la creación literaria de ahí en adelante, y *La tía Julia y el escribidor* supone el mejor ejemplo, dará a la luz ficciones donde la escritura será una obsesión para muchos personajes.

3.2 El humor: nueva perspectiva desde la que observar la realidad

Después de la publicación de *Conversación en La Catedral*, la producción de Vargas Llosa se distanció de la política y los problemas sociales, entre otros

① Ibíd.; p. 890.

② Ibíd.; p. 891.

③ Ibíd.; pp. 892-893.

temas más graves. *Pantaleón y las visitadoras*, publicada en 1973, es su primer intento de una novela satírica y supone el inicio de una nueva fase de su carrera literaria, que describe Raymond L. Williams como "el descubrimiento del humor"①. Durante los años cincuenta y los sesenta, el escritor peruano parecía rechazar la función del humor en la creación novelística. En *La tía Julia y el escribidor*, encontramos una afirmación del autor por boca del personaje Marito acerca de su interés por el humor y su fracaso en el intento de aplicarlo a la literatura: "Quería que fuera un cuento cómico y, para aprender las técnicas del humor, leía en los colectivos, expresos, y en la cama antes de caer dormido a todos los escritores risueños que se ponían a mi alcance, desde Mark Twain, y Bernard Shaw hasta Jardiel Poncela y Fernández Flórez. Pero como siempre no me salía y Pascual y el Gran Pablito iban contando las cuartillas que yo mandaba al canasto"②. Sin embargo, no todos los críticos han defendido la ausencia de lo humorístico en sus inicios③.

Lo cierto es que el humor, según sus propios testimonios, estaba fuera de sus intereses hasta estas fechas: "Yo siempre he sido absolutamente inmune al humor en literatura—confesaba a Luis Harss en 1966—. Hiela, congela. El

① Véase Francisco Javier Cevallos, "García Márquez, Vargas Llosa, and Literary Criticism: Looking Back Prematurely", en *Latin American Research Review*, Vol. 26, 1991; pp. 266-275 (p. 273). "In the next stage of Vargas Llosas literary career, he seemed to turn away from these serious social and political realities. William characterizes this phase as "discovery of humor", which is manifested in two novels: *Pantaleón y las visitadoras* (*Capitain Pantoja and the Special Service*) y *La tía Julia y el escribidor* (*Aunt Julia and the Scriptwriter*) in 1977".

② Mario Vargas Llosa, *La tía Julia y el escribidor*, Madrid: Alfaguara, 2009; pp. 126-127. Todas las citas de esta novela harán referencia a dicha edición y se indicará la página entre paréntesis dentro del texto.

③ Hay críticos que han señalado el asomo del humor en "Los cachorros" (1967). Según José Miguel Oviedo, "Los cachorros parece un libro paródico, un brochazo burlesco en el retrato habitualmente trágico y ríspido del mundo adolescente. La historia de Pichula Cuéllar está contada como en sordina, mantenida en un nivel dramático deliberadamente más bajo del que podría haber alcanzado: la truculencia deriva en comicidad grotesca. Esto era una novedad casi absoluta en la obra de Vargas Llosa, una de cuyas más notables ausencias (la otra es la ausencia de Dios) era la del humor". Véase José Miguel Oviedo, *Mario Vargas Llosa: la invención de una realidad*; pp. 194-195. Julio Ortega también ha observado la presencia del humor en el mismo cuento: "Truculencia, irrisoria, la historia de Pichula Cuéllar se puede leer como un *comic story* tanto por el trazo rápido de sus escenas como por su también irrisorio y satírico uso de escenarios que son tópicos comunes de la adolescencia. Esos escenarios típicos aquí sugieren la caricatura, el pastiche". Véase Julio Ortega, "Los cachorros" en *La contemplación y la fiesta: notas sobre la novela latinoamericana actual*, Lima: Editorial Universitaria, 1968; pp. 59-69 (p. 64).

humor es interesante cuando es una manifestación de rebelión: el humor insolente, corrosivo de un Céline. Puede ser una forma de amortiguar. Pero en general el humor es irreal. La realidad contradice al humor. Nunca en mi vida un autor humorista me ha convencido ni entusiasmado. Y el humorista profesional es un autor que me ha irritado siempre"[①]. En 1972 cuando lo entrevistaba Cano Gaviria, el escritor aún no había cambiado de actitud: "En literatura el humor me parece un ingrediente muy peligroso, tiende a congelar, a helar, a matar las vivencias, a menos que sea sarcástico y feroz"[②].

Establier Pérez explicó este giro radical por el interés de Vargas Llosa en acceder a un público más amplio[③]. Sin negar tal posibilidad, al mismo tiempo fueron importantes el cambio de postura política en cuanto a los regímenes de izquierda—el caso Padilla, que fue la piedra de toque, se había producido en 1971—y el giro en su valoración del ideario de Sartre. Fue al escribir *Pantaleón y las visitadoras* cuando Vargas Llosa descubrió la eficacia del humor en la narrativa y su aptitud para tratar problemas sociales, políticos o históricos. A los seis años de la publicación de la novela, cuando el autor recordaba la redacción de *Pantaleón y las visitadoras* en una conferencia de 1979, así explicaba su decisión de aplicar el humor en la novela:

> Nada de aquello era cierto, nada de aquello podía persuadir al posible lector. Yo había sido muy alérgico al uso del humor en literatura, el humor en la vida diaria me parecía excelente y lo practicaba, pero temía usarlo en la novela, parecía que el tipo de novela realista que yo quería hacer, si usaba el humor podía deslizarse hacia la irrealidad, y pensaba, muy equivocadamente por supuesto, que el humor congelaba lo real, que lo disparaba hacia un mundo puramente fantástico, y que todo lector enfrentado al humor en literatura percibía como un guiño de complicidad del autor que le estaba diciendo: esto que le estoy contando no es verdad, es sólo para bromear; y por lo tanto había evitado el humor en mis novelas, incluso había hecho declaraciones, había escrito contra el uso del humor en

① Luis Harss, ob. cit.; p. 445.

② Ricardo Cano Gaviria, ob. cit.; p. 92.

③ Véase Helena Establier Pérez, ob. cit.; p. 104.

una literatura que quisiera ser realista. Al escribir *Pantaleón y las visitadoras* encontré una contradicción tremenda, las situaciones que yo describía, los episodios que vivía el Capitán Pantaleón Pantoja, eran grotescos, todo el sentido de escribir una novela en tono grave, y las dos cosas no funcionaban. Fue muy interesante porque así descubrí mi error y supe que ciertas historias, situaciones y personajes, sólo pueden mediante el humor ser persuasivos y convencer al lector de su verdad. Éste fue otro descubrimiento literario importante. Cuando decidí que esta historia tenía que ser escrita no en tono grave sino risueño, se me abrió un mundo muy rico, que hasta entonces desconocía en literatura①.

Esta afirmación revela una toma de conciencia respecto a la unión inextricable entre un tema y la perspectiva en que debe narrarse, descubrimiento que será muy importante para su obra posterior: "Por increíble que parezca, pervertido como yo estaba por la teoría del compromiso en su versión sartreana, intenté al principio contar esta historia en serio. Descubrí que era imposible, que ella exigía la burla y la carcajada. Fue una experiencia liberadora, que me reveló—¡sólo entonces!—las posibilidades del juego y el humor en la literatura"②. El tratamiento farcesco del estamento militar supone una nueva vía para la crítica al autoritarismo y en ningún caso una menor atención a los problemas sociales, sólo una nueva estrategia para enfrentarlos. Como Bajtin ha afirmado, la risa también puede ser un arma poderosa para luchar contra las opresiones. Y es que como afirmara el gran humorista Miguel Mihura: "El humor es una postura comprensiva hacia la Humanidad [...]. Un resentido no puede ser humorista, porque éste tiene para todo una sonrisa cariñosa de indulgencia, de comprensión, de piedad"③.

---

① Mario Vargas Llosa, "Cómo nace una novela"; p. 6.

② Mario Vargas Llosa, "Prólogo" a *Pantaleón y las visitadoras*, en *Obras Completas II. Novelas (1969-1977)*; p. 633.

③ Demetrio Estébanez Calderón, *Diccionario de términos literarios*, Madrid: Alianza Editorial, 2008; p. 536.

3.3 De la novela total a la literatura de masas. *Pantaleón y las visitadoras: novela bisagra*

Gesine Müller ha apuntado que, en la evolución de la narrativa de las últimas décadas en Hispanoamérica, según se va pasando la fiebre del *boom*, la pretensión de escribir epopeyas y la autoconcepción del autor comprometido se encuentran entre las características comunes de las novelas del *boom* que se convierten en el blanco principal de la crítica y el autorreproche en las generaciones posteriores[①]. Así, en *Pantaleón y las visitadoras* y *La tía Julia y el escribidor* se impone una forma narrativa sustentada en una visión carnavalesca, caótica y apocalíptica de la sociedad.

El impacto de la cultura de masas en la nueva narrativa de Vargas Llosa resulta evidente. La estructura narrativa se simplifica en comparación con las novelas anteriores. Desde la publicación de *Pantaleón y las visitadoras*, el autor amplía los registros de su escritura para dar una nueva dirección a su novelística y construir una ficción diferente de las anteriores. Es el primer intento que realiza Vargas Llosa para difuminar las fronteras entre la literatura seria y la popular. Si en *Pantaleón y las visitadoras* asoman brotes de la cultura de masas, estos se abren definitivamente con *La tía Julia y el escribidor*.

Cuando Vargas Llosa explicaba que *Conversación en La Catedral* significó el máximo esfuerzo y el máximo de "volumen y complejidad" de lo que era capaz, y añadía que "a partir de ese punto, mi creación sería más humilde"[②], estaba trazando de manera nítida la línea central de su trayectoria novelística. Así, *Pantaleón y las visitadoras* supone un cambio notable en su obra creativa. Como José Miguel Oviedo ha demostrado, las novelas anteriores ofrecían un desarrollo progresivo hacia la complejidad estructural, mientras que ésta supone un retorno a métodos más tradicionales de contar una historia, narrando los acontecimientos en forma más lineal y de manera mucho más

---

① Véase Gesine Müller, ob. cit.; p. 170.

② José Miguel Oviedo, *Mario Vargas Llosa: la invención de una realidad*; p. 208.

accesible[①]. A esta sencillez se agrega el humor, cuya ausencia es evidente en sus tres primeras novelas. Esta nueva actitud que asume Vargas Llosa con el humor ha dado mucho que hablar a la crítica. No han faltado quienes ponen en tela de juicio la función social y el humor "fácil" de la novela[②].

Un año después de publicar *Pantaleón y las visitadoras*, aparece el artículo "Flaubert, Sartre y la nueva novela" (1974), donde dice:

> Ambas son tentativas imposibles, empresas destinadas a fracasar porque ambas se habían fijado de antemano una meta inalcanzable, estaban lastradas de una ambición en cierto modo inhumana: lo total. La idea de representar en una novela la totalidad de lo humano—o, si se quiere, la totalidad de la estupidez, pero para Flaubert ambos términos expresaban casi la misma cosa—era una utopía semejante a la de atrapar en un ensayo la totalidad de una vida, explicar a un hombre reconstruyendo todas las fuentes—sociales, familiares, históricas, culturales, psicológicas, biológicas, lingüísticas—de su historia, todos los afluentes de su personalidad visible y secreta[③].

Con estas palabras Vargas Llosa parece hacer un balance de su creación narrativa durante el *boom* y sopesar al mismo tiempo el posible rumbo a seguir en el futuro. Sin embargo, el reconocimiento de la imposiblidad de la novela total, no implica que dé su brazo a torcer en su persecución de tal epopeya y en la negación del enorme valor de tal esfuerzo. Por eso es igualmente significativa la afirmación con que cierra el mismo artículo: "Porque haberse empeñado en semejante aventura—haber incurrido en el crimen de Luzbel: querer romper los límites, ir más allá de lo posible—es haber fijado un tope más alto a la novela y a la crítica"[④].

---

① Ibíd.; pp. 223-238.

② Véase Joseph Sommers, "Literatura e ideología: el militarismo en las novelas de Vargas Llosa", *Revista de Crítica Latinoamericana*, nº 1 (1975); pp. 87-112.

③ Mario Vargas Llosa, "Flaubert, Sartre y la nueva novela", en *Contra viento y marea (1962-1982)*; pp. 216-224 (pp. 223-224).

④ Ibid.; p.224.

Muchos críticos tachan esta obra de Vargas Llosa de poco seria y consideran que se empequeñece al lado de las anteriores. Opinión que no compartimos pues consideramos que lo que se da es un cambio de estrategia. En vez de flagelar directamente a una sociedad degenerada y corrupta, pasa a representarla con ironía y humor para revelar esos mismos males. La figura de Pantaleón, maniático y reo ciego del deber, nos dice mucho sobre los mecanismos represivos y alienantes de la vida militar: "Yo necesito tener jefes—señala el protagonista. Si no tuviera, no sabría qué hacer, el mundo se me vendría abajo" (294). El humor y la ironía adquieren una función social y moral. Nos redimen de nuestras posturas e imposturas y nos revelan nuestra complacencia y nuestra pasividad ante una sociedad amenazada, ya por la robotización mental, ya por la hipocresía y la erosión de los valores éticos.

La novela gira en torno al capitán Pantaleón Pantoja, obediente servidor del ejército peruano, enviado a la selva para solucionar un problema capital que atañe a la honra de la institución. La abstinencia sexual forzada de las tropas está propiciando ataques a la población civil. El ejército, en vez de cumplir con sus obligaciones con los intereses de los peruanos, amenaza con convertirse en el mayor peligro para la integridad física y moral de la ciudadanía. Por esta razón, la cúpula militar concluye que es mejor satisfacer los requisitos viriles de sus hombres bajo la observancia castrense, que ignorar las flaquezas de la condición humana y permitir que la población siga siendo agraviada. La misión de Pantaleón es conformar un escuadrón de prostitutas que alivie las necesidades de las tropas. Debe cumplir su cometido en el más estricto secreto, sin que nadie, ni siquiera su familia, esté al tanto de sus labores, pues, si se llega a saber que el ejército promueve el comercio carnal entre sus tropas, la credibilidad de la institución se vería gravemente afectada. Se escoge a Pantaleón por su intachable hoja de servicios y por la rectitud con que se entrega en todas las tareas asignadas. Pero sus superiores no sospechan que dicha obediencia hará del Servicio de Visitadoras para Guarniciones, Puestos de Frontera y Afines (SVGPFA) la división más eficiente del ejército, y que dicha eficiencia, a la larga, resultará contraproducente. Con rigor militar, Pantaleón estudia la situación, investiga y hace cálculos (que quedan consignados en la más obtusa jerga burocrático-militar) para garantizar la mayor eficacia de las visitadoras. El éxito es desbordante. Su escuadrón de prostitutas atrae la atención de todo Iquitos y da fama a Pantaleón como intendente prostibulario. Con el asedio de los medios de comunicación, de la Iglesia y de la ciudadanía, la situación se sale de control y al final termina por saberse el vínculo de Pantaleón con el ejército.

Hay elementos comunes con la producción anterior: la ubicación selvática y el prostíbulo evocan *La Casa Verde*; la crítica a la jerarquía militar ha aparecido en *La ciudad y los perros*. Tampoco son nuevas temáticas como la prostitución, depravación sexual, etcétera. Pero la intención, con ser paródica, carece de la dimensión dramática de las primeras novelas y aumenta la carga satírica. "Pantaleón es un programa satírico-paródico cuyos dardos apuntan directamente a toda entidad compuesta jerárquicamente, pero de modo concreto al sistema militar, al modo militar de resolver un problema que amenaza quebrar su organización y su existencia misma dentro de la sociedad"①. Así, Pantaleón Pantoja, militar intachable aunque bastante limitado intelectualmente, o mejor dicho, con una inteligencia neutralizada por su obsesión con la disciplina, se encarga de organizar un absurdo servicio de prostitutas como si fuese una misión honorosa sólo por el hecho de proceder de los superiores. El éxito de su misión llega a ser tan grande que pone en tela de juicio todos los valores de la sociedad que Pantoja cree defender.

La novela está dividida en diez capítulos, cada uno de los cuales está compuesto de entre una y trece secuencias. La gran novedad que se detecta en esta novela frente a las tres anteriores consiste en que las unidades narrativas no se distinguen porque narren historias distintas, sino por los cambios de estilo provenientes de discursos de fuentes no literarias en ocasiones: diálogos, partes, informes y resoluciones, cartas, noticias y artículos periodísticos, sueños, mensajes radiales, etcétera. Para mayor claridad, representamos la estructura global de la novela en el siguiente recuadro:

---

① José Miguel Oviedo, *Mario Vargas Llosa: la invención de una realidad*; p. 270.

Pantaleón y las visitadoras			
		Parte I	
Capítulo 1	Capítulo 2	Capítulo 3	Capítulo 4
diálogo	a. comunicación oficial (Pantoja)	a. Carta de Pocha	a. acuerdo oficial (Carrillo)
	b. narrador omnisciente	b. narrador omnisciente	b. comunicación oficial (Pantoja)
	c. comunicación oficial (Pantoja)		c. anotación (Collazos)
			d. acuerdo oficial (Sarmiento)
			e. informe (Quispe Salas)
			f. informe (Santana)
			g. carta (Rojas)
		Parte II	
Capítulo 5	Capítulo 6	Capítulo 7	
diálogo	a. instrucciones (Pantoja)	a. Voz de Sinchi	
	b. comunicación oficial (Mendoza)	b. Narrador omnisciente	
	c. comunicación oficial (Pantoja)		
	d. anotación (Collazos)		
	e. mensaje (Casahuanqui)		
	f. carta (firmada XXX)		
	g. comunicación oficial (Pantoja)		
	h. anotación (Collazos)		
	i. carta (Collazos)		
	j. anotación (Scavino)		
	k. carta (Soma, Quilca, Sinchi)		
	l. comunicación oficial (Pantoja)		
	m. comunicación oficial (Dávila)		
	n. carta (Maclovia)		
	o. carta (Calila)		
	p. anotación (Scavino)		
		Parte III	
Capítulo 8	Capítulo 9		
Diálogo	relatos periodísticos		
		Parte IV	
Capítulo 10			
diálogo			

En esta novela, Vargas Llosa reintroduce algunas técnicas narrativas tradicionales, entre las cuales destacan la forma lineal de la novela y la presencia de un narrador omnisciente en tercera persona. Las cuatro partes que corresponden a las cuatro etapas del proceso de la tarea de Pantoja están cronológicamente ordenadas. La estructura de la novela recuerda la estructura dramática de una obra de teatro dividida en tres actos: la primera parte presenta el conflicto; la segunda lo complica y la tercera lo resuelve. Nuevamente la estructura es autosuficiente, forma un círculo que se cierra en sí mismo. Tres factores dan lugar a la circularidad estructural: primero, la advertencia del general Scavino, a principios de la obra, que queda probada en el fracaso de Pantoja; segundo, la presencia de Sinchi en el primer capítulo anuncia su aparición al final; tercero, el diálogo inicial entre Pantoja y Pocha se mantiene pendiente a lo largo del libro y se cierra cuando la armonía se restablece y, reconciliados, conversan otra vez. Como al principio, Pocha le dice a Pantoja: "Despierta, Panta" (639, 883).

En cuanto a los niveles de la realidad ficticia, *Pantaleón y las visitadoras* también presenta las características de la novela total. La realidad ficticia de la novela está compuesta del nivel objetivo, que ocupa la narración omnisciente y del nivel subjetivo, representado por ejemplo, por los tres sueños de Pantoja. Frente a ello, otro motivo para cuestionar la colocación de la novela dentro de los parámetros de la novela total es su poca extensión. Como ha sostenido Fiddian, la novela total aspira a representar una realidad "inexhaustiva", tarea sólo posible en las novelas extensas[①].

En *Pantaleón y las visitadoras*, el autor sigue tratando los mismos grandes temas y preocupaciones sociales, pero los representa como farsas y los somete a un tratamiento paródico. La parodia implica incluso a las novelas anteriores del propio autor. Pantaleón, oficial del ejército peruano cumplidor, maniático e ingenuo, puede considerarse una especie de reencarnación irónica del teniente Gamboa de *La ciudad y los perros*. Asimismo, también pueden encontrarse revisiones de motivos y técnicas de *La Casa Verde*. Las dos novelas coinciden

① Véase Robin William Fiddian, "James Joyce and Spanish-American Fiction: A study of the Origins and Transmissions of Literary Influence", *Bulletin of Hispanic Studies*, Vol. 66, nº 1 (January, 1989); pp. 23-39.

en muchos aspectos. Para citar solamente algunos, ambas tratan de la prostitución, la complicidad entre la Iglesia y la autoridad militar, el fanatismo religioso y la explotación de la comunidad civil por parte de la institución militar. No obstante, el tratamiento es muy diferente. Por ejemplo, el rapto de niñas en *La Casa Verde* es narrado como un evento desgarrador, y constituye una condena enérgica de la corrupción y la hipocresía de la Iglesia. Mientras tanto, el secuestro de mujeres en *Pantaleón y las visitadoras* parece una astracanada al ser narrado desde el punto de vista de una autoridad militar más preocupada por la violación que dicho evento pueda suponer de la disciplina militar, que por el daño físico y el pánico sufrido por las mujeres. Las palabras del teniente Bacacorzo explican esta actitud: "A Luisa Cánepa, mi sirvienta, la violó un sargento, y después un cabo y después un soldado raso—limpia sus anteojos el teniente Bacacorzo. La cosa le gustó o qué sé yo, mi comandante, pero lo cierto es que ahora se dedica al puterío con el nombre de Pechuga y tiene como cafiche a un marica que le dicen Milcaras" (642). El padre Beltrán, capellán del Ejército, no muestra ni ápice de pena por las víctimas de la violación, dice que "esos abusos hacen tanto daño a la institución como a las víctimas" (643). El remedio que proponen él y la Iglesia era casar las víctimas con sus violadores, lo que descubre la complicidad entre la Iglesia y el Ejército en el abuso del poder y en la cosificación del cuerpo femenino. Así, el humor que se deja percibir intensamente desde el primer capítulo indica que el tono y las estrategias narrativas que Vargas Llosa va a emplear en esta novela serán diferentes a los de las novelas anteriores. Es decir, en *Pantaleón y las visitadoras*, los sucesos, a pesar de su apariencia humorística, siempre implican serias denuncias políticas. Por si fuera poco, dichas denuncias resultan aún más impactantes, a efecto de la incongruencia entre la naturaleza seria de la temática y el discurso desenfadado y cómico de presentarla.

En la novela se repite en tono de farsa la historia de Anselmo y la Casa Verde. Tal y como la Casa Verde había sido quemada por los vecinos de Piura, Pantilandia, la base de operaciones de Pantaleón, se convierte en blanco de los supuestos defensores de la ética y la moral de la sociedad, quienes acaban por triunfar con su cierre. Sin embargo, el servicio de visitadoras seguirá en pie, de la misma forma que la Casa Verde renació de las cenizas. Si en el caso de

Anselmo y la Casa Verde se encierra una lucha mítica entre libertad y coacción, la historia de Pantilandia constituye una sublimación paródica de la liberación de los instintos primitivos de los seres humanos.

En cuanto a las técnicas narrativas, ambas novelas se caracterizan por la aplicación de la técnica de los vasos comunicantes. En *La Casa Verde* Vargas Llosa empieza a aplicar este procedimiento sistemáticamente, gracias sobre todo a las conversaciones entrecruzadas que articulan el relato. Lo mismo sucede en *Pantaleón y las visitadoras*, pero aquí la fórmula no resulta tan intrincada, sólo la dimensión espacial aparece trastocada, no así la temporalidad, cuya lincalidad sc manticnc intacta.

Más novedosa es la inserción de documentos de registros y orígenes diversos—informes militares, cartas personales, sermones del Hermano Francisco, mensajes radiales y reportajes periodísticos—en el transcurso de la narración. Esta recopilación incorpora una promiscuidad de estilos, para algunos reminiscencia del posmodernismo, con su enfásis en la discontinuidad y la fragmentación. Esta diversidad de fuentes y códigos son sometidos de nuevo a un tratamiento altamente paródico, que otorga a la novela una caracterización de pastiche, muy típica de la narrativa de la época.

Sin duda, la institución militar y su lenguaje se encuentran en la diana a la que apuntan el humor y la ironía de la novela. Pantoja se dedica a la organización del servicio de las visitadoras con rigurosidad y sistematicidad dignas de una investigación científica. Para asegurar la eficiencia de los servicios y la máxima satisfacción de la demanda de los "usuarios", lleva a cabo un estudio meticuloso y detallado. Los informes oficiales que presenta a su autoridad para rendirles cuenta sobre la marcha de su trabajo luce la objetividad y la seriedad propias del lenguaje de comunicados militares. Sin embargo, la incongruencia entre el lenguaje y el asunto tratado con él surte un gran efecto humorístico así como una fuerza crítica inconfundible, como se puede ver en el siguiente extracto del informe de Pantoja sobre los "especímenes" que encuentra en el burdel de Chuchupe: "La mayoría, pues, progresando hacia la treintena, con un buen lejos promedio casi todas, si se las evalúa con criterio funcional y sin exquisiteces, es decir, cuerpos atractivos y redondeados, sobre todo en caderas y senos, miembros que tienden a ser generosos en este rincón de la Patria, y caras presentables" (667).

El lenguaje periodístico tampoco sale ileso. Las transcripciones del programa de la Radio Sinchi y los extractos de las noticias del periódico *El Oriente* revelan la irresponsabilidad de los medios de comunicación y su contribución a los males sociales y políticos del Perú. Sinchi, cuyo programa de radio sólo apoya a quienes lo sobornan, es un verdadero camaleón tanto en la moral como en la política. Mientras, *El Oriente* parece orientado por los mismos intereses sexuales lascivos que destila la ideología militar. Por ejemplo, el reportaje sobre la muerte y la crucificación de Olguita enfatiza repetidamente sus atractivos sexuales y llega a la conclusión de que las balas que la mataron eran "balas traicioneras" y "hechizadas por su belleza como tantos hombres" (674). Por si fuera poco, la supuesta objetividad a la que aspiran las noticias periodísticas se sustituye por un afán morboso por cotillear y dar mensajes subliminales. Las insinuaciones que se dan sobre la relación entre Pantoja y Olguita dan clara muestra de ello: "Para nadie es un secreto, en esta ciudad, la estrecha e íntima relación que existió entre la hermosa finada y el señor (perdón), el capitán en activo Pantoja, pareja a la que no era raro ver, paseándose muy acarameladita en la Plaza 28 de Julio o abrazándose con furor, a la caída de la tarde, en el Malecón Tarapacá" (675).

Pantaleón y las visitadoras demuestra que se ha ampliado la concepción de Vargas Llosa respecto a las funciones y valores de la literatura. Con esta novela incorpora a su poética la función lúdica de la escritura literaria, convencido ahora de que "entretener, divertir, distraer es también obligación de la ficción"[①].

No es absurdo ver en *Pantaleón y las visitadoras* una reflexión sutilmente elaborada sobre la relación entre el escritor y su obra. Pantaleón es víctima, hasta la obsesión y el fanatismo, de su deber como el novelista lo es de su vocación, con idéntica intensidad. Abelardo Oquendo ha señalado a este respecto: "El modo de asumir esa misión que es ya no sólo su vida, que es él mismo, que lo llena y lo recrea en cada oportunidad, lo asimila al arquetipo que Vargas Llosa postula para el escritor. Puesto en marcha, ya nada existe sino su

---

① Mario Vargas Llosa, "Los cuentos de la baronesa", ob. cit.; p. 162.

obra; es ella la que dicta las leyes y él quien debe cumplirlas. Su entrega debe ser exclusiva, excluyente"①. Este aserto resulta profético si tenemos en cuenta alguna de sus novelas anteriores, donde los brotes autorreflexivos y metaficcionales serán mucho más evidentes. Aunque la asociación que establece Oquendo entre el fanatismo de Pantaleón y la vocación del escritor parezca algo forzada y atrevida, será indudable y explícita en la siguiente novela en las figuras de Camacho y Marito.

Como hemos visto en *Pantaleón y las visitadoras* así como veremos también en *La tía Julia y el escribidor*, en esta nueva etapa de su narrativa Vargas Llosa borra los límites tradicionales entre distintas expresiones artísticas, celebrando así su orgía perpetua particular que le permita libidinosamente mezclar géneros y códigos sin limitarse a ninguno en concreto.

3.4 Verdades y mentiras de la literatura

Entrados los años ochenta, Vargas Llosa iba formándose una nueva concepción de la función de la novela, que según él es esencialmente un arte de mentir: "Sueño lúcido, fantasía encarnada, la ficción nos completa, a nosotros, seres mutilados a quienes ha sido impuesta la atroz dicotomía de tener una sola vida y la facultad de desear mil. Ese espacio entre la vida real y los deseos y fantasías que le exigen ser más rica y diversa es el que ocupan las ficciones"②. Con el desengaño de la imposibilidad de abarcar exhaustivamente la realidad en la novela, Vargas Llosa ahora pasa a concentrarse en las insuficiencias del mundo real, dejándose llevar por los demonios que lo soliviantan. "Una época no está poblada sólo de seres de carne y hueso; también de los fantasmas en que éstos se mudan para romper las barreras que los limitan"③. La ficción ofrece al hombre lo que en la vida real no tiene pero que desea tener. Cuando la ficción colma este vacío, se limita a hacerlo transitoriamente, porque la complacencia de ver realizado su deseo es virtual y sólo es legítima en el mundo ficticio.

① Abelardo Oquendo, "Intromisión en Pantilandia", *Textual*, nº 8, diciembre 1973; pp. 77-88 (p. 88).

② Mario Vargas Llosa, "El arte de mentir", en *Los novelistas como críticos (II)*; pp. 400-405 (p. 404).

③ Ibíd.

Entre la ficción y la realidad hay distancias infranqueables, que intenta borrar el novelista a favor del poder de persuasión de su obra.

Antes de llegar a los artículos que posteriormente serían recogidos en *La verdad de las mentiras*, Vargas Llosa ya había reflexionado sobre la relación entre la realidad y la ficción en "Las mentiras verdaderas" (1980) y "El teatro como ficción" (1982), prólogos de *La señorita Tacna* y *Kathie y el hipopótamo* respectivamente. En "Las mentiras verdaderas", Vargas Llosa enfatiza la función de la literatura como vía de acceso a lo desconocido de la Historia, aunque a menudo no tenga un sustrato verdadero en el mundo real. Al hablar de la verdad de la literatura, dice en el aludido texto: "Esta verdad no reside en la semejanza o esclavitud de lo escrito o dicho -de lo inventado- a una realidad distinta, 'objetiva', superior, sino en sí misma, en su condición de cosa creada a partir de las verdades y mentiras que constituyen la ambigua totalidad humana"[①]. Mientras tanto, en "El teatro como ficción", Vargas Llosa enfatiza esa prerrogativa que tiene la ficción para suplir las deficiencias de la Historia y para ampliar las limitadas dimensiones de la vida humana: "La ficción es la vida que no fue, la que quisiéramos que fuera, que no hubiera sido o que volviera a ser, aquella vida sin la cual la que tenemos nos resultaría siempre trunca"[②], porque "gracias a la ficción descubrimos lo que somos, lo que no somos y lo que nos gustaría ser"[③].

Ahora, Vargas Llosa ya ha abandonado su antigua convicción de que "las palabras son actos", y en vez de ver en la ficción un medio para propagar la verdad religiosa, ideológica, histórica o moral, afirma que su misión es "fraguar ilusiones, embaucar"[④].

---

① Mario Vargas Llosa, "Las mentiras verdaderas", en *La señorita de Tacna*, en *Obras completas III. Novelas y teatro (1981-1986)*, Barcelona: Círculo de Lectores, 2005; pp. 39-41 (p. 40).

② Mario Vargas Llosa, "El teatro como ficción", en *Kathie y el hipopótamo*, en *Obras completas III. Novelas y teatro (1981-1986)*; pp. 791-794 (p. 791).

③ Ibíd.; p. 792.

④ Ibíd.

Capítulo IV

Las nuevas estrategias: la parodia y el humor

Conversación en La Catedral constituyó sin duda una cumbre temprana en la literatura de Vargas Llosa, y por eso mismo de algún modo amenazaba, por su precocidad, con cegar las salidas a su trayectoria posterior y con la posibilidad de caer en la repetición tediosa de un mismo modelo. Así, *Pantaleón y las visitadoras* y *La tía Julia y el escribidor* constituyen, como hemos dicho en el capítulo anterior, esfuerzos por explorar nuevos cauces novelísticos.

Hemos escogido *La tía Julia y el escribidor* y *El hablador* para analizar las características de esta nueva etapa porque creemos que comparten algunos rasgos muy representativos. Ambas presentan dos líneas narrativas, que ocupan respectivamente el mundo real y el mundo ficticio. En la línea que trata del mundo real, ambas utilizan un narrador-escritor en primera persona que introduce indicios metafictivos, mientras que en la línea que corresponde al mundo ficticio, se inventan historias que rebasan los límites de lo creíble y lo verosímil, con radioteatros que van descendiendo en poder de persuasión y verosimilitud en *La tía Julia y el escribidor*, y con cuentos orales de diversa condición en *El hablador*. Ambas tienen un personaje que sirve de vínculo entre ambos planos: Pedro Camacho en *La tía Julia y el escribidor*, y Saúl Zuratas en *El hablador*. Finalmente, los dos textos construyen, en nuestra opinión, una ficción de claros tintes paródicos, elemento este, el de la parodia, que analizaremos en primer lugar.

1. *La tía Julia y el escribidor*: parodia y autoparodia

La tía Julia y el escribidor supone un hito en la narrativa vargasllosiana, en el sentido de que a partir de allí, la novela del escritor peruano pasa de la acumulación de informaciones a la búsqueda de la infinita irradiación de asociaciones, simbolismos y ecos que una ficción pueda generar en el ámbito del lector.

El espíritu experimental del *boom* continúa en esta nueva novela, la cual al mismo tiempo que sigue buscando inspiraciones en las tradiciones literarias como la autobiografía y la novela de caballería, con claras reminiscencias quijotescas, se abre camino en la parodia del radioteatro y de la novela folletinesca, entre otros préstamos de la cultura de masas.

1.1 Parodia de la novela folletinesca

Lo que más nos llama la atención de *La tía Julia y el escribidor* es su carácter promiscuo. La novela es susceptible de múltiples lecturas. La novela abarca veinte capítulos. Los capítulos impares relatan el amor aventurero entre Marito o Varguitas de dieciocho años con su tía política Julia, que le lleva catorce años y está recién divorciada. Los capítulos pares, excepto el XX, son transcripciones de los radioteatros de Pedro Camacho. Así, el libro presenta la apariencia de una recopilación de nueve seriales radiofónicos intercalados en un relato amoroso de carácter autobiográfico. De allí los cuatro subgéneros con los que por lo menos tiene que ver la novela: memoria, autobiografía, radioteatro y novela folletinesca (novela rosa). Para profundizar en este tema, sería interesante que nos detuviéramos para hacer un resumen de las tramas de los nueve radioteatros, que servirá de referencia para el análisis que realizamos en adelante.

El primer serial (Capítulo II) es una historia del amor incestuoso entre los hermanos Richard y Elianita Quinteros. Embarazada de su hermano, Elianita se ve obligada a casarse con su antiguo admirador el Pelirrojo Antúnez para salvar el honor de la familia. Cuando en la boda Elianita se desmaya, el doctor Quinteros, tío de Richard y Elianita, confundido y en tinieblas y sin saber lo que pasa, revela la verdad.

El segundo (Capítulo IV) trata de un caso delicado que encuentra el sargento Lituma. Lituma ha atrapado en el puerto de Callao a un negro misterioso, de quien no se sabe ni la procedencia ni el idioma que habla, pero siguiendo las órdenes de su superior, tiene que asesinarlo.

El tercero (Capítulo VI) cuenta la historia de un juez, el Doctor Pedro Barreda y Zaldívar, quien debe decidir el caso de violación de la menor Sarita Huanca Salaverría, que curiosamente parece una mujer atrevida y adulta. Los padres de la supuesta víctima, en vez de denunciar al acusado, intentan el matrimonio de éste con su hija. El acusado, un Testigo de Jehová llamado Gumercindo Tello, amenaza con castrarse para demostrar su inocencia, probando así su desprecio absoluto por los goces carnales.

El cuarto (Capitulo VIII) es sobre don Federico Téllez Unzátegui, cuya hermana fue comida por las ratas. Debido a este trauma que sufre en la niñez, dedica su vida a extinguir los roedores de todo el Perú. Para conseguir su objetivo, don Federico supedita la vida de toda su familia a su empresa. Cansados de su tiranía, su esposa y sus cuatro hijos deciden matarlo.

En el quinto (Capitulo X), un visitador médico atropella fatalmente a una niña en uno de sus viajes de negocios y sufre como consecuencia de ello un trauma psicológico. Siguiendo la terapia que le propone su psicoterapeuta, la doctora Lucía Acémila, se dedica a torturar niños. Consigue librarse de su antiguo problema, pero acaba por llegar al extremo opuesto y asesina a su propio hijo.

El sexto (Capítulo XII) cuenta que la familia Bergua se deteriora con rapidez después del sangriento ataque (quince puñaladas) contra don Sebastián Bergua, perpetrado por uno de los inquilinos de su pensión, un agente viajero con "nombre de profeta y apellido de pescado" (268), Ezequiel Delfín. Después del apuñalamiento, y frustrado en sus intentos de violar a la señorita Margarita Bergua, Ezequiel es internado en un manicomio. Veinte años más tarde, huye de la institución con la idea de matar a los Bergua, no sin antes haber asesinado a un empleado y a un paciente del manicomio.

En el séptimo (Capítulo XIV), un cura, el Reverendo Padre don Seferino Huanca Leyva, frustrado por el hambre y el crimen que agobian su parroquia, predica la prostitución y el robo entre sus feligreses, así como la masturbación entre los religiosos para facilitar el cumplimiento del voto de castidad. Este relato culmina con un incendio provocado por el cura Seferino, en el que mueren todos los habitantes del barrio de Mendocita en el que tiene lugar la acción.

El octavo (Capítulo XVI) trata del amor no correspondido que siente Joaquín Hinostroza Bellmont, un árbitro de fútbol, por Sarita Huanca Salaverría (personaje del tercer serial). La chica, por haber sufrido un trauma sexual (incesto) cuando era joven, no puede aceptar sus propuestas matrimoniales. La tensión psicológica causa el deterioro físico y mental del árbitro, quien inesperadamente muere asesinado por el negro calato de la segunda radionovela. Este, a su vez encuentra un fin brutal al ser tiroteado doce veces por la policía.

En el noveno (Capítulo XVIII), un cantante de música popular, Crisanto Maravillas, es consumido por un amor imposible por Fátima, una bella monja, quien resulta ser la hija de los hermanos incestuosos del primer serial. Al término de este último radiodrama ocurre una hecatombe, un repentino terremoto en el que mueren sin excepción todos los personajes.

Los nueve radioteatros de Pedro Camacho contienen elementos inherentes a la novela folletinesca, tales como melodrama, pasión, celos, sufrimiento, etcétera. Vargas Llosa ha incorporado a esta novela ciertos recursos de dicho subgénero en clave paródica. Antes de estudiar la parodia del género radioteatral implícita en los seriales de Pedro Camacho, hacemos un somero resumen de las características del folletín para establecer una base de referencia de nuestro análisis.

El folletín es un término de origen francés, que "corresponde al francés *feuilleton* (de *feuille*: hoja, cuadernillo de hojas), con el que, en el siglo XIX, se designaba una forma de edición seriada de novelas, artículos, ensayos, etcétera, en la prensa periódica y que, por su amplitud, habían de ser publicados de manera fragmentada en días sucesivos. Las primeras muestras de esta modalidad de publicación se desarrollaron en Francia a comienzos del siglo

XIX, y estaban dedicadas especialmente a la crítica teatral y de libros. En la década de los años treinta, esta fórmula seriada se aplicó a la edición de relatos novelescos, dando así origen al 'roman-feuilleton' o 'novela de folletín'"①.

La novela de folletín, siendo en su origen una novela publicada por entregas en diarios baratos que se dirigían al lector común y corriente, debe ser calificada de literatura popular, en contraste con la literatura culta. Según los críticos, toda literatura popular comparte las características esenciales del folletín, cuya estructura interna, de tipo esquemático, se basa en un conflicto entre un "héroe" virtuoso y un "villano" que trata de perjudicar al héroe o a una tercera persona, provocando que el héroe luche para reivindicar sus propios derechos o los de la víctima②.

El conflicto sustancial del relato folletinesco se ofrece como un dualismo arquetípico que postula la confrontación de dos mundos que están en los antípodas: uno es el mundo ideal, donde reinan la bondad, la moral y la justicia, mientras que el otro carece de todo valor moral. Los personajes y las acciones están sometidos a un tratamiento esquemático y maniqueo. Cada entrega de la novela de folletín termina con un corte abrupto de la acción en un momento generalmente crucial, para mantener al lector en vilo y obligarle a comprar el siguiente número. En la novela de folletín, el suspenso "es una forma privilegiada de reforzar el contacto con el lector, de jugar con él mediante la amenaza de una secuencia incumplida, de un paradigma abierto, y de jugar al mismo tiempo con la estructura, de llegar a través de este juego a su verdadera apoteosis"③. Sin embargo, se trata de un suspenso carente de naturalidad y autonomía. Por lo general, los incidentes se acortan o alargan no por necesidades intrínsecas al desarrollo de la acción, sino por razones económicas que dependen de la popularidad de la obra. De ahí que el público y el editor sean quienes determinen el gusto y la aceptación de este producto, y que el escritor, al fin y al cabo, dependa de ellos y funcione como intermediario entre

---

① Demetrio Estébanez Calderón, ob. cit.; p. 423.

② Véase Jorge B. Rivera, *El folletín y la novela popular*, Buenos Aires: Centro Editor de América Latina, 1968; pp. 21-22.

③ Ibíd.; pp. 40-41.

un consumidor que pide lo que ya conoce y un editor que trata de complacerlo①.

Por otra parte, como los capítulos de las ficciones folletinescas deben ser entregados a cierto ritmo previamente establecido y su cumplimiento atañe directamente a los ingresos económicos tanto del editor como del creador, los folletinistas se ven obligados a trabajar a un ritmo vertiginoso y compulsivo para asegurar la fecundidad de su producción. Según Ferreras, como escriben "contra el reloj, sin ninguna posibilidad de corregir o de rehacer su trabajo"②, este quehacer apresurado suyo se asemeja al de una técnica en la que no entra para nada la inspiración. El mismo crítico señala también que el autor por entregas suele producir a partir de un plan vago, que a su vez, permite la máxima flexibilidad de la extensión, sin comprometer la claridad de la exposición③.

Obviamente, la escritura de los radioteatros de Pedro Camacho se asemeja a lo señalado por Ferreras. Así, este personaje puede ser entendido como una parodia crítica de la industrialización de la literatura y la consecuente disminución de su calidad que caracterizaría la época.

El sentido paródico de Camacho va más allá. Las novelas de folletín presentan un repertorio de temas en el que destacan los sentimentales y románticos. Pero en las ficciones de Camacho, los temas amorosos están ausentes o están conectados con alguna aberración sexual. Se presentan en forma de violaciones en el tercer serial (Capítulo VI) y en el sexto (Capítulo XII), incestos en el primero (Capítulo II) y en el octavo (Capítulo XVI). En el segundo (Capítulo IV) el amor está ausente y al protagonista sólo le interesa ejercer su oficio de policía.

En las novelas de folletín, están vedadas la normalización o aceptación de conductas "irregulares" como relaciones sexuales premaritales o extramaritales, la bigamia, los hijos ilegítimos, el aborto, el incesto, la violación, la drogadicción, los asesinatos, etcétera. Cantor y Pingree reconocen que la literatura folletinesca puede haber sido excitante, pero que el tono general era puritano. Por lo tanto, todo aquél que quebranta las normas sociales es

---

① Véase Juan Ignacio Ferreras, *La novela por entregas 1840-1900*, Madrid: Taurus, 1972; p. 51.

② Ibíd.; p. 77.

③ Ibíd.; p. 78.

necesariamente castigado[1]. Asimismo, Le Gallo se refiere a las novelas de folletín como "un discurso de valorización de lo debido, logrado principalmente a través de una división moralista rígida, articulada en torno a lo bueno vs. lo malo"[2]. Mas en los radioteatros de Camacho, los actos inmorales constituyen la norma de comportamiento de unos personajes que comienzan mal y van decayendo cada vez más.

Como se puede ver en el resumen que hemos hecho al comienzo del presente apartado, los radioteatros, lejos de la tradicional temática heroica y sentimental de los folletines, están inundados de incidentes desaforados que delatan la obsesiva predilección de Camacho por la violencia y las aberraciones sexuales. Josefina Puga asevera que lo más distintivo del folletín es el impacto emocial, por tanto, serán los problemas del "orden del corazón" los que guíen la acción[3]. Las tramas radioteatrales de Camacho no producen el supuesto efecto emocional porque lo contrarresta con la concurrencia de tragedias violentas como asesinatos, violaciones, incendios y terremotos. Las anécdotas prefiguran la personalidad insólita de Camacho. Desde el primer serial, el elemento de la violencia en sus diferentes formas se va dejando ver cada vez con mayor intensidad. En la primera historia, el amor entre los amantes supuestamente perfectos resulta maculado por su naturaleza incestuosa. En el segundo radiodrama, la violencia de un homicidio injustificable es la única solución plausible que se presenta a los policías, que representan la justicia, para deshacerse del negro anónimo con quien no pueden comunicarse.

El clima violento continúa en las siguientes historias: incendio, violación sexual, autocastración, parricidio, filicidio y homicidio, para acabar con la muerte apocalíptica de todos los personajes. Camacho, jugando a Dios, asigna a todos los personajes, sin excepción alguna, un destino deformado y horroroso, que les es irreversible. Aunque cuando Camacho está ya al borde de la locura y

---

① Véase Muriel G. Cantor, Suzanne Pingree, *The Soap-Opera*, Beverly Hills, CA: Sage Publications, 1983; p. 79.

② Yolanda Le Gallo, "Un análisis modal de las relaciones entre hombres y mujeres en la telenovela mexicana", *Semiótica: Actas/Coloquio Luso-Español e II Coloquio Luso-Brasileiro de Semiótica*, Lisbon: Vega, 1988; pp.75-85 (p. 79).

③ Véase Josefina Puga, *Las telenovelas: valores y antivalores*, Santiago: Centro Bellarmino, 1982; p. 3.

en sus dramas reina el caos y la falta de sentido, los personajes se ven obligados a adaptarse a este ambiente degenerado presentando una personalidad igual de morbosa. Ellos no tienen otra opción, están condenados a la obediencia, porque en el mundo ficticio donde manda el autor, los personajes no pasan de ser simples títeres. En el noveno drama, mata a todos los personajes en un terremoto. Este Apocalipsis se debe al intento por parte del autor de los seriales de comenzar de nuevo, porque los personajes, lugares y tramas se le han mezclado en un lío inextricable dentro de su mente, y en su locura ha perdido control sobre ellos. El que Camacho dirija las ficciones a su libre albedrío echa a perder la inteligibilidad y la verosimilitud de sus historias y acaba por arruinar su carrera literaria. En este sentido, se puede decir que los radioteatros de *La tía Julia y el escribidor* implican una parodia de la concepción del autor como dios del mundo ficticio sobre el cual tiene un poder absoluto. La ironía resulta reveladora cuando en la historia autobiográfica de la novela, Javier, el íntimo amigo de Marito, valora el final del radioteatro como un golpe genial que asesta su autor: "Un tipo capaz de matar a todos los personajes de una historia, de un terremoto, es digno de respeto" (331). En otras palabras, a través de Camacho, Vargas Llosa se burla de su propia aspiración a la novela total desde el punto de vista de la relación entre el autor y su obra, lo que revela el desengaño que ha experimentado el escritor peruano al tomar conciencia de los excesos que conllevaba esa poética.

Los "demonios del escritor" tantas veces recordados por Vargas Llosa en sus teorías sobre la novela, encuentran en Pedro Camacho su versión irónica. Por ejemplo, los arquetipos femeninos de los géneros sentimentales constituyen otro de los elementos pasados por el tamiz paródico en las ficciones del escribidor. En una conversación con Marito, Camacho confiesa su rechazo de las mujeres, en quienes sólo ve una máquina reproductora y un estorbo para el arte. La ausencia del amor y sus formas depravadas en los radioteatros reflejan la ideología heterodoxa de Camacho, cuyo fuerte sentimiento misógino le imposibilita concebir una historia de amor normal. Las mujeres de sus radioteatros no son las típicas doncellas hermosas y bondadosas de las novelas de folletín, sino todo lo contrario. O son feas o son moralmente degeneradas. Para citar unos ejemplos: Elianita, la protagonista del primer serial, a pesar de su belleza y de su alta posición social, peca de incesto y está embarazada de su hermano. La psicoterapeuta de la quinta radionovela, la doctora Lucía Acémila es conocida como "hechicera, satanista, corruptora de corrompidos, alienada y otras vilezas" (225). En la sexta historia, la lengua envenenada del narrador describe a la señorita Rosa Bergua como alguien que, a pesar de su "perfumado nombre de Rosa" (262), a la edad de cuarenta años ya "se ha entumecido, torcido, achicado, y, sumergida en esas túnicas antiafrodisíacas que acostumbraba llevar y en esos capuchones que ocultan su pelo y su frente, más parece un bulto andante que una mujer" (264).

Otro demonio de Camacho es su enajenación, que inspira la soledad de sus personajes. La historia de Ezequiel Delfín del Capítulo XII capta logradamente la condición de aislamiento. Este joven inquilino de la pensión de los Bergua causa pesar y curiosidad entre los dueños y habitantes de la pensión, quienes cuestionan por qué "siendo tan joven, estaba siempre solo, por qué jamás iba a una fiesta, a un cine, por qué no se reía, por qué suspiraba tanto con la mirada perdida en el vacío" (269). Parece tener una patología mental. A pesar de su juventud, muestra un sufrimiento intenso, mediante copiosas lágrimas en momentos inesperados y accesos de terror nocturnos que le obligan "a permanecer hasta el amanecer encogido y desvelado, sudando frío, pensando en aparecidos, y compadeciéndose a sí mismo de su soledad" (270).

El aislamiento de los personajes transparenta la personalidad sombría de Camacho. A Marito le parece que vive ensimismado en el mundo de las "alturas artísticas" (270) y que "esos temas terrenales le importaban un comino" (61). La descripción que hace Marito de Camacho no sólo subraya su enajenación sino que lo equipara con los personajes creados por él mismo:

> Hablaba demasiado en serio y me di cuenta que apenas parecía notar que yo seguía allí; era de esos hombres que no admiten interlocutores sino oyentes. Como la primera vez, me sorprendió la absoluta falta de humor que había en él, pese a las sonrisas de muñeco—labios que se levantan, frente que se arruga, dientes que asoman—con que aderezaba su monólogo. Todo lo decía con una solemnidad extrema, lo que, sumado a su perfecta dicción, a su físico, a su ropaje extravagante y a sus ademanes teatrales, le

daba un aire terriblemente insólito (270).

Camacho es introvertido y poco sociable, su falta de armonía con el mundo exterior le hace escapar hacia el mundo ficticio de sus imaginaciones. Es un ser incompleto que vive sólo de su fantasía y por ello es incapaz de integrarse en la sociedad. Su introversión le hace crear a sus personajes tomándose a sí mismo como arquetipo. Muchos de los protagonistas de los seriales poseen sus rasgos: son débiles, viejos, defectuosos, feos, pobres, humillados y fanáticos.

Esta obsesión por el arte, que para él debe reflejar fielmente la realidad, se traduce en cambio en visiones deformadas del mundo, siempre absurdas e inverosímiles. Subvierte el modelo del folletín, ya que todos sus personajes se caracterizan o por su maldad o por sus anomalías. Las ficciones de Camacho extreman el típico maniqueísmo hasta el absurdo, borrando el contrapunto positivo de que suelen representar los héroes y heroínas en este tipo de historias. El héroe de Camacho no es el héroe clásico, que posee virtud, valor y sabiduría práctica y que persigue ideales muy altos en beneficio de la sociedad. Se asemeja más al héroe moderno, que ya no se distingue por sus atributos morales positivos sino que su importancia se relaciona más bien con "un aspecto fáctico y fácilmente cuantificable de la obra literaria cual es la relevancia que le otorga el autor a cada uno de sus personajes y por tanto el papel que acaban desempeñando en ella a los ojos del lector"①. En las radionovelas tampoco existe el villano arquetípico del folletín. Los héroes de Camacho no luchan contra nadie en concreto, sus rivales, si los hay, son ellos mismos.

Las novelas de folletín suelen definir a los personajes "de una vez para siempre, y a ser posible por medio de una frase o de una serie de frases, que pueden ser tomadas y retomadas, cada vez que el personaje entra en acción"②. En este caso se cumple este rasgo en sus radioteatros, pues todos repiten la misma apariencia física, idéntica a la de su creador: hombres maduros como él, o según él, que están en "la flor de la edad", la cincuentena, y su atractivo físico

① José Luis González Escribano, "Sobre los conceptos del héroe y antihéroe en la teoría de la literatura"; *Archivum*, nº 31-32 (1981-1982); pp. 367-399 (pp. 370-371).

② Juan Ignacio Ferreras, ob. cit.; p. 270.

y moral radica en su "frente ancha, nariz aguileña, rectitud y bondad en el espíritu". Esta descripción estereotipada de los protagonistas de Camacho es igual en todos los radioteatros, y sólo presenta una mínima variación en el noveno, lo que la hace aún más llamativa y cómica. Crisanto Maravillas es un cincuentón que se distingue por su "frente penetrante, nariz ancha, mirada aguileña, rectitud y bondad en el espíritu" (414). Su apostura física "reproducía su belleza moral". Lo insólito de esta aseveración es que el atributo de belleza física que Camacho le asigna no coincide para nada con el resto de sus señas físicas, que por si fuera poco, son diametralmente contrarias a lo que quiere decir su nombre: Cristo Santo Maravilloso.

El discurso de los seriales de Camacho también parodia el de su modelo. La narración de Camacho se realiza en un lenguaje tan rebuscado que bordea lo barroco. Uno de los aspectos humorísticos de los radiodramas es el uso de un lenguaje pretenciosamente altisonante. Al respecto, resulta un ejemplo válido el comienzo del primer drama:

> Era una de esas soleadas mañanas de la primavera limeña, en que los geranios amanecen más arrebatados, las rosas más fragantes y las buganvillas más crespas, cuando un famoso galeno de la ciudad, el doctor Alberto de Quinteros -frente ancha, nariz aguileña, mirada penetrante, rectitud y bondad en el espíritu- abrió los ojos y se desperezó en su espaciosa residencia de San Isidro. Vio, a través de los visillos, el sol dorando el césped del cuidado jardín que encarcelaban vallas de crotos, la limpieza del cielo, la alegría de las flores, y sintió esa sensación bienhechora que dan ocho horas de sueño reparador y la conciencia tranquila (33).

En las novelas de folletín, las descripciones ambientales sirven para enmarcar la acción o para sugerir una personalidad o un estado de ánimo[①]. Pero el párrafo arriba citado, lleno de armonía y paz, no concuerda con la trasgresión moral del episodio al que corresponde: el incesto de los hermanos Quinteros.

---

① Ibíd.; p. 253.

Camacho utiliza aquí el vocabulario romántico para disfrazar lo dislocado de su argumento, al mismo tiempo que luce su sofisticación exagerando el lenguaje de las fórmulas literarias convencionales que él bien conoce. Dicho ademán de fingimiento y de vanidad va desvaneciéndose de los radioteatros posteriores según va evidenciándose el deterioro psíquico del escribidor. El escribidor echa mano de un lenguaje llamativo y pomposo, lleno de recursos retóricos, como símiles y metáforas poéticas, con el propósito de denotar refinamiento, pero los resultados suelen ser contrarios. El mal uso de los procedimientos formales, que en las novelas de folletín se encaminan en general a conmover emocionalmente al público, pone de manifiesto su visión distorsionada; y su preferencia por la violencia provocará frecuentes efectos humorísticos.

Frente a las soluciones heroicas y felices: "El lector sabe que al final de la novela triunfarán la inocencia, la virtud y la belleza. Lo único seguro es el final, como ocurre con los cuentos infantiles y las leyendas populares. El lector goza de las peripecias precisamente porque conoce el fin"①; las ficciones seriadas de Camacho invierten continuamente los sentidos de estos desenlaces: en ellas los héroes nunca consiguen triunfar sino que acaban por convertidos en víctimas o criminales; los hermanos perfectos resultan amantes incestuosos; el exterminador de ratas muere asesinado por sus hijos, hartos de su despotismo; el Testigo de Jehová se castra a sí mismo para demostrar su falta de culpa; el propagandista médico asesina a su propio hijo; el cura de Mendocita mata a todos los habitantes del barrio… Los personajes de Camacho siempre salen mal parados. No pueden trascender su experiencia vital porque están firmemente anclados en la construcción por medio de parodias de literatura formularia. Camacho está sujeto a su servilismo al mercado y a su confusión mental. El derrumbamiento sin excepción alguna de los personajes subvierte el estereotipado final folletinesco en el que el contrincante o el villano recibe el castigo merecido.

Mientras tanto, en la acción principal, la historia de Julia y Marito también constituye una parodia de la novela folletinesca, aunque presenta características

---

① Rubén Benítez, *Ideología del folletín español: Wenceslao Ayguals de Izco*, Madrid: José Porrúa Turanzas, 1979; p. 158.

diferentes de las de los radioteatros de Camacho. Intercalada alternativamente con los radioteatros, aparece fragmentada como las novelas por entregas; su temática es romántica, como una versión peculiar y algo más frívola de *Romeo y Julieta*, pues ambas parejas luchan por el amor a pesar de la objeción de la familia.

Los protagonistas son una parodia de la imagen convencional de los protagonistas folletinescos. El protagonista Marito apenas es un mayor de edad. Tiene dieciocho años y es un "mocoso", según la tía Julia. La protagonista se aparta de la imagen de pureza física y espiritual que caracteriza a las heroínas románticas. Tiene treinta y dos años, está recién divorciada y viene "a descansar y a recuperarse de su fracaso matrimonial" (20) a la casa de sus padres, donde está alojado entonces Marito.

Por último, el conflicto entre el "héroe" y el "villano" está encarnado en el conflicto entre Marito y su padre, que termina con el éxito del primero. Los padres de Marito están enfurecidos con la decisión de Marito de casarse con la tía Julia y le mandan una carta de amenaza. A pesar de la presión férrea por parte de la familia, Marito y Julia acaban por casarse. Al final, el padre que había amenazado con matarle "de cinco balazos como a un perro, en plena calle" (431) también da su brazo por torcer. En definitiva, la historia autobiográfica se une a las de los radioteatros para parodiar los códigos del melodrama.

1.2 Parodia del radioteatro

Si hacemos un inventario de los ambientes en que están encuadrados los nueve radioteatros de la novela, en todos encontramos marcos y escenarios típicos del melodrama tradicional. Sin embargo, en vez de visiones edulcoradas o románticas de la vida cotidiana, Camacho ofrece fragmentos absurdos, caóticos y dispersos, productos de su imaginación dislocada, que dan un giro fantástico y exagerado a los datos de la realidad convencional. En estas historias tremendistas, los protagonistas asumen en principio cierta vocación heroica, pero en forma más bien de militantes dogmáticos de causas que creen sublimes pero que son más bien absurdas y triviales. El cruzado de la campaña antirroedores, el predicador heterodoxo de Mendocita, el inflexible árbitro de fútbol, entre otros, buscan, con los ojos del poseso o del místico, un solo objetivo en sus vidas y fracasan o mueren en empresas futiles. Los personajes tienen problemas sentimentales, pero se trata de sentimientos y actitudes deformes o anormales, que les conducen a incestos, amores imposibles, aberraciones sexuales y traumas psicológicos. Si contemplamos los nueve radioteatros desde el punto de vista temático, se puede distinguir, dentro de una variedad de temas evidente, por lo menos tres subgéneros literarios: novela rosa, novela policial y novela psicológica. En este inventario podemos contar algunos de los caminos que la novelística de Vargas Llosa emprenderá en el futuro.

Los radioteatros reflejan al mismo tiempo el proceso de locura en que Pedro Camacho va cayendo. A partir del quinto radioteatro, las historias van mezclándose cada vez con mayor frecuencia y las confusiones entre personajes de diferentes historias van dificultando la comprensión de éstos por parte del auditorio hasta convertirse en delirios sin orden ni concierto alguno. El protagonista del Capítulo X encuentra a Federico Unzátegui, del capítulo VIII. En el Capítulo XII, Ezequiel Delfín resultará ser Lucho Abril Marroquín, del Capítulo X. En el Capítulo XIV concurren Mayte Unzátegui, del Capítulo VIII, Alberto de Quinteros, del Capítulo II, y Sebastián Bergua, del Capítulo XII. En el Capítulo XVI, reaparece el negro loco del Capítulo IV. En el Capítulo XVIII, en el colmo de la confusión, aparecen un sinfín de personajes nuevos que utilizan apellidos de personajes anteriores.

Vargas Llosa no sólo parodia la escritura irracional del escribidor Camacho y se burla también de los consumidores de este tipo de literatura, quienes, aunque se quejen de que los seriales se vuelvan cada día más ininteligibles, no dejan de sintonizarlos. Además, no faltan quienes se fingen entendidos de literatura y exaltan el mérito de esta técnica de “la mescolanza” (293), digna de una literatura culta, aplicada a una literatura de consumo. Un radioescucha incluso explica que Camacho está utilizando una técnica de Balzac, quien “si se entera que lo está plagiando, lo manda a la cárcel” (342). Para colmo, los dueños de la emisora también aplauden esta “innovación” literaria. Genaro-hijo le comenta a Marito: “Hemos vuelto a batir el récord de sintonía este mes. O sea que la ocurrencia de cabecear las historias funciona. Mi padre estaba inquieto con esos existencialismos, pero dan resultado, ahí están los surveys.—Se volvió a reír—. Total, mientras al público le guste hay que aguantarle las excentricidades" (298).

María Eugenia Mudrovic ha llamado la atención sobre la función moral y pedagógica que desempeñan los radioteatros en la novela. Según esta crítica, los seriales exponen la huachafería, "uno de los aspectos en que los peruanos hemos sido realmente creativos"[①]. Soubeyrous comparte esta opinión, afirmando que todos los seriales de *La tía Julia y el escribidor* presentan un panorama social bastante conforme a la evolución de la sociedad limeña contemporánea, al mismo tiempo que subvierten el género radioteatral: "El texto funciona sin cesar haciendo referencia a un contexto socioeconómico, cultural y moral que corresponde al código éticosocial del lector potencial. El relato describe las apariencias exteriores brillantes de la vida social burguesa conformes a ese código (la ceremonia religiosa, la recepción), pero también revela las transgresiones del código"[②].

Así, mediante la exageración subversiva del modelo genérico, la parodia de los radioteatros invita al lector a reflexionar sobre el porqué de la atracción de los llamados géneros literarios populares, que en *La tía Julia y el escribidor* se presentan cargados de violencia y truculencia. Respecto a la extensa acepción de los seriales, las razones que dan los teóricos pueden resumirse en dos: el escapismo y la función didáctica. Philip Wander asevera que las radionovelas alejan a la gente de los problemas de la vida diaria y les hacen partícipes de mundos ideales. Les transportan a mejores vecindarios y les invitan a observar la vida con optimismo: "En una sociedad preocupada por problemas reales, las *soaps* resucitan la novela romántica decimonónica y la

---

① María Eugenia Mudrovic, "*La tía Julia y el escribidor*: Algunas lecciones prácticas en torno a la estética de lo huachafo", *Inti: Revista de Literatura Hispánica*, nº 43-44 (Spring-Autumn 1996); pp. 122-134 (p. 127).

② Jacques Soubeyroux, "El narrador y sus dobles", *Hommage à Jean-Louis Flecniakoska par ses collegues, amis et éleves des Universités de Monpellier, Avignon et Perpignan. Vol. 2.* Montpellier: Université Paul Valéry, 1980; pp. 383-402 (p. 395).

pueblan de personajes que luchan por preservar el antiguo statu quo"[①]. Esta obra de Vargas Llosa parece invitar también a reflexionar sobre la función que juega este tipo de expresiones en nuestra sociedad. Como ha señalado Eduardo Becerra, "La obsesión de Pedro Camacho por la escritura, que le llevará a la enajenación, es la llave para un muy sugerente proceso burlesco con el que Vargas Llosa ironiza sobre ciertos hábitos de la cultura de la actualidad: tanto las fórmulas de la cultura de consumo masivo—radioteatros, folletines, telenovelas, etcétera—como los 'experimentos de catacumba', como él los define, ejecutados por las tendencias metanarrativas más radicales de ese período dentro del contexto literario hispanoamericano son puestos en solfa"[②].

Vargas Llosa cuestiona la legitimidad de la cultura de masas en su integración generalizada en la alta cultura, sin atribuirle necesariamente un carácter del todo negativo. Vargas Llosa muestra en esta novela la posibilidad de ver el arte popular como una alternativa escapista a la vida verdadera que compense el vacío de la experiencia, papel que con otro carácter también cumple la alta cultura. Al mismo tiempo, dentro de la aparente frivolidad de algunos de los temas, en la novela siguen palpables los temas preferidos del autor y que vuelven a traer a un primer plano las miserias sociales: la pequeña burguesía y sus mezquindades, el machismo, la evocación de las clases bajas y sus problemas, el espectáculo de la prostitución y las aberraciones sexuales, los criminales de toda clase, la violencia bajo todas sus formas, la opresión religiosa, militar o policíaca.

Vemos así el sugerente juego que, a partir del radioteatro, lleva a cabo Vargas Llosa en *La tía Julia y el escribidor* con la alta cultura y la cultura de masas, donde sus respectivos valores se entrecruzan y confunden, lo que ofrece así claves muy relevantes de la sociedad actual y sus valores.

---

① Philip Wander, "The Angst of the Upper Class", *Journal of Communication*, 29.4 (Autumn 1979); pp. 85-88 (p. 88). "[…], in a society troubled with real problems, the soaps resurrect the nineteenth-century romantic novel and fill it with characters struggling to keep things the way they were".

② Eduardo Becerra, "La narrativa contemporánea: sueño y despertar de América", en Teodosio Fernández, Selena Millares, Eduardo Becerra, *Historia de la literatura hispanoamericana*, Madrid: Editorial Universitas, 1995; pp. 281-400 (p. 381).

1.3 Parodia de la autobiografía

Los episodios autobiográficos ocupan los capítulos impares. En ellos Vargas Llosa nos cuenta la historia de su propia juventud, de sus complejos cuando sus familiares y amigos seguían llamándole "Varguitas" o "Marito", y cuando era estudiante de la Facultad de Derecho de la Universidad de San Marcos, y sobre todo de su amor con su primera esposa, la tía Julia, hermana de una tía suya.

Según cuenta el narrador en primera persona, la tía Julia, joven boliviana de treinta y dos años y recién divorciada, pasa a vivir algún tiempo en la casa de sus padres en Lima, donde está alojado Marito mientras sus padres residen en Estados Unidos. La tía Julia lo trata primero con afecto y como a un chico menor de edad. Pero, poco a poco, Marito experimenta por ella sentimientos amorosos. Lógicamente, Julia no toma en serio al "joven mocoso". Pero, llevada por sus inclinaciones románticas, acaba por concederle citas clandestinas, llamadas telefónicas sentimentales e incluso encuentros acariciadores. Finalmente, advertidos por la parentela, los padres del chico regresan escandalizados al Perú para poner término a la intriga. El muchacho, de quien se ha apoderado la pasión, consigue persuadir a Julia para que acepte su proposición de matrimonio, y después de muchas vicisitudes debido a dificultades administrativas y legales, consiguen casarse por medio de un alcalde campesino pagado para mantener los ojos cerrados ante la edad de Mario.

Para pagar sus gastos de estudios y de estancia en Lima, Mario había conseguido un puesto de redactor en una pequeña emisora radiofónica privada: Radio Panamericana. A cambio de una retribución modesta, corrige o redacta boletines de información y seriales de radioteatro comprados en el extranjero. Pero la cosa anda mal cuando su colaborador semianalfabeto comunica al director la existencia de un extraordinario "escriba" boliviano, cuyo talento increíble de cuentista cautiva a todos los auditorios de su país. Pedro Camacho—así se llama el famoso radiofonista—es contratado para aumentar rápidamente la audiencia y de inmediato despierta el interés general. De todas partes llega la noticia de que todo el mundo en Lima sigue las aventuras de los folletines de Camacho. Todos conocen a los personajes de cada serial y esperan la siguiente emisión para enterarse del progreso de sus aventuras. Dando la impresión de no vanagloriarse de su éxito, Pedro Camacho provoca la curiosidad y los aplausos generales, incluso de la dirección y de los colaboradores de Radio Panamericana. Mario, que aspira a ser un verdadero escritor, quiere acercarse al "artista" para descubrir su técnica literaria.

José Miguel Oviedo ha observado que en esta novela el protagonista, el narrador y el autor coinciden de modo perfecto y sin la menor ambigüedad[①]. Es cierto que la historia aquí narrada entre Varguitas (o Marito) y Julia se imbrica con la vida real del autor y las personas reales han pasado a la novela sin cambios onomásticos ni siquiera. Pero las cosas no son tan simples. La memoria que trata de evocar es al fin y al cabo una memoria que imagina. El narrador de la novela no es un sujeto real que cuenta su vida, sino un personaje inventado por el escritor, quien a su vez crea ficciones que toman la apariencia de una vida. "Las cosas no son como las vemos sino como las recordamos", escribió Valle-Inclán[②]. De ahí uno de los grandes temas de la novela: la perversión de la escritura. No obstante no cabe duda de que en la novela, Vargas Llosa trata de recuperar un trozo de su pasado y hacerlo con la mayor fidelidad posible. Dicha voluntad de lograr verosimilitud, veracidad y exactitud objetiva se da a conocer desde el comienzo de la novela:

> En ese tiempo remoto, yo era muy joven y vivía con mis abuelos en una quinta de paredes blancas de la calle Ocharán, en Miraflores. Estudiaba en San Marcos, Derecho, creo, resignado a ganarme más tarde la vida con una profesión liberal, aunque, en el fondo, me hubiera gustado más llegar a ser un escritor. Tenía un trabajo de título pomposo, sueldo modesto, apropiaciones ilícitas y horario elástico: director de Informaciones de Radio Panamericana (15).

---

① Véase José Miguel Oviedo, *Mario Vargas Llosa: la invención de una realidad*; pp. 293-314.

② Citado por Vargas Llosa en "La verdad de las mentiras", en *La verdad de las mentiras*; pp. 15-30 (p. 23).

En estas líneas destacan tres elementos que son esenciales para la elaboración del documento biográfico. Primero, el ambiente familiar al que pertenecen Vargas Llosa y la tía Julia; segundo, el oscuro mundo de la radio donde tiene lugar su encuentro con el personaje de Pedro Camacho; por último, el universo de la literatura, que se conectará con los dos primeros. En lo que tiene de testimonio biográfico, el escritor rememora la ceremonia del strip-tease que mencionó en *La historia secreta de una novela*. La idea es poner el hecho íntimo bajo la luz pública para observar las transformaciones que sufre al ser traspasado a la estructura novelística. Como respuesta a la reacción que tuvo Julia Urquidi con respecto a la novela, Vargas Llosa ha confesado que en ella "hay más invenciones, tergiversaciones y exageraciones que recuerdos", y que al escribirla, no pretendió "ser anecdóticamente fiel a unos hechos y personas anteriores y ajenos a la novela"[①]. La observación retrospectiva establece desde el principio cierta distancia entre el yo-autor, el yo-narrador y el yo-personaje.

Según nosotros, la diferencia esencial entre Marito el personaje y Mario el autor se debe a la manera como el autor representa las experiencias supuestamente reales. La historia entre Julia y Marito se narra como un melodrama, lo que justifica su yuxtaposición con los radiodramas de Camacho y valida su inclusión en la novela. Incluso los mismos personajes se dan cuenta de la semejanza entre su historia y los argumentos de los seriales radiales de Camacho: "En vista de lo ambiguo y extravagante de nuestro romance, jugábamos a bautizarlo: 'noviazgo inglés', 'romance sueco', 'drama turco'" (118). Con estos toques cómicos, la narración autobiográfica se equipara temática y estructuralmente a los dramas de Camacho. En la novela, Vargas Llosa parodia el género autobiográfico a través de parodiarse a sí mismo narrando su vida al estilo del radiofonista y hace de ella otro drama más.

Vargas Llosa ha confesado que en *La tía Julia y el escribidor* no pudo ceñirse a los hechos porque la memoria es pícara, cambia las cosas, transforma en ficción el mundo objetivo, y que se le hizo imposible limitarse a los hechos porque la ficción es incompatible con cualquier reportaje objetivo de

① Ibíd.; p. 17.

experiencias vividas[1]. Por lo tanto, se vio obligado a subvertir la historicidad de su autobiografía, haciendo de su vida una ficción. En su parodia del realismo, en su revelación de la inadecuación de la escritura realista, Vargas Llosa muestra al lector cómo la ficción construye siempre una realidad nueva, al mismo tiempo que revela su propio descubrimiento como novelista. Se cuestiona la capacidad mimética de la escritura, preocupación característica de los textos metaficticios, y asimismo se autoparodia la relación ambigua con su propio oficio de escritor.

2. La parodia en *El hablador*

2.1 Parodia de la mitología machiguenga

En su "Carta de batalla por *Tirant lo Blanc*", Vargas Llosa analiza la presencia del "nivel simbólico o mítico", entre otros, en la obra de Martorell. Según él, el escritor valenciano amplía la novela a dicho nivel al poner a Tirant y Carmesina, que acaban de descubrir su amor, en una habitación decorada con parejas célebres: Floris y Blancaflor, Tisbe y Piramus, Tristán e Isolda, etcétera:

> El amor que acaba de nacer está llamado a inscribirse también, como esos amores pintados en las paredes, en el mundo eterno del mito y la leyenda, a perdurar fuera del tiempo, a convertirse a su vez en símbolo. Ha aparecido así la dimensión simbólica o mítica de lo real, que ya se había hecho visible en la novela antes, cuando el ermitaño Guillem de Varoic evocó a los "valentíssims cavallers, los quals foren Lancelot de Llac..." [...]. Ahora la realidad no sólo está hecha de convenciones (nivel retórico), de acciones (nivel objetivo), de sentimientos (nivel subjetivo), sino también de un nivel intemporal (simbólico o mítico), al que ciertas acciones o sentimientos se elevan por su cualidad inusitada y grandiosa para durar eternamente en las mentes, los corazones y las creencias de los

---

① Véase Mario Vargas Llosa, *A writer's Reality*, New York: Syracuse UP, 1991; pp. 108-112.

hombres[1].

Según estas consideraciones, se ve que a pesar de las diferencias que muchos teóricos insisten en establecer entre mito y leyenda, Vargas Llosa no se molesta por distinguir estos dos términos. Al contrario, los incluye por igual en el "nivel mítico", que representa todo lo que dure más allá del tiempo cronológico. El nivel mítico del que habla Vargas Llosa abarca componentes heterogéneos—provenientes de la cultura, la tradición, la religión, la ideología, la creencia, etcétera—.

Así definen el mito René Wellek y Austin Warren:

> Una especie de verdad o de equivalente de verdad, no como rival, sino complemento de la verdad histórica o científica [...]. Para la teoría literaria, los motivos importantes son, probablemente, la imagen o la pintura, lo social, lo sobrenatural (o no naturalista o irracional), la narración o cuento, lo arquetípico o universal, la representación simbólica como acaecimiento en el tiempo de nuestros ideales atemporales, lo programático o escatológico, lo místico. En el pensamiento contemporáneo, la apelación al mito puede centrarse en cualquiera de estos motivos, con bifurcaciones hacia otros [...]. El mito es también social, anónimo, comunal. En tiempos modernos acaso sea posible identificar a los creadores de un mito—o a alguno de ellos—, pero el mito puede seguir teniendo calidad de tal si su paternidad ha caído en el olvido o no se conoce con carácter general, o, en todo caso, si no importa para su vigencia, si ha sido aceptado por la comunidad, si ha recibido el "consenso de los fieles"[2].

El pensador italiano Giambattista Vico propuso el mito como expresión verídica y por lo tanto válida de la Historia: "el mito era una manera sistemática de ver el mundo, comprenderlo y actuar en él. Las mitologías son las historias

---

① Mario Vargas Llosa, "Carta de batalla por *Tirant lo Blanc*"; p. 65.

② René Wellek, Austin Warren, *Teoría literaria*, Madrid: Gredos, 1966; pp. 227-228.

civiles de los primeros hombres que eran poetas. Los mitos eran las formas naturales de expresión para los hombres y mujeres que un día sintieron y hablaron en maneras que hoy sólo podemos recuperar con el esfuerzo de la imaginación"①.

En *El hablador*, los capítulos III, V y VII son narraciones del hablador que introducen los mitos cosmogónicos de los machiguengas. Su contenido se resume en las siguientes palabras del predicador-lingüista norteamericano, el señor Schneil: "De todo un poco, de las cosas que se le venían a la cabeza. De lo que había hecho la víspera y de los cuatro mundos del cosmos machiguenga, de sus viajes, de hierbas mágicas, de las gentes que había conocido y de los dioses, diosecillos y seres fabulosos del panteón de la tribu. De los animales que había visto y de la geografía celeste, un laberinto de ríos cuyos nombres no hay quien recuerde" (196-197)②.

En el Capítulo III se narra la historia mítica de los machiguengas. Según el hablador, después de la creación y un estado original paradisíaco ocurre un cataclismo: oscurece y la tierra se hunde en las tinieblas, por lo que los machiguengas deben ayudar al sostenimiento del sol caminando ininterrumpidamente. Un segundo cataclismo acaece cuando la tribu descansa y muchos machiguengas se ahogan en los ríos desbordados por un diluvio. Durante otro período de reposo, los machiguengas se hacen sedentarios y plantan yuca, maíz, plátano, algodón y tabaco, pero otro grupo nativo, los mashcos, les sorprenden y les diezman para quitarles su sal. Es precisamente en el Cerro de la Sal, míticamente ubicado en camino al "Menkoripatsa" (el mundo de las nubes), donde tiene lugar una nueva etapa de convivencia pacífica entre todas las tribus, que continúa hasta la llegada de los blancos. El hablador no ha sido explícito en cuanto a los choques entre las dos culturas, pero hay una breve enumeración por parte del narrador de la acción principal sobre todos los enemigos que los machiguengas han tenido que superar: "Los ejércitos incas, los exploradores, conquistadores y misioneros españoles, los caucheros y

① Carlos Fuentes, *Valiente nuevo mundo. Épica, utopía y mito en la novela hispanoamericana*, México: FCE, 1990; p. 143.

② Mario Vargas Llosa, *El hablador*, Madrid: Alfaguara, 2008. Todas las citas de esta novela harán referencia a dicha edición y se indicará la página entre paréntesis dentro del texto.

madereros republicanos, los buscadores de oro y los inmigrantes serranos del siglo XX" (261). El hablador evoca también la continua retirada de los machiguengas para escapar de las enfermedades traídas por los blancos, así como la dura época del caucho y del petróleo. Así, en sus relatos, entre leyendas y datos históricos, el hablador explica por qué los machiguengas están condenados a una diáspora eterna.

En el Capítulo V, el hablador cuenta la cosmogonía y la teogonía machiguengas. Los machiguengas creen que existen "cuatro mundos del universo" (138); por cada uno de ellos fluye un río y cada uno está relacionado con ciertos habitantes. El mundo de más arriba es el Inkite, morada de Tasurinchi y el gran río que lo recorre es el Meshiareni, el río de los espíritus puros, en realidad la Vía Láctea. Los muertos pueden viajar a través de los ríos y, tras diversas transformaciones, es posible que lleguen hasta el Inkite después de haber pasado por el Menkoripatsa, el mundo de las nubes. Aquí mora el espíritu del trueno, Morenanchiite, y el río de este lugar de tránsito es el Manaironchaari, el río de las aguas de algodón. Debajo del Menkoripatsa está la tierra, Kipatsa, habitada por los machiguengas; por ella corre el Kamabiría, el río de los muertos, que conecta con el infierno. El submundo es el Gamaironi, comparable al infierno de los cristianos, donde reside Kientibakori. No se especifica el nombre de su río, que en alguna ocasión parece confundirse con el de la región, "río de aguas negras" (121).

Según los relatos del hablador, se ve que el pensamiento machiguenga es dualista como el de todos los pueblos precolombinos y está basado en estructuras maniqueas: Tasurinchi, que es creador del bien, contra Kientibahori, que es dios del mal; Inkite, que representa el cielo, contra Gamaironi, que representa el submundo. Tasurinchi está rodeado por los "saankarite" y "ananerite", espíritus-ayudantes bondadosos y también está a su servicio el pajarillo protector "moritori". La contrapartida la constituyen los malos espíritus como los "kamagarini", el "Sopai", "Kasibarenini" "Itoni", e "Inaenka". Además, la narración del hablador también incluye explicaciones sobre las costumbres de los machiguengas, como los ritos funerarios y las creencias relacionadas con el más allá; leyendas acerca de la procedencia de la comida principal de la tribu, como la yuca y el plátano; tabúes y supersticiones.

En el Capítulo VII, se cuenta la historia de la creación. El origen de los machiguengas se ubica en el Gran Pongo, donde "se juntan todos los ríos de este mundo y de los otros" (235). El génesis también tuvo lugar allí: "Allí ocurrió, en el Gran Pongo. Allí el principio principió. Tasurinchi bajó desde el Inkite por el río Meshiareni con una idea en la cabeza. Hinchando su pecho, empezaría a soplar. Las buenas tierras, los ríos cargados de peces, los bosques repletos, tantos animales para comer, irían apareciendo" (234). El paraíso machiguenga es idéntico al Edén bíblico por la armonía imperante. A la vez se adapta a las necesidades de una tribu cuya vida está basada esencialmente en la caza y la pesca en correspondencia con su hábitat natural. Esta similitud implica que, con la evangelización, los mitos y la cosmovisión de la *Biblia* suplantaran a los propios de los machiguengas.

Los otros relatos de este capítulo tratan en su mayoría de metamorfosis de hombres en animales. Por eso, se deduce que los machiguengas conservan la creencia del animal totémico, doble y protector del hombre como el "hahual" mexicano[①]. Estas mitologías contadas por el hablador constituyen, como todos los mitos, un intento de comprensión del mundo físico y sobrenatural en su totalidad, pero a la vez implican una lección para el comportamiento del hombre y explican códigos y conductas de un pueblo dado. El antropólogo Bronislaw Malinowski resume la función del mito de esta forma: "Los mitos desempeñan una función indispensable en las culturas primitivas. Expresan, refuerzan y codifican la fe de un pueblo dado; salvaguardan y consolidan la moralidad de la gente; aseguran la eficiencia de los ritos y orientan a la gente en su comportamiento"[②].

Hasta aquí, se puede deducir que en contraste con la cronología estrictamente fijada entre los años 1953 y 1985 de la narración de la acción principal, los relatos del hablador no tienen una estructura lógica basada en la cronológica sino que siguen una temporalidad mítica. Con la inclusión del

① Véase Rita Gnutzmann, ob. cit.; p. 168.

② Bronislaw Malinowski, *Magic, Silence and Religion*, New York: Doubleday, 1954; p. 101. "Myth fulfills in primitive culture an indispensable funetion it expresses; enhances and codifies belief; it safeguards and enforces morality: it vouches for the efliciency of ritual and contains practical rules for the guidance of man".

orden atemporal de las mitologías el autor no pretende simplemente dar noticia de la cosmovisión machiguenga. La estructura que ordena la organización de los relatos míticos en la novela apunta a una estrategia literaria que trataremos de descifrar en nuestro análisis.

En la mitología machiguenga, Tasurinchi es un "soplador": dios supremo, todopoderoso, creador del mundo y de las cosas buenas mediante su soplo mágico, tal y como lo hace, en otras latitudes, el Tasurinchi-jehová. Así es que la intención del autor es evidente al identificar al hablador con Tasurinchi. El hablador de la selva amazónica no deja de asemejarse llamativamente a algunas de las ideas que Vargas Llosa maneja acerca de las funciones y poderes del novelista, que Vargas Llosa expuso sobre todo en *García Márquez: historia de un deicidio*. Tal como Tasurinchi crea el mundo, real para los machiguengas, pero mítico y mágico desde la perspectiva moderna, también el novelista-dios crea, por el don de la palabra, complejos mundos ficticios.

Los relatos del hablador están cercanos también al mundo empírico de los machiguengas, ya que en su mayoría son anécdotas de los seres humanos en la selva o historias de flora y fauna selváticas. Mientras tanto, los mitos de la cultura occidental, como la *Biblia*, o el referente obsesivo de *La metamorfosis* (1915) de Kafka, o la historia de la diáspora judía, entre otros, están subordinados a las estructuras míticas machiguengas. Es decir, el hablador no cultiva la sabiduría a base de los conocimientos científicos de los libros que se reconocen en la sociedad moderna, sino de la experiencia común a todos en la comunidad machiguenga. Lejos de predicador de la cultura moderna, es conservador y defensor de la antigua tradición que está arraigada en el fondo de una nación. Es por este motivo que el yo-narrrador traza un paralelismo entre el hablador y los troveros ambulantes de los sertones bahianos, así como el seanchaí irlandés.

Sin embargo, es importante recordar que a diferencia de otros habladores machiguengas, Saúl viene de la cultura escrita europea, y la aprendió antes de interiorizar la cultura oral machiguenga. En este contexto, es el perfecto imitador del hablador, de tal manera que es aceptado y respetado entre los machiguengas nativos. Pero, en comparación con los verdaderos habladores, Saúl tiene otra forma de pensar inherente a su formación original en la cultura europea, lo que se evidencia en la intertextualidad que se detecta en sus cuentos con la *Biblia* y con *La metamorfosis* kafkiana. A través del personaje Tasurinchi-Jehová, se establece un paralelismo entre los machiguengas y el pueblo judío, en tanto que la sociedad primitiva de los machiguengas y la sociedad moderna europea concurren en las mismas transformaciones kafkianas. Por eso, las mitologías narradas por el hablador representan más bien un dialogismo entre la cultura indígena y la cultura europea.

2.2 Parodia de los procesos de creación: metamorfosis y reescrituras

Vargas Llosa presenta varios temas en *El hablador*, pero uno de los más ampliamente elaborados es el de la metamorfosis, un tema que aparece en varios contextos. Por una parte, la transformación de personajes en los relatos del hablador es muy frecuente, como cuando el propio hablador se convierte en insecto, al igual que Gregorio Samsa, mencionado en sus relatos.

En primer lugar, en la narración del hablador, se localizan varios casos de metamorfosis. Como castigo de la desobedencia de la prohibición de cazar venados, Tasurinchi se convierte en uno de ellos: “Ahora es un venado él también, como los otros. Ahí andará, pues, arriba y abajo del bosque, troc troc. Huyendo del tigre, miedoso de la serpiente. Troc troc. Cuidándose del puma y de la flecha del cazador que, por ignorancia o maldad, mata y se come a sus hermanos” (215). Por el mismo motivo, “un machikanari del río del arcoiris, el Yoguieto, se cambió en tigre” (216). El moritoni era un niño, quien para salvar a todos los hombres que andan, fue encantado por Inaenka. Para librarse de la diabla, el alma del niño tuvo que renunciar a su envoltura de hombre para aposentarse en el aludido pájaro. Otro caso de conversión es el del mono yarini, que fue seripigari que andaba. Según la cosmovisión de los machiguengas, la metamorfosis es una condición esencial de los seres, y como en muchas religiones y mitologías representa la continuidad esencial y armónica de la naturaleza. Estas transformaciones, al mismo tiempo que transmiten ciertas lecciones morales como la del respeto a las prohibiciones, reflejan su cosmogonía. Según ellos, todos los animales del bosque tienen su historia y fueron antes algo distinto de lo que ahora son. Por eso, teniendo en cuenta el posible parentesco entre los animales y el hombre, estos mitos de transformación advierten que hay que respetar la Naturaleza y la cultura indígena e intentar vivir en armonía con ellas.

En uno de sus relatos, el hablador cuenta que se transformó una vez en un escarabajo. Parodiando el argumento de *La metamorfosis* de Kafka, se atribuye a sí mismo experiencias parecidas a las del personaje kafkiano. Antes que nada, desplaza el lugar de la metamorfosis de un piso urbano a la cabaña de la selva. Como Gregorio Samsa, el hablador convertido en insecto sufrió desesperanza y fue rechazado y abandonado por sus familiares, quienes se sintieron aliviados por su desaparición final. El narrador sustituye el lenguaje escrito y el tono neutro de Kafka por una oralidad de acusada subjetividad y mayor viveza. Al contrario de Kafka, quien representa la transformación como algo absurdo y por ello mantiene un tono misterioso, el hablador la toma como algo fantástico que resulta de una mala mareada.

Lo más interesante es que la experiencia de Mascarita, o Saúl Zuratas, sea al fin y al cabo, una historia de metamorfosis. Saúl Zuratas deja la vida civilizada para transformarse en un hablador de los machiguengas, una tribu selvática que aún vive en la época primitiva de su historia. Debido al lunar que le cubre la mitad de la cara, siente un complejo de inferioridad y se identifica con el personaje Gregorio Samsa de *La metamorfosis* de Kafka: "Yo no hubiera pasado el examen, compadre. A mí me hubieran liquidado—susurró—. Dicen que los espartanos hacían lo mismo, ¿no? Que a los monstruitos, a los gregorios samsas, los despeñaban desde el monte Taigeto, ¿no?" (36) Su aspecto físico le hace sentirse un monstruo y le condena a la soledad y la marginalidad. Queda aislado e incomprendido en la sociedad moderna. Su identificación con Gregorio Samsa le lleva a poner ese nombre a su loro, su amigo inseparable. La relación entre Zuratas y el lorito puede encerrar una potencial metamorfosis. No es gratuito que la mascota de Zuratas sea un loro, si tenemos en cuenta la locuacidad de esos animales, que puede interpretarse como una alegoría del oficio del hablador. En la narración del hablador se menciona que todo hombre que anda tiene su animal que lo sigue, y que el que corresponde al hablador es el loro (253). Al final del texto, el yo-narrador cree reconocer a Zuratas en el hablador de la fotografía por el bulto parecido a un loro que hay en el hombro de éste; el loro funciona como un clave para identificar al hablador: "¿No sería lo más natural del mundo—señala el narrador—que un hablador recorra los bosques con un loro de tótem, compañero o monaguillo?" (262) Según confiesa en sus cuentos, el hablador siente un complejo de inferioridad arraigada por su cara, lo que le impulsa a sentir una compasión hacia el lorito que salvó de las garras de la lora, que intentaba matar de picotazos a su cría, porque había nacido distinta, "con la pata torcida y los tres deditos en muñón" (255). La identificación del hablador y el loro es constante: "Pareciéndonos, nos entendemos y nos acompañamos" (256).

La transformación de Saúl es resultado de un proceso muy meditado. Frente a la vida civilizada, Mascarita opta por la cultura indígena, con la conciencia de que en caso de posibles comparaciones o contraposiciones, ésta no va a ocupar una posición de ventaja. A la siguiente pregunta del narrador: "En serio te parece que la poligamia, el animismo, la reducción de cabezas y la hechicería con cocimientos de tabaco representan una forma superior de cultura, Mascarita?" (34), contesta Zuratas: "Superior, no. Nunca lo he dicho ni creído, hermanito—se había puesto muy serio—. Inferior, tal vez, si eso se mide en términos de mortalidad infantil, de situación de la mujer, de monogamia o poligamia, de artesanía e industria. No creas que los idealizo. Para nada" (35). Su preferencia por la cultura indígena se debe en parte al estado de aislamiento de los machiguengas, lo que le confiere mayor sentido de la seguridad. Entre ellos no sufre el complejo de inferioridad que ha marcado su experiencia vital. Por eso, si la metamorfosis le vale a Gregorio Samsa desprecio, rechazo y destrucción, en el caso de Zuratas supone una especie de liberación y renacimiento. Convertido en el hablador se gana por parte de los machiguengas el respeto al que nunca tuvo acceso siendo miembro de la sociedad civilizada.

Es significativo el papel de *La metamorfosis* en la novela, en la que ya desde el título se anuncia el proceso que seguirá Mascarita. El judío peruano que hablaba en sus tertulias universitarias de la obra de Kafka se encarna en el hablador machiguenga que cuenta cómo en una mala mareada se convierte en escarabajo: como en un juego de cajas chinas, las metamorfosis atraviesan todos los planos del relato. Así, Saúl Zuratas no se deshace totalmente de todo el sustrato cultural de la civilización que quiere dejar atrás, lo traslada, lo transforma y adecúa a su nuevo mundo y al mismo tiempo en ese proceso se revela la imposibilidad de hacer desaparecer las adherencias culturales del pasado.

Hay también, aun tangencialmente, cierta parodia de tintes quijotescos en esta metamorfosis de Saúl, pues en gran medida es la lectura la que provoca el cambio de identidad. De la misma manera que Don Quijote se excede en la lectura de los libros de caballería y acaba por perder el juicio y decide jurarse caballero andante, la fascinación de Saúl Zuratas por la obra de Kafka, "que había releído innumerables veces y poco menos que memorizado" (26) le convierte en otro.

La transformación de Saúl en hablador machiguenga constituye un proceso complejo que se va articulando a lo largo de todo el relato. Se perciben sugerencias desde el principio de la novela de que la conversión en hablador será el último destino de Saúl. En el Capítulo II, ya podemos observar que Saúl es un buen conocedor de los machiguengas y que en un viaje a la selva se había adaptado de forma excepcional a la vida de aquéllos. En dicho capítulo, el narrador incluso sugiere que Saúl, angustiado por su defecto físico, comparte con los machiguengas el hecho de ser una persona igualmente marginada. Se pregunta: "¿Se había inconscientemente identificado con esos seres marginales debido a su lunar que lo convertía también en un marginal cada vez que ponía los pies en la calle?" (39) En el Capítulo IV, al especular sobre la posibilidad de que Saúl se haya refugiado en Israel, el narrador comenta irónicamente por boca de un personaje: "Bueno, tal vez no haya sido una mala cosa para Saúl empezar todo desde cero" (123).

En los últimos capítulos se va revelando cada vez con mayor nitidez cómo Saúl se encuentra en la selva ejerciendo de hablador entre los machiguengas. En el Capítulo VI, el señor Schneil se refiere a un hablador machiguenga, que según la conjetura del narrador, debe ser Saúl, porque se le identifica como a un individuo de pelo rojizo y con un lunar morado en el lado derecho de la cara. En el Capítulo VII, se dan señales más claras y definitivas para reconocer a Zuratas en el aludido hablador, cuando él mismo dice: "Esta mancha color del maíz morado siempre la tuve" (229). Saúl encuentra una nueva vida como hablador machiguenga y celebra su conversión a esa cultura. Él mismo confiesa: "No fui lo que soy ahora" (230). "Aquí nací la segunda vez" (232), añade, y afirma finalmente: "Nací de verdad desde que ando como machiguenga" (236). El indicio final de la identidad verdadera del hablador aparece en las últimas líneas del Capítulo VII, cuando el hablador llama a su loro "Mascarita", nombre que coincide con el apodo de Saúl.

En los relatos del hablador se detectan también pistas de la metamorfosis de Saúl Zuratas. A pesar de su educación en la cultura de la escritura, se integra a la cultura oral de la comunidad machiguenga, empleando las repeticiones y los epítetos que le son típicos. Repite frases como "Eso es lo que yo he sabido" a manera de resumen de las noticias actuales, y "eso era/fue antes" como introducción a tiempos mitológicos, así como usa el epíteto "los hombres que andan" para referirse a los machiguengas. Su dominio de la cultura oral también se refleja en el lenguaje y la sintaxis de su narración: los verbos al final, el uso frecuente de preguntas, repeticiones e interjecciones, predominio del gerundio, etcétera.

En el Capítulo VII, *La metamorfosis* y los cuentos de la *Biblia* se ven mezclados y metamorfoseados en los relatos orales del hablador. Mascarita, judío "autoexiliado" de la sociedad moderna, se transforma en el hablador, la institución cultural esencial de los machiguengas, pero se ve contaminado por la civilización occidental que dejó atrás. Por eso, debajo de la metamorfosis de Saúl en el hablador late otra implícita, que es ni más ni menos que la asimilación de la cultura indígena por la moderna. Aquí, la ironía de la novela se dilucida. La novela implica la aceptación de la contaminación, o quizá la destrucción, de las culturas indígenas como un hecho inevitable. Por si fuera poco, cuando esta aceptación se da a conocer por la boca del hablador, la aculturación de las tradiciones indígenas se ve justificada y sublimada como algo irreversible para el futuro del Perú.

La estructura del texto recuerda a la de otras obras de Vargas Llosa al desarrollarse en un doble plano cuya división se plasmará en los respectivos capítulos. Los capítulos I, II, IV, VI y VIII corresponden a la cultura moderna, mientras que los capítulos III, V y VII corresponden a la cultura primitiva machiguenga. Saúl Zuratas figura en ambos planos y los vincula, por eso, a medida que se desplaza de una secuencia a otra, el discurso narrativo vacila entre el nivel realista y el mitológico, el estilo escrito y el oral. El cruce entre los dos niveles es constante, y así la información antropológica sobre los machiguengas proporcionada por la primera línea narrativa sirve de referencia a los relatos del hablador de la segunda. Para citar sólo un par de ejemplos, algunos términos utilizados por el hablador, como "Seripigaris", "Kogapakoris", "Kientibakori" y "Kamagarinis" son explicados por el narrador florentino. "Seripigaris" son "brujos o curanderos" (97), "Kogapakoris" son "los más ariscos" (179) entre los machiguengas, "Kientibakori" es "el creador de inmundicias, espíritu del mal y jefe de una legión de demonios, los Kamagarinis" (121). El que el hablador utilice "Tasurinchi" para referirse a múltiples protagonistas en los relatos deja de ser desconcertante cuando el lector se entera de que los machiguengas no tienen nombres individuales: "Su nombre era siempre provisional, relativo y transeúnte: el que llega o el que se va, el esposo de la que acaba de morir o el que baja de la canoa, el que nació o el que disparó la flecha" (96). Esta correspondencia entre planos narrativos pone en relieve la intención del autor de confundir las fronteras entre las diferentes culturas.

Algo parecido ocurre con las estrategias desplegadas respecto a la perspectiva. Los dos narradores representan los dos extremos del espectro narrativo de la novela. Uno es el novelista que escribe para un público supuestamente culto, mientras que el hablador se dirige a una audiencia totalmente apartada de la escritura. El hablador ofrece una perspectiva interna de la cultura indígena, dando a conocer cómo los machiguengas se ven a sí mismos. Su narración se caracteriza por carácter oral, el desorden cronológico y el lenguaje exótico; en tanto que el novelista-narrador enfoca a los indígenas desde la perspectiva externa de los occidentales, y luce en su narración un español estandarizado, una estructura sistemática y una reflexividad propia de las memorias. Por lo tanto, la yuxtaposición de los dos narradores resalta aún más las características de cada uno y ofrece así una perspectiva dual que refleja también la heterogeneidad cultural del Perú. Al comienzo de la novela, se observa una división clara entre las dos situaciones narrativas. Sin embargo, a medida que va progresando la novela, las memorias del narrador-novelista y los relatos etnográficos van entreverándose.

Como ya ocurriera en *La tía Julia y el escribidor*, pero ahora con códigos y registros muy diferentes, Vargas Llosa también utiliza aquí diferentes modelos de discurso y construye una narración que en buena medida se alimenta también de otras escrituras: memorias, documentos etnográficos, relatos mitológicos o legendarios y obras de la tradición literaria occidental concurren en sus páginas. Con ello, Vargas Llosa nos ayuda a disipar el prejuicio de que las influencias de otros escritores y otras culturas mermen la originalidad de un autor; por el contrario la estimulan y enriquecen. Según Vargas Llosa, "los grandes creadores lo son porque metabolizan aquellas influencias de una manera creativa, incorporándolas a su propia voz, aprovechándolas de tal modo que su presencia llega a ser invisible, o poco menos, pues se ha integrado a su obra hasta ser parte constitutiva e inseparable de ella"[①]. Con el mismo procedimiento el hablador en sus relatos mezclará la autobiografía con la narración de la diáspora judía, los episodios de la mitología machiguenga con fragmentos de la *Biblia*, la historia de su loro con *La metamorfosis* de Kafka. En este sentido, *El hablador* puede ser considerada también como un relato que nos habla de los propios procesos de creación novelesca.

2.3 Parodia del tópico de la civilización y la barbarie

El hablador se desarrolla simultáneamente en Florencia, una de las ciudades modernas con mayor tradición cultural, y en la región amazónica, con *flashbacks* a la década de los cincuenta en Lima. El vaivén entre el mundo europeo y el de los indígenas opone la civilización y la barbarie. Con la figura del hablador, Vargas Llosa reivindica abiertamente el valor de una cultura en su contexto. La denuncia que intenta el autor a través de la novela se trata de trascender la para él cierta superficialidad de las preocupaciones ecológicas que ocupan gran parte de la lucha por la preservación de la selva americana. Vargas

① Mario Vargas Llosa, *El viaje a la ficción: El mundo de Juan Carlos Onetti*, Madrid: Alfaguara, 2008; p. 81.

Llosa afronta la cuestión desde una raigambre cultural, desde el cimiento en el que reside la esencia de un pueblo, pero al mismo tiempo sugiere la imposibilidad de conservación de las culturas en una integridad y pureza sin mezcla.

El que los machiguengas consideren al hablador como a su ídolo revela sus esfuerzos por conservar sus tradiciones, ante la amenaza de que se extinga por la presión de la supuesta sociedad civilizada. Para ello, confronta dos actitudes representativas al respeto. Una es la que adopta Zuratas a favor de la autonomía y la pureza de la cultura indígena. Según él, no es justo llamar a los aborígenes bárbaros o atrasados, porque "para el medio en que están, para las circunstancias en que viven, su cultura es suficiente. Y, además, tienen un conocimiento profundo y sutil de cosas que nosotros hemos olvidado. La relación del hombre y la naturaleza, por ejemplo. El hombre y el árbol, el hombre y el pájaro, el hombre y el río, el hombre y la tierra, el hombre y el cielo. El hombre y Dios, también. Esa armonía que existe entre ellos y esas cosas nosotros ni sabemos lo que es, pues la hemos roto para siempre" (115). La otra es la representada por Matos Mar y los lingüistas, que consiste en que es pura ilusión querer preservar a las tribus aborígenes tal como eran y hay que aculturarlas e integrarlas en la civilización moderna. Mientras tanto, el narrador hace un repaso de las distintas posturas que asumió a lo largo del tiempo, que según creemos podrían ser una autoparodia de las vacilaciones que el mismo Vargas Llosa experimentó con respecto a la cuestión. En sus tiempos de estudiante, bajo la influencia de las teorías marxistas, abogaba a favor del "desarrollo y la industrialización" (32) y pretendía en aquel momento que las "tribus amazónicas podrían, simultáneamente modernizarse y conservar lo esencial de su tradición y sus costumbres" (90). En la novela en cambio, critica aquella pretensión por irreal y romántica. Pero ya en su viaje por el Amazonas en 1958, se dio cuenta de la imposibilidad y la inhumanidad de este objetivo:

> ¿Qué ilusión era aquella de querer preservar a estas tribus tal como eran, tal como vivían? En primer lugar, no era posible. Unas más lentamente, otras más de prisa, todas estaban contaminándose de influencias occidentales y mestizas. Y, además, ¿era deseable aquella

> quimérica preservación? ¿De qué les serviría a las tribus seguir viviendo como lo hacían y como los antropólogos puristas tipo Saúl querían que siguieran viviendo? Su primitivismo las hacía víctimas, más bien, de los peores despojos y crueldades (85-86).

Veintitrés años después, cuando el narrador-novelista vuelve a la selva, encuentra a los machiguengas en el camino a la aculturación: “Al igual que otras tribus, los machiguengas se hallaban en pleno proceso de aculturación: la *Biblia*, escuelas bilingües, un líder evangelista, la propiedad privada, el valor del dinero, el comercio, sin duda ropas occidentales... ¿Había sido todo eso para bien?” (180-181) Obviamente, el narrador compadece y lamenta la situación de los machiguengas, y mientras tanto, señala que mal que bien, la aculturación es inevitable. Vargas Llosa en *El hablador* expone un inventario de distintas proposiciones sin dar prioridad a ninguna, con una postura vacilante y reflexiva. Se limita a hacer palpable el dilema de las culturas primitivas en la actualidad, pero lo enfoca como escritor y no como etnólogo.

Puede resultar extraña la implicación de un escritor tan “urbano” como Vargas Llosa en una obra como ésta. Para el lector, la sorpresa fundamental se produce cuando se declara, pasada ya la mitad de la novela, que el “hablador” machiguenga es Saúl, quien se ha integrado en el universo indígena, en un proceso inverso al que se está produciendo en el Perú. Así como la civilización va absorbiendo a la cultura indígena, aquí se produce el proceso contrario. La afinidad que siente Saúl con la cultura indígena presupone su necesidad de ser identificado. Cuando en la sociedad moderna limeña su deficiencia física y su religión judía le convierten en un ser marginado, en el mundo selvático encuentra un ambiente donde se siente a gusto y se encuentra a sí mismo. En otras palabras, para salvarse Saúl ha de escapar de la civilización e integrarse a la barbarie. Saúl pertenece a un pueblo perseguido que vivió en permanente diáspora. Ahora es aceptado por los machiguengas como uno más, recupera el sentido de la pertenencia a un colectivo, aunque sigue llevando una vida errante. De esta manera, la novela es una historia de la aculturación. El judío, o sea, “el que anda” de la civilización occidental, se integra a los machiguengas, que se autodenominan “los que andan” entre los indígenas amazónicos.

Cuando era estudiante, Mascarita clamaba por poner fin al avance destructor de la civilización. Ahora, transformado ya en hablador, lo que postula al hablar para su nueva "etnia" es el imperativo de "andar", de seguir caminando para siempre. Para los machiguengas, andar es su manera de existir y de sobrevivir, como se manifiesta en los relatos del hablador: "Menos mal que sabemos andar. Menos mal que hemos estado andando tanto tiempo. Menos mal que siempre estuvimos cambiándonos de sitio. ¡Qué sería de nosotros si fuéramos de esos que no se mueven! Habríamos desaparecido quién sabe adónde. Así ocurrió a muchos, durante la sangría de árboles. No hay palabras para decir qué afortunados somos" (64). El nomadismo permanente busca evitar así todo contacto con la supuesta sociedad civilizada. Esta estrategia de resistencia plantea una pregunta: ¿no representa esta ética de la fuga una traducción, a los términos de la cosmovisión machiguenga, de una decisión personal ensayada previamente en su biografía? Mascarita plantea para su propia salvación abandonar la sociedad moderna para trasladarse a otra primitiva. En este sentido, es un viajero en fuga perpetua hacia la periferia, hacia los límites exteriores, fuera del estado moderno y de la civilización occidental.

De esta manera, hemos descifrado otra parodia que realiza Vargas Llosa en la novela: la parodia del manido tema del conflicto entre la civilización y la barbarie. La elección de Saúl pone de manifiesto que entre la civilización y la barbarie, la primera no siempre parece más agradable, y que la segunda tampoco es del todo negativa y condenable como se suponía. Vargas Llosa evita adoptar una postura absoluta y parcial. La suya es más bien una actitud contemplativa y reflexiva, como la que sugieren las palabras puestas en la boca de Tasurinchi: "Lo importante es no impacientarse y dejar que lo que tiene que ocurrir, ocurra" (210).

3. Parodia y metaficción

Observamos una dualidad parecida en la estructura de *La tía Julia y el escribidor* y en la de *El hablador*. Ambas están compuestas de dos situaciones narrativas que alternan entre sí. Una es autobiográfica y la otra es presentada como creación que uno de los personajes está realizando. En *La tía Julia y el escribidor*, esta segunda situación narrativa consiste en los radioteatros de Pedro Camacho, mientras que en *El hablador* incluye los capítulos en los que narra el hablador machiguenga. Además, en *La tía Julia y el escribidor*, en el nivel de la historia autobiográfica, se retrata a un narrador que especula retrospectivamente sobre su formación de escritor; en *El hablador*, las reflexiones sobre el contar historias se destilan a lo largo de toda la novela. La parodia que Vargas Llosa lleva a cabo sobre el proceso de escribir en *La tía Julia y el escribidor* y *El hablador* confiere a la obra ciertas características metaficticias. Este descubrimiento nos inspira el siguiente análisis comparado de los dos conceptos, y desde ahí, un acercamiento a cómo el autor ha articulado la parodia y la metaficción en las dos obras.

3.1 La interacción entre parodia y metaficción

Richard Poirier y Margaret Rose han examinado el concepto de autoparodia. Ambos reconocen que la parodia, al criticar otras ficciones, implica una crítica de sí misma. Poirier la ha descrito como una forma artística que se ridiculiza a sí misma, cuestionando la actividad de la creación literaria en general, al criticar otras estructuras literarias: "Propone límites más que méritos de sus propios procedimientos; se forma en torno a sus propios disolventes en vez de una estructura en particular; pone en tela de juicio la empresa, la actividad misma de crear cualquier forma literaria, de otorgarle poder a una idea con cierto estilo"①.

Margaret Rose comparte la opinión de Richard Poirier al subrayar la preeminencia en la autoparodia de la función autorreflexiva del género paródico. Asevera que el fin principal es reflexionar sobre su propio medio y que la parodia metaficticia implica una crítica de sí misma②. Arguye además que el

① Richard Poirier, "The Politics of Self-Parody", *Partisan Review*, 35 (1968); pp. 339-353 (p. 339). "It proposes not the rewards so much as the limits of its own procedures, it shapes itself aroud its own dissolvent, it calls into question not any particular literary structure so much as the enterprise, the activity itself of creating any literary form, of empowering an idea with a style".

② Véase Margaret A. Rose, *Parody/Metafiction. An Analysis of Parody as a Critical Mirror to the Writing and Reception of Fiction*, London: Croom Helm, 1979; p. 97.

espejo deformador del autor que se parodia a sí mismo pone en tela de juicio el mito de la verosimilitud del arte mimético. Así, el espejo del escritor no es análogo a la "verdad"; es, más bien, un instrumento utilizado con el propósito de descubrir la limitación del arte como imitación y representación[①]. La investigadora también señala que la autoparodia puede ser utilizada por el escritor para renovar otros textos, pero además para reevaluar su propio estilo y sus temas. La ambivalencia del escritor hacia el objeto parodiado—a la vez su modelo y su objeto de ataque—en la autoparodia debe aparecer como ironía, "como un ataque del autor contra sí mismo, y no debe ser del todo condenadora. Así, la ambivalencia del autor hacia la obra se evidencia con más fuerza. El efecto cómico no resulta tanto de la deformación del modelo sino de la pretensión irónica de autoemulación"[②].

En cuanto a la relación entre la parodia y la metaficción, la investigadora explica que la autorreflexividad inherente a la parodia se debe a la función doble del escritor como lector de la obra parodiada y autor de la parodia. Esta función permite interpretar críticamente no sólo la obra parodiada sino también la del autor que la parodia. Michele Hannoosh está de acuerdo con Margaret Rose en el sentido de que la parodia implica la metaficción. Según él, el carácter metalingüístico de la parodia, subrayado inicialmente por los formalistas rusos, o sea, el comentario de un texto o de la literatura en general en una obra, expone los métodos y procesos del arte, al mismo tiempo que los utiliza: "Como la parodia se relaciona especialmente con obras de arte, su tratamiento de la obra parodiada puede ser por analogía generalizado para incluirse a sí misma"[③]. Además, señala que al alterar una obra de acuerdo a un código diferente, contemporáneo y trivial, la parodia cuestiona la noción de obras "definitivas" y se presta para una evaluación crítica al proveer una nueva versión de algo antiguo. Asimismo, continúa Hannoosh, al criticar otros textos y

---

① Ibíd.; p. 66.

② Ibíd.; p. 97. "[...] as an attack by the author on himself, and as being not totally condemnatory. The ambivalence of the parodist to this target -of emulation and condemnation- is made clear in self-parody, where the source of the comic effect is less the condemnation of a model than the ironic pretence at self-emulation".

③ Michele Hannoosh, "The Reflexive Function of Parody", *Comparative Literature*, 41.2 (1989); pp. 113-127 (p. 113). "As parody deals specifically with works of art, its treatment of the parodied work may by analogy be generalized to include itself".

por tanto a sí misma, la parodia sugiere su propia potencialidad "como modelo o blanco, como obra que está por reescribir, transformar y al mismo tiempo parodiar"[①].

Margaret Rose sugiere que la parodia es una forma de metaficción al constituir un espejo crítico de la escritura y de la recepción[②]. La investigadora señala las siguientes similitudes entre estos dos discursos: critican las opiniones ingenuas de la representación mimética en el arte; demuestran críticamente los procesos involucrados en la producción y recepción de la ficción desde dentro del texto; y muestran cómo una obra literaria existe dentro de un determinado contexto social y en la tradición literaria en general. Dada la estrecha conexión entre parodia y metaficción, consideramos adecuado distinguir los dos términos y analizar la interracción entre ellos antes de estudiarlas en las dos novelas en cuestión.

Patricia Waugh define la metaficción como una ficción que de manera sistemática y autoconsciente llama la atención sobre su estatus como artefacto para cuestionar la relación entre ficción y realidad: "Al plantear una crítica de sus propios métodos de construcción, estos escritos no sólo examinan las estructuras fundamentales de la narrativa ficticia, sino que también exploran la posible calidad ficticia del mundo fuera del texto literario"[③].

En opinión de Waugh, además de la relación entre realidad y ficción, la metaficción busca averiguar, a través de su autoexploración formal, la manera en que los seres humanos reflejan, construyen y median su experiencia del mundo, apoyándose en la metáfora tradicional del mundo como libro. Afirma que los discursos metaficticios reflejan una mayor conciencia de la función del lenguaje en la construcción del sentido de la realidad cotidiana. Por ejemplo, si como individuos extratextuales desempeñamos papeles, en lugar de ser nosotros mismos, el estudio de personajes novelescos podría servir como modelo para

---

① Ibíd.; p. 114.

② Véase Margaret A. Rose, *Parody/Metafiction. An Analysis of Parody as a Critical Mirror to the Writing and Reception of Fiction*; p. 13.

③ Patricia Waugh, *Metafiction: The Theory and Practice of Self-Conscious Fiction*, London-New York: Methuen, 1984; p. 2. "In providing a critique of their own methods of construction, such writings not only examine the fundamental structures of narrative fiction, they also explore the possible fictionality of the world outside the literary fictional text".

comprender la construcción de la subjetividad en el mundo de afuera: "Si se cree que nuestro conocimiento de este mundo es mediado por el lenguaje, entonces la ficción literaria (mundos construidos enteramente por el lenguaje) se convierte en un modelo útil para aprender la construcción de la propia 'realidad'"①.

Un aspecto adicional de la metaficción contemporánea corresponde a la importancia de la función del lector en la recepción del texto. Linda Hutcheon explica que en toda ficción la lengua es representativa, pero de un mundo ficticio completo y coherente creado por los referentes ficticios del signo. En la metaficción este hecho se hace explícito y por ello, el lector se ve obligado a reconocer la calidad ficticia del mundo de su lectura. Paradójicamente, el texto también exige su participación intelectual, imaginativa y emotiva, forzándolo a asumir un nuevo papel como "cocreador" del texto. Esta función doble es lo que Hutcheon llama la paradoja del lector, que tiene su contraparte en la paradoja del texto, constituida por el hecho de que es narcisísticamente autoreflexivo, a la vez que orientado hacia afuera, hacia el lector②.

Para Hutcheon, la preocupación metaficticia de la época actual difiere de la de épocas anteriores en ser más categórica, intensa y autoconsciente. Esta intensificación se debe a un cambio en el concepto del lenguaje como medio representativo. También, al deseo de encontrar un modo estético que se ponga a punto con la experiencia vital caótica del hombre moderno y que refleje el nuevo escepticismo que se opone a la noción de que el arte puede proveer un orden consolador sin problemas. Para Waugh, la narrativa metaliteraria contemporánea es a la vez una respuesta y una contribución a un sentido

① Ibíd.; p. 3. "If our knowledge of this world is now seen to be mediated through language, then literary fiction (worlds constructed entirely of language) becomes a useful model for learning about the construction of "reality" itself".

② Véase Linda Hutcheon, *Narcissistic Narrative. The Metafiction/Paradox*, London and New York: Routledge, 1984; pp. 6-7. Hutcheon distingue dos tipos de metaficción: la diegética, consciente de su proceso narrativo; y la lingüística, consciente de los límites y poderes de la lengua. Estos dos tipos los subdivide en formas explícitas e implícitas, dependiendo de cómo se estructura en el texto, es decir, abiertamente o internalizando el proceso narcisista. El narcisismo diegético explícito involucra la tematización de las preocupaciones de contar historias dentro de la narrativa -parodias, convenciones narrativas, proceso creativo- con miras a proporcionarle al lector un papel más activo.

pronunciado de que la realidad y la historia son provisionales. Según ella, "Ya deja de ser válida la visión materialista, positivista y empírica de la ficción realista. Tampoco son válidos los mundos de verdades eternas. Más bien, actualmente el mundo se percibe compuesto de una serie de construcciones, artificios y estructuras temporales. Es por ello que muchos novelistas cuestionan y rechazan las formas que corresponden a la realidad ordenada"①.

En Hispanoamérica, la narrativa de carácter narcisista conoce su auge en el *boom*. Según Sklodowska, la novela del *boom* presenta "un virtuosismo formal llevado hasta la exasperación e, ineludiblemente, a una indagación sobre la escritura misma"②, de tal manera que hasta las novelas que desarrollan una "historia" en un contexto claramente definido sobrepasan los parámetros de una narración referencial y optan por explorar su propio artificio compositivo y estilístico③. El especialista norteamericano John S. Brushwood, por su parte, al resumir las características de la novela hispanoamericana a mediados de los años sesenta, ha observado "un interés en hacer que tanto el lector como el autor observen al autor en el acto de crear la narración"④.

John Lipski traza cuatro etapas en la progresión de la narrativa metaficticia en Hispanoamérica. Para él, *Rayuela* (1963) de Julio Cortázar es la primera nueva novela hispanoamericana en la que la invención verbal cumple un papel central. *Cien años de soledad* (1967) de Gabriel García Márquez representa el primer intento de integrar el humor a la estructura novelística. Escoge *Abaddón y el exterminador* (1974) para referirse al tercer nivel en la metaficción hispanoamericana. Según John Lipski, dicha obra de Ernesto Sábato se asemeja a *Rayuela* en que comparte el tema de la creación literaria, pero Sábato comete un acto deliberado de autoparodia y de autoconciencia, ya que al leer esta ficción, el lector se enfrenta con un autor que entra en escena en el doble papel

---

① Patricia Waugh, ob. cit.; p. 7. "The materialist, positivist and empiricist world-view on which realistic fiction is premised no longer exists. It is hardly surprising, therefore, that more and more novelists have come to question and reject the forms thar correspond to this ordered reality".

② Elzbieta Sklodowska, ob. cit.; p. 63.

③ Ibíd.

④ John S. Brushwood, *La novela hispanoamericana del siglo XX: Una vista panorámica*, México: Fondo de Cultura Económica, 1984; p. 256.

de personaje y de autor[①]. A la etapa final de este proceso corresponde *La tía Julia y el escribidor*. John Lipski opina que esta obra es una metáfora, un metacomentario que describe el desarrollo de Vargas Llosa como escritor, y sugiere también la autoparodia inherente en la obra[②].

3.2 Parodia de la metaficción o autoparodia en *La tía Julia y el escribidor*

La tía Julia y el escribidor medita de forma tan explícita como irónica qué es escribir y qué significa ser escritor, lo que confiere a la novela un carácter evidente de metaficción. Dicha característica se manifiesta desde el comienzo si tenemos en cuenta el epígrafe, extraído de *El grafógrafo* (1972) de Salvador Elizondo.

> Escribo. Escribo que escribo. Mentalmente me veo escribir que escribo y también puedo verme ver que escribo. Me recuerdo escribiendo ya y también viéndome que escribía. Y me veo recordando que me veo escribir y me recuerdo viéndome recordar que escribía y escribo viéndome escribir que recuerdo haberme visto escribir que me veía escribir que recordaba haberrne visto escribir que escribía y que escribía que escribo que escribía. También puedo imaginarme escribiendo que ya había escrito que me imaginaría escribiendo que había escrito que me imaginaba escribiendo que me veo escribir que escribo (891).

De esta cita que parece un trabalenguas, lo que nos llama la atención es los cuatro verbos repetidos: escribir, ver, recordar e imaginar, los cuales traslucen los tres niveles de la escritura de *La tía Julia y el escribidor*: la realidad, la memoria y la imaginación. Teniendo en cuenta la dualidad que transmite el título, en cada uno de los tres niveles la novela presenta una antítesis: la

① Véase John Lipski, "Reading the Writers: Hidden Meta-structures in the Modern Spanish American Novel", *Perspectives in Contemporary Literature*, 6 (1980); pp. 117-124 (pp. 118-121).

② Ibíd.; p. 123.

realidad y la ficción; la memoria y lo realmente pasado; la imaginación y lo objetivo. La novela traduce al fin y al cabo la aspiración del autor de mantener un equilibrio durante los vaivenes de estas antítesis. La imaginación, o mejor dicho, la ficcionalización, funciona como un filtro. Tanto la realidad como la memoria pasan por él para que desdibujen aún más la borrosa división entre la verdad y la mentira. "Para que la novela no resultara demasiado artificial, intenté añadirle un collage autobiográfico: mi primera aventura matrimonial. Este empeño me sirvió para comprobar que el género novelesco no ha nacido para contar verdades, que éstas, al pasar a la ficción, se vuelven siempre mentiras (es decir, unas verdades dudosas e inverificables)"①. A partir de *La tía Julia y el escribidor*, Vargas Llosa se interrogará incesantemente en su novelística sobre las sutiles relaciones entre verdad y mentira que la ficción expone.

La tía Julia y el escribidor no es una novela metaficticia propiamente dicha, ya que no se expone a sí misma como un artefacto, más bien despliega una secuencia de reflexiones sobre la cuestión de escribir. La escritura de esta novela es un proceso de autorrevisión de su propia labor. Revela cómo Vargas Llosa descubrió su vocación de escritor. La parodia del oficio es evidente tanto en la historia de Marito como en la de Pedro Camacho. A través de ambos el autor construye una autoparodia doble.

Vargas Llosa se proyecta en *La tía Julia y el escribidor* a través de deformaciones ingeniosas y subrepticias. Inventa dos personajes ficticios -el narrador Marito y el escribidor Camacho- para encarnar en ellos segmentos de su alter ego. Por un lado, Marito parodia al joven y ambicioso aspirante a novelista culto que fue Vargas Llosa, empeñado en esa época en convertirse en un gran escritor, pero que por falta de experiencia ve frustrados sus intentos. Por otro lado, Camacho funciona como su doble. Por medio de este personaje, Vargas Llosa hace evidentes sus conocimientos de los trucos y recursos de la literatura popular y de las convenciones que manejan. Ve en ellas posibles

① Mario Vargas Llosa, "Prólogo" a *La tía Julia y el escribidor*, en *Obras Completas II. Novelas (1969-1977)*; p. 887.

caminos para renovar el género fuera de todo prejuicio[①].

A través de Pedro Camacho, Vargas Llosa realiza una parodia de las concepciones literarias en que insistió durante el *boom* pero que abandonó después. Camacho supone la encarnación peculiar de escritor dominado por sus "demonios" por ser esclavo de su oficio. Por una parte, se ve obligado a escribir a un ritmo vertiginoso y compulsivo por los intereses económicos ajenos. Mientras los Genaros se forraban por la alta audiencia de sus radioteatros, Camacho estaba en las últimas; cuando sus radioteatros dejaron de interesar al público, los capitalistas se libraron de él sin mostrar una pizca de compasión. Por mucho que valora su creación artística: "Mis escritos se conservan en un lugar más indeleble que los libros" (168), a ojos de los jefes de la radio no pasa de ser un mero instrumento lucrativo. Por otra parte, la pasión que Camacho siente por escribir es morbosa. Escribe, más bien, por una inercia mecánica. Escribe contra el reloj, sin ninguna posibilidad de corregir o de rehacer su trabajo. Aun cuando se le acabe la inspiración y su producto se haga ininteligible, sigue dejándose llevar por su "demonio".

Camacho es risible pero el autor le describe con mucho cariño, compasión y respeto. Camacho se dedica a la creación radiofónica en cuerpo y alma; en paralelo, en los capítulos impares, el protagonista-narrador no deja de imaginar cuentos, escribirlos y mandarlos a la papelera, con idéntica pasión. Camacho se dedica a un trabajo denostado por los defensores de la literatura culta y elevada, pero otorgándole la misma condición sagrada y sublime que estos dan a esa literatura culta. Se entrega a la creación sin escatimar esfuerzos. Incluso se disfraza de los personajes de los radioteatros para favorecer una mayor identificación con éstos. Vive y trabaja en condiciones miserables, sin que esto disminuya ni en lo más mínimo su dedicación al arte. Al contrario, recurre al ingenio para que lo poco que posee dé más de sí. Frente a su creación artística, parece como si la realidad en la que vive no existiera. Camacho defiende el realismo de sus creaciones: "Yo trabajo sobre la vida, mis obras se aferran a la realidad como la cepa a la vid" (68). Incluye elementos de la vida real en su producción ficticia y se substancia con los personajes, "¿Qué mejor manera de

① Véase Mario Vargas Llosa, *A Writer's Reality*; p. 106.

hacer arte realista que identificándose materialmente con la realidad?" (173) Pero por ello resulta irónico que al final estos personajes se le escapen de las manos y que, como consecuencia de esto, los radioteatros acaben por ser rechazados por los oyentes por falta de veracidad y verosimilitud. Vargas Llosa parodia aquí la pretensión de la literatura realista cuando busca la copia exacta de la realidad, como la concibe confiadamente Pedro Camacho.

En las radionovelas de Pedro Camacho aparece aquella propensión al mal, a mostrar el lado sucio y perverso de la vida, a presentar a ésta como un manicomio, un chiquero o un burdel. Al igual que Camacho llena sus radionovelas de personajes que en su mayoría, incurren en aberraciones sexuales, Vargas Llosa incluía en sus obras anteriores situaciones parecidas, como las de Pichula Cuéllar, o Zavalita, quien descubre el desvío sexual de su propio padre, o el capitán Pantoja, alcahuete al por mayor por simple espíritu de disciplina. También se asemejan el individualismo anárquico y la fascinación por el mundo marginal y las irregularidades sorprendentes de la sociedad.

Vargas Llosa también se autoparodia a través de Camacho en relación con algunas costumbres que ha reconocido a la hora de escribir una novela. Vargas Llosa ha explicado que al escribir *La Casa Verde*, para evitar la monotonía, comenzó escribiendo simultáneamente dos novelas. Así, escribía un día sobre Santa María de Nieva y al día siguiente sobre Piura. Inesperadamente, estas historias paralelas se fueron mezclando en su mente. El autor declara que no pudo llevar a cabo su plan de mantener a cada personaje en su lugar: "Los piuranos invadían Santa María de Nieva, los selváticos pugnaban también por deslizarse en 'la casa verde'. Cada vez era más arduo sujetar a cada cual en su mundo respectivo [...]. Era demasiado fatigoso seguir luchando por apartarlos. Decidí, entonces, no hacerlo más: fundir esos dos mundos, escribir una sola novela que aprovechara toda esa masa de recuerdos"[①]. De modo parecido, en *La tía Julia y el escribidor*, Camacho confiesa que no se dedica a escribir una historia durante más de una hora, tras ese tiempo pasa a otra. De este modo, tiene la sensación de estar siempre principiando a trabajar. Además, para no aburrirse, no ordena las historias por afinidad sino por contraste: "El cambio

---

① Mario Vargas Llosa, "Historia secreta de una novela"; p. 1253.

total de clima, lugar, asunto y personajes reforzaba la sensación renovadora" (171). Si a Vargas Llosa se le mezclaron las historias en una totalidad lógica y cohesiva, en el caso de Camacho el resultado será el caos. En cierto momento, confiesa preocupado a Marito que le está pasando algo extraño: "No llevo bien la cuenta de los libretos, tengo dudas y se deslizan confusiones" (301). Añade después: "Esto es un volcán de ideas, por supuesto—afirmó—. Lo traicionero es la memoria. Eso de los nombres, quiero decir. Confidencialmente, mi amigo. Yo no los mezclo, se mezclan. Cuando me doy cuenta, es tarde. Hay que hacer malabares para volverlos a donde corresponde, para explicar sus mudanzas. Una brújula que confunde el Norte con el Sur puede ser grave, grave" (301). Así, Vargas Llosa parodia sus experiencias de escritor al aplicar la técnica de los vasos comunicantes en sus novelas.

Otra táctica utilizada por Camacho, que es reflejo de la obra vargasllosiana y que acentúa la autoparodia de Vargas Llosa en *La tía Julia y el escribidor*, es la de instalar al mismo personaje en distintas obras. Roy Kerr ha observado un tratamiento paródico de esta técnica en la presencia del sargento Lituma en la novela: "Vargas Llosa incluye la idea de personajes ficticios recurrentes en el espectro de la autoparodia en *La tía Julia y el escribidor*"[①]. Lituma tiene una presencia reiterada en la obra vargasllosiana. Antes que en *La tía Julia y el escribidor*, apareció en el cuento "El visitante" y en la novela *La Casa Verde*. Más tarde, participaría en *Historia de Mayta*, *La Chunga* y *¿Quién mató a Palomino Molero?*, y sería protagonista de *Lituma en los Andes*. En *La tía Julia y el escribidor*, el sargento Lituma se encuentra en varios dramas de Camacho con curiosas alteraciones. En el Capítulo IV es un sargento de la policía; en el XIV, se transforma en un ex curandero y sacristán; en el XVI, es un capitán que se suicida; y por último, en el XVIII, se convierte en la monjita Sor Lituma. La reaparición de los personajes de las obras anteriores del autor acentúa la intratextualidad de la novela.

La autoparodia también existe entre Camacho y los personajes de sus radioteatros. Ellos tienen en común el entusiasmo abnegado por su profesión,

---

① Roy A. Kerr, "Names, nicknames and the naming process in Mario Vargas Llosa's Fiction", *South Atlantic Review*, 52.1 (1987); pp. 82-101 (p. 99). "Vargas Llosa propels the idea of recurring fictional characters into the realm of self-parody in *La tía Julia y el escribidor*".

sin importar cuál sea concretamente. Se entregan de todo corazón y con toda el alma e incluso hasta la inmolación a actividades compulsivas y a ocupaciones fanáticas, que a su vez los destruyen. Tampoco hay que olvidar la descripción física que se repite en varios capítulos: "A la flor de la edad: los cincuenta años, un hombre de frente ancha, nariz aguileña, mirada penetrante y rectitud y bondad en el espíritu". Se trata más bien de un retrato del mismo Camacho. Entre los diversos personajes, Crisanto Maravilloso, destaca por su mayor proximidad a su creador. Pesó menos de un kilo al nacer y de niño "sus piernecitas eran tan reducidas" (397) que todo el mundo pensó que no caminaría jamás. Como Camacho, era "pequeñito hasta las lindes del enanismo, flaco como una escoba, con la piel achocolatada de su padre y los pelos lacios de su madre" (399). El niño había sobrevivido de milagro y aprendido a andar como "títere" pese a sus piernecitas ridículas: "Sin ninguna elegancia, desde luego, más bien como un títere, que articula cada paso en tres movimientos—alzar la pierna, doblar la rodilla, bajar el pie—y con tanta lentitud que, quienes iban a su lado tenían la sensación de estar siguiendo la procesión cuando se embotella en las calles angostas" (398). La parodia de dicha descripción se evidencia cuando se compara con la primera impresión que Camacho le causa a Marito:

> Era un ser pequeñito y menudo, en el límite mismo del hombre de baja estatura y el enano, con una nariz grande y unos ojos extraordinariamente vivos, en los que bullía algo excesivo. Vestía de negro, un terno que se advertía muy usado, y su camisa y su corbatita de lazo tenían máculas, pero, al mismo tiempo, en su manera de llevar esas prendas había algo en él de atildado y de compuesto, de rígido como en esos caballeros de las viejas fotografías que parecen presos en sus levitas almidonadas, en sus chisteras tan justas. Podía tener cualquier edad entre treinta y cincuenta años, y lucía una aceitosa cabellera negra que le llegaba a los hombros. Su postura, sus movimientos, su expresión parecían el desmentido mismo de lo espontáneo y natural, hacían pensar inmediatamente en el muñeco articulado, en los hilos del títere (28-29).

La estructura de la novela también es autoparódica. Si observamos las dos líneas narrativas por separado, se ve que tanto la una como la otra forman una parodia de los postulados que suele practicar Vargas Llosa con respecto a la estructura novelística. En el artículo "El nihilista feliz", escrito en 1987, Vargas Llosa ha confesado una actitud constante suya en cuanto a la estructura de la novela: "(Hace treinta años) tenía entonces—lo tengo todavía—el prejuicio de que las novelas deben contar historias que empiecen y acaben, de que su obligación es oponer al caos de la vida un orden artificioso, pulcro y persuasivo"[①]. Los radioteatros de Pedro Camacho tienen, sin excepción alguna, una estructura abierta. En vez de ser explícito en los destinos de los personajes, el escribidor acaba sus cuentos con preguntas pendientes. La historia de Julia y Marito es otro caso. Tiene una esctructura cerrada. Empieza por la reciente llegada de Julia a Lima y acaba con el casamiento de los dos. Por si fuera poco, en el Capítulo XX, que funciona como epílogo, se da una idea concisa de los años posteriores de la pareja así como del término del matrimonio. Los radioteatros se hacen cada vez más caóticos con los personajes de diferentes cuentos que se confunden. Si damos por legítima dicha confusión de personajes y damos por asumido que el intento de Pedro Camacho es fundir los nueve radioteatros en uno solo, entonces se refuerza y resalta aún más el caos de la estructura. Mientras tanto, la historia de Julia y Mario se narra cronológicamente.

A medida que se va desmitificando la figura de Pedro Camacho, el personaje de Marito va formándose una idea del tipo de escritor que quiere ser. A la par que este proceso, el autor va revelando alegóricamente cómo llegó a ser escritor. En la novela, en vez de establecer lisa y llanamente por lo que aboga en la creación literaria, Vargas Llosa lo da a conocer paródicamente a través del ejemplo negativo de Camacho.

Antes de que el lector llegue a los escritos de Pedro Camacho o de conocerle en persona, encontramos descripciones de él a través de otros personajes. Uno de los propietarios de Radio Panamericana, Genaro hijo, informa a Marito de que Camacho ha sido contratado y que vendrá a Lima, y

---

① Mario Vargas Llosa, "El nihilista feliz", en *La verdad de las mentiras*, pp. 145-153 (p. 145).

así lo define: “No es un hombre sino una industria—corrigió con admiración—. Escribe todas las obras de teatro que se presentan en Bolivia y las interpreta todas. Y escribe todas las radionovelas y las dirige y es el galán de todas” (22). Cuando Marito tiene oportunidad de observar a Pedro trabajando, consigue verificar dicha leyenda: “Lo veía y no lo creía: jamás se paraba a buscar alguna palabra o contemplar una idea, nunca aparecía en esos ojitos fanáticos y saltones la sombra de una duda. Daba la impresión de estar pasando a limpio un texto que sabía de memoria, mecanografiando algo que le dictaban” (166). A su modo de ver, Camacho es una prodigiosa máquina de escribir. Pero tal productividad tiene su precio. A consecuencia de ello, la mercancía de Camacho sufre de falta de control de calidad. Según Varguitas, “Una vez terminado el capítulo, no lo corregía ni siquiera leía; lo entregaba a la secretaria para que sacara copias y procedía, sin solución de continuidad, a fabricar el siguiente” (166-167). También queda claro que aun cuando disminuyera su ritmo de trabajo, las nociones artísticas que asume no le permitirían mejorar su producto final. Sus puntos de vista se caracterizan por ingenuos y simplistas. Al respecto es convincente que escoja para trabajar una pequeñísima oficina que queda casi en la calle. La explicación de Camacho es: “Yo escribo sobre la vida y mis obras exigen el impacto de la realidad” (62), argumento que pone de manifiesto la concepción simplista que adopta de los vínculos entre “vida”, “realidad” y escritura. Rechaza la ambigüedad y siente una atracción irresistible por los extremos: “Soy hombre que odia las medias tintas, el agua turbia, el café flojo. Me gustan el sí o el no, los hombres masculinos y las mujeres femeninas, la noche o el día. En mis obras siempre hay aristócratas o plebe, prostitutas o madonas. La mesocracia no me inspira y tampoco a mi público” (70). Estas divisiones cortantes pueden contribuir a la popularidad de Camacho, pero la correspondencia con la realidad que él dice reflejar es dudosa.

Además, Pedro Camacho reduce al lector a la pasividad absoluta respecto a lo que escribe. Marito afirma en varias ocasiones que Camacho “era de esos hombres que no admiten interlocutores sino oyentes” y que su “necesidad de teorizar, de convertir todo en verdad impersonal, axioma eterno, era tan compulsivamente como la de escribir” (167). Tal autoritarismo se manifiesta también en su rechazo de la lectura. En su cuarto no hay un solo libro, no lee para que no le influyan su estilo. Paradójicamente en su estudio tiene un grueso libro titulado *Diez Mil Citas Literarias de los Cien Mejores Escritores del Mundo*, con el subtítulo de *Lo que dijeron Cervantes, Shakespeare, Molière, etc., sobre Dios, la Vida, la Muerte, el Amor, el Sufrimiento, etc…*" (72). Camacho llama al libro "un viejo compañero de aventuras, un amigo fiel y un buen ayudante de trabajo" (71). Este manual constituye su formación intelectual y el más importante generador de sus efímeros textos. Pretende ser profundamente original: "nunca he plagiado a nadie" (70), pero sí tiene imitadores: "toda Argentina está inundada de obras mías, envilecidas por plumíferos rioplatenses" (70). Su preparación literaria limitada y su discutible autocalificación de genio le llevarán pronto al agotamiento de su inspiración.

Pedro Camacho fracasa y cuando de mensajero de un periódico, las apreciaciones de su patrón señalan el motivo de su fracaso: "Porque no sabe escribir" (465). Por eso es un "escribidor" y no un "escritor". A través de Pedro Camacho, Vargas Llosa denuncia algunos excesos de la influencia del mercado en el medio literario, cuando las exigencias del éxito y la fama tienen efectos perniciosos sobre la creación, amenazando el espíritu de aventura y riesgo, fundamental para que perdure la originalidad de las obras. Lo interesante es el modo en que Vargas Llosa aprovecha ciertos elementos de esos sectores de la cultura de masas para lograr una obra de indudable altura estética.

Frente a las absurdas pretensiones de originalidad absoluta de sus historias por parte de Pedro Camacho, Marito es un lector empedernido y reconoce la importancia de sus lecturas para su labor de escritor. En un momento de la novela dice: "Iba a titular mi cuento, 'El salto cualitativo' y quería que fuese frío, intelectual, condensado e irónico como un cuento de Borges, a quien acababa de descubrir por esos días" (63). No sólo admira el estilo de Borges, sino que sus nociones literarias deben mucho al maestro argentino: "Tenía la certeza de que una falta de caligrafía o de ortografía nunca era casual, sino una llamada de atención, una advertencia (del subconsciente, Dios, o alguna otra persona), que la frase no servía y era preciso rehacerla" (63-64); líneas bien podrían implicar una referencia a la aspiración borgiana a un lenguaje cronométrico y hermético en las historias de *Ficciones*①. Su incorporación en la narración, que por lo demás es una autocrítica del autor, quien hasta entonces ya se había hecho un escritor exitoso, supone a la vez una parodia y una crítica a Borges. En la medida que Marito imite a cualquier escritor tan fielmente, en la palabra o en el concepto, nunca será un escritor. Por eso, a pesar de la descripción caricaturesca e irónica que hace de Camacho, la actitud que adopta Vargas Llosa con dicho personaje no es cabalmente negativa. En tanto que insiste en que la literatura se alimenta de la literatura, también aplaude la opinión de que imitando sola y exclusivamente sin aportar nada original, uno nunca podrá ser un verdadero escritor. Sin leer ampliamente y aprender de los grandes escritores prodigiosos, se pierde una fuente de inspiración fundamental, una herramienta esencial para insuflar de vida lo que se cuenta, aunque se trate de realidades vulgares y mediocres. En *La orgía perpetua*, Vargas Llosa había comentado: "Lo mediocre—lo normal—sólo llega a tener vida literaria si el creador consigue imbuirle cierta excepcionalidad (del mismo modo que lo excepcional sólo vive en literatura si se presenta con las facciones de una cierta normalidad), es decir como una experiencia privilegiada y única"②. Sin duda que con Pedro Camacho y sus creaciones Vargas Llosa logra esa excepcionalidad de una realidad atravesada por los convencionalismos y una cierta vulgaridad, al menos aparente. En este sentido y en relación con otros aspectos analizados anteriormente, *La tía Julia y el escribidor* constituye un excelente autoanálisis de su condición de escritor, de las estrategias y metas que la escritura literaria exige.

3.3 La metaficción en *El hablador*

La metaficción tiene una presencia predominante en el discurso narrativo

---

① Gabriel García Márquez también comparte esta opinión. Ha expresado su adhesión a este punto de vista en estos términos: "Cuando cometo un error, o no me gusta una palabra escrita, o simplemente cuando cometo un error tipográfico, por culpa de una especie de vicio, manía o escrúpulo, pongo el papel a un lado y tomo uno nuevo. Puedo usar hasta quinientas hojas para escribir un cuento de doce páginas. Esto es, que no he podido superar la obsesión de que un error en la máquina de escribir puede ser un error en la creación". Véase Plinio Apuleyo Mendoza, Gabriel García Márquez, *El olor de la guayaba*, Bogotá: Norma, 2005; p. 47.

② Mario Vargas Llosa, *La orgía perpetua: Flaubert y "Madame Bovary"*, ob. cit.; p. 892.

de *El hablador*. El protagonista de la novela se ha propuesto escribir una novela, que resulta ser la misma que el lector está leyendo. En otras palabras, el argumento de la novela compromete una reflexión sobre el estatus ontológico de su mundo ficticio. En la narración de la novela se distinguen tres niveles: el presente narrativo (Capítulos I y VIII) tiene lugar en Florencia, es posterior a la historia y constituye el marco de la narración; desde esa perspectiva temporal se da, en orden cronológico, el relato sobre las supuestas aproximaciones del autor al tema machiguenga a lo largo de un cuarto de siglo (Capítulos II, IV, VI), y finalmente, entre los episodios de esta historia, se intercala, como en contrapunto y sin ninguna introducción previa, el discurso de un hablador machiguenga (Capítulos III, V y VII). Los dos primeros niveles constituyen el metarrelato, mientras que el tercero refleja al sesgo el resultado del proceso de gestación de la novela.

En los primeros dos niveles, el narrador en primera persona describe retrospectivamente la gestación y la creación de la novela. Según este narrador-personaje, el tema de los habladores machiguengas, de una de las tribus nómadas más primitivas de la Amazonia peruana, le venía obsesionando desde hace más de un cuarto de siglo. En 1956 había oído hablar de esta tribu en las conversaciones con Saúl Zuratas, estudiante de etnología y un buen amigo suyo de los tiempos universitarios. En 1958, cuando viajó por primera vez a la Amazonia, se enteró por casualidad de la existencia de los habladores entre los machiguengas. Estos, según le contaron una pareja de lingüistas, los Schneil, son una especie de narradores ambulantes que cuentan mitos y leyendas, llevan mensajes y chismes, y los mezclan con anécdotas de sus viajes por la selva. En la misma ocasión guardó como un amuleto una canción de los habladores en su lengua original y su traducción (98-99). En 1962, aprovechó que cursaba un doctorado en Madrid para revisar los materiales archivados por los misioneros dominicos sobre los machiguengas. Fue entonces cuando concibió la idea de escribir una novela sobre los habladores, donde "haría el máximo esfuerzo para mostrar la intimidad machiguenga de la manera más auténtica [...] tratando de entenderlos y adivinarlos" (120). En 1981 vio por primera vez a un machiguenga. Veintinueve años después de saber por primera vez de los machiguengas, siendo ya un escritor de fama mundial, encuentra inesperadamente, durante su estadía en Florencia, una exposición del fotógrafo Malfatti sobre esa tribu, que incluye una foto de un hablador en acción. Esta imagen refresca los recuerdos y exaspera su pertinaz obsesión con respecto a los habladores.

El narrador-novelista enfatiza desde el principio el hecho de que está escribiendo una novela, con la confesión de que ha cedido a la maldita tentación de escribir sobre Mascarita (46). A lo largo de su narración, confirma de vez en cuando que el presente manuscrito es el producto de más de veinte años de esfuerzos después de varios intentos fracasados de escribir sobre los habladores machiguengas: "Desde mis frustrados intentos a comienzos de los años sesenta de escribir una historia sobre los habladores machiguengas, el tema había seguido siempre rondándome. Volvía, cada cierto tiempo, como un viejo amor nunca apagado del todo, cuyas brasas se encienden de pronto en una llamarada. Había seguido tomando notas y garabateando borradores que invariablemente rompía" (173). Al final de la novela, no olvida avisar del fin de su proceso creativo: "Presiento que en cualquier momento se me acabará la tinta" (267). Por si fuera poco, en el Capítulo VIII, el narrador hace un resumen detallado de cómo ha concebido una novela sobre la transformación de un ciudadano marginado de la sociedad moderna en un hablador machiguenga. Este capítulo puede resultar algo redundante, ya que repite lo que la novela ya tiene contado. Sin embargo, sí ayuda a recalcar la autoridad absoluta que tiene el novelista sobre la escritura.

Barbara Hardy ha reflexionado sobre la función de la ficción como modo de comprensión. Según ella: "La narrativa, como la lírica o la danza, no debe ser vista como una invención estética usada por los artistas para controlar, manipular y ordenar la experiencia, sino como un acto primario de la mente transferido al arte desde la vida"[①]. En *El hablador*, la ficción funciona como una herramienta cognitiva. Según se cuenta en la novela, desde que Mascarita y el narrador se graduaron, éste no volvió a saber nada de aquél. Sin embargo, al

---

① Barbara Hardy, "Towards a Poetics of Fiction: An Approach through Narrative", *Novel* 2 (1968): 5. Citado por Louis O. Mink, *Historical Understanding*, Ithaca: Cornell UP, 1987; p. 59. "Narrative, […], like lyric or dance, is not to be regarded as an aesthetic invention used by artists to control, manipulate and order experience, but as a primary act of mind transferred to art from life".

final la narración se construye a través de las hipótesis del narrador acerca de esos años del personaje de Mascarita, de sus deducciones y sobre todo de su imaginación, despertada en la exposición de Florencia. Cuando el narrador decide que el hablador de la fotografía de Malfatti sea Saúl Zuratas, y que ese bulto que hay en su hombro sea un loro (262), deja constancia de que su texto supone un acto de voluntad literaria.

También aquí, como en el caso de Pedro Camacho y Marito en *La tía Julia y el escribidor*, se observa un paralelismo entre la obsesión de Mascarita y las del escritor-narrador. De jóvenes, ambos estudiaban Derecho por deseo de los padres y ambos se deslizan hacia otra carrera y finalmente otra profesión: el narrador termina sus estudios de literatura y se hace escritor, mientras que Saúl se dedica a la etnología y termina como hablador de los machiguengas. Es obvio que Vargas Llosa ve entre la función de los dos un parecido, del que ha hablado en diversas ocasiones:

> ¿Qué fue lo que me impresionó tanto? Tal vez pensar que ese hablador era un colega mío, que, en una forma muy primitiva, era un contador de historias. Me emocionó sobre todo pensar que en esa tribu dispersa, alejada por geografías imposibles, de gente que nunca se veía, pues no tenían la posibilidad de verse, ese hablador cumplía una función esencial: era el aglutinante, el que mediante un sistema hidrográfico, hacía sentir a todo ese pueblo disperso que formaba parte de una comunidad, que constituía una fraternidad, que hablaban el mismo idioma y tenían un pasado en esas leyendas, en esos mitos que los habladores llevaban y traían por todo el universo machiguenga; todo eso me conmovió profundamente[①].

Mientras Mascarita "recorría los bosques de mi país llevando y trayendo las anécdotas, las mentiras, las fabulaciones, las chismografías y los chistes que hacen de ese pueblo de seres dispersos una comunidad y mantiene vivo entre

---

① Sergio Ramírez Franco, "El hablador y la selva", en *Mario Vargas Llosa: Literatura y política*, Madrid: Fondo de Cultura Económica de España, 2003; pp. 84-89 (p. 87).

ellos el sentimiento de estar juntos, de construir algo fraterno y compacto" (266), de algún modo el narrador busca perpetuar esa hazaña a través de su obra también hecha de palabras. No son muchos los que sepan la existencia de los habladores de los machiguengas, y aún menos los que conocen los esfuerzos que hacen a objeto de la conservación y la continuación de la antigua cultura tribal de la selva. En este sentido, la obra de Vargas Llosa es un llamamiento a que se preste mayor atención al mantenimiento y a la protección de la antigua cultura tradicional del país, en tanto que invita a reflexionar sobre la responsabilidad y la función que deben asumir los escritores al respecto. Sin embargo, Vargas Llosa está más interesado en el aspecto literario del hablador: "Fabular, contar historias, entretener y al mismo tiempo comunicar algo que viene de otras partes"①.

El problema es cómo expresar la mentalidad mágico-religiosa del nativo dentro de formas lingüísticas y esquemas intelectuales lógicos; o sea, una preocupación totalmente literaria. Vargas Llosa ha utilizado su libertad de invención para añadir y adaptar la realidad a sus necesidades. Siente fascinación por la figura y la tarea del hablador por su parecido con la suya: "Encargado de atizar ancestralmente la curiosidad, la fantasía, la memoria, el apetito de sueño y de mentira" (260). La novela presenta el acto de contar como una necesidad humana profunda y esencial y también irracional en su necesidad. El hablador de los relatos mitológicos, el narrador de la novela y el mismo autor se funden así en un mundo en el que el relato posee una importancia esencial para la existencia tanto individual como colectiva.

El hablador en esta novela, como todo contador que pertenece a una cultura oral, sabe exclusivamente lo que recuerda. Este hablador es el máximo representante de "el que anda": está en continuo movimiento, escuchando historias y recordándolas para poder contarlas después en otras comunidades machiguengas. Su papel privilegiado de hablador depende no sólo de su capacidad de contar, sino de su movimiento continuo y su habilidad de recordar historias. Por eso, si decimos que en *La tía Julia y el escribidor*, Vargas Llosa

① Ricardo A. Setti, *Sobre la vida y la política: Diálogo con Vargas Llosa*, Madrid: Intermundo, 1988; p. 73.

intenta una integración de la literatura culta y la popular, en *El hablador* plantea una yuxtaposición parecida, donde compara y contrasta la narración literaria y la oral, así como las diferentes culturas a las que ambas corresponden respectivamente. En la novela, Vargas Llosa examina el significado de la narración y el papel del novelista en una nación heterogénea como el Perú, que está compuesta de culturas letradas y orales. Pero en la novela la narrativa oral del hablador acaba por sucumbir a la narración escrita del narrador florentino, como metáfora de la situación de las civilizaciones en el contexto del mundo moderno.

En la figura del hablador se encuentra la esencia de los machiguengas: su consistencia cultural. Paradójicamente, el hablador del momento histórico que recogen las fotografías florentinas no es un machiguenga de nacimiento, sino un advenedizo. Esta identidad híbrida refleja las dificultades a la hora de encontrar tradiciones culturales "puras", tema que sobrevolará toda la novela. Saúl Zuratas es judío y su devenir evoca la figura del judío errante en busca de una tierra donde plantarse y reconocerse a sí mismo. Pero ese reconocimiento tendrá lugar en el marco de una cultura distinta, su conversión se realizará en dos niveles, en el cultural y en el religioso. Pasará del mundo de los judíos de Lima a otro igual de aislado y hermético, el de los machiguengas. "Mascarita" pasa de la mitología judeo-cristiana, de la literatura occidental, de todo un bagaje cultural y de sus concepciones, al génesis poético de una tribu de la selva americana. Génesis que justifica, dentro de los márgenes de la creación artística, todo un mundo. La pervivencia de los mitos, de las leyendas, de las historias y ficciones que transmite el hablador es el sustento de esa civilización indígena: "Porque hablar como habla un hablador es haber llegado a sentir y vivir lo más íntimo de esa cultura, haber calado en sus entresijos, llegado al tuétano de su historia y mitología, somatizado sus tabúes, reflejos, apetitos y terrores ancestrales. Es ser, de la manera más esencial que cabe, un machiguenga raigal, uno más de la antiquísima estirpe" (266).

La función social del hablador, representante de una institución viva, despierta en el narrador un malestar intenso: se sabe menos importante para su sociedad que el hablador para la suya. Este primer desencanto se ve intensificado por una segunda fuente de melancolía: la conciencia de que también la institución del hablador está en franco camino de extinción. El hablador aparece así como una figura autorial espectralizada, casi desvanecida. De algún modo, es ya un fantasma: así lo percibe el escritor, adelantándose a su desaparición en el futuro. El hablador, ese hombre que recorre la selva de un lugar a otro, no es sólo el hilo que conecta la comunidad, es también el creador artístico que reescribe, en cada nuevo discurso, la cosmogonía y mitología machiguengas. Con este planteamiento la novela se convierte en una obra que observa el proceso que la genera, un texto que se mira a sí mismo: una narración entonces que habla y reflexiona sobre el propio proceso narratológico.

Este carácter metaficticio se evidencia aún más si tenemos en cuenta la vacilación que se deja percibir en la narración de la acción principal. Según el narrador: "La memoria es una pura trampa: corrige, sutilmente acomoda el pasado en función del presente" (109). La acción principal está compuesta en gran parte de evocaciones del yo-narrador sobre sus días con el compañero Saúl Zuratas en la Universidad de San Marcos en los años 50 y dos viajes a la selva amazónica en 1958 y en 1981. En este contexto, Saúl Zuratas bien podría ser un instrumento narrativo del yo-narrador. Como se ve, las conversaciones que éste recuerda haber entablado con Saúl están salpicadas de conjeturas, vaivenes e incertidumbre. Representan más las reflexiones de Vargas Llosa—puestas en la boca del yo-narrador—que opiniones de Zuratas. Por eso, en este personaje se lleva a cabo el proceso dialógico entre distintos niveles del discurso narrativo.

La propuesta de Vargas Llosa es que, de una u otra manera, la obra de arte es posible en tanto que creadora de mundos que se sostienen a sí mismos, de universos autónomos elaborados con un armazón poético, sea cual sea su origen. Todos los discursos del hablador están construidos con un lenguaje incoherente en gran parte para el auditorio no machiguenga, pero que observa constantemente las pautas de la creación literaria. Muchos de los relatos provienen de los curanderos machiguengas (seripigaris) y tienen un marcado tono fantástico, pues surgen de estados de embriguez provocados por el alcohol o las hierbas. El resto hacen referencia a la mitología, a la historia o a los usos y costumbres del pueblo. En muchos casos, como suceden con todas las mitologías, hay analogías claras entre los mitos del hablador y los mitos del narrador, que son los cristianos. La creación, la pérdida del paraíso, la vida eterna están también en la cosmovisión del indio machiguenga.

La mitología se equipara a la literatura, la reescritura constante ofrece el camino óptimo para la creación, que como todo el arte supone una forma de conocimiento e interpretación del mundo con el fin de poder situarse en él con coherencia. Las formas artísticas primitivas enseñan cauces que enriquecen la literatura. La metaficción de *El hablador* trasciende el mero reflejo del proceso de la escritura para tratar de articular una honda reflexión sobre la función del escritor y del escribir en las más diversas facetas y espacios de nuestra realidad, su trascendencia en la comunidad humana.

El interés que el narrador siente por los machiguengas radica fundamentalmente en sus habladores, para él homólogos remotos de su profesión: "Aquellos ambulantes contadores de cuentos que a mí me parecían el rasgo más delicado y precioso de aquel pequeño pueblo y el que, en todo caso, había forjado ese curioso vínculo sentimental entre los machiguengas y mi propia vocación (para no decir simplemente mi vida)" (174). El narrador nunca ha visto a un hablador machiguenga, sus conocimientos al respecto son limitados y de segunda mano. Sin embargo, la simple idea de que ellos existen sirve como una gran inspiración para su propio trabajo: "La existencia de esos habladores, saber lo que hacían y la función que ello tenía en la vida de su pueblo, había sido en esos veintitrés años un gran estímulo para mi propio trabajo, una fuente de inspiración y un ejemplo que me hubiera gustado emular" (193). Los habladores machiguengas afirman su confianza en que contar historias puede llegar a tener una función social importante: "Son una prueba palpable de que contar historias puede ser algo más que una mera diversión—se me ocurrió decirle—. Algo primordial, algo de lo que depende la existencia misma de un pueblo" (108). Y le fascina su condición de depósitos vivientes de su cultura:

> La idea de ese ser, de esos seres, en los bosques insalubres del Oriente cusqueño y de Madre de Dios, que hacían larguísimas travesías de días y semanas llevando y trayendo historias de unos machiguengas a otros, recordando a cada miembro de la tribu que los demás vivían, que, a pesar de las grandes distancias que los separaban, formaban una comunidad y

> compartían una tradición, unas creencias, unos ancestros, unos infortunios y algunas alegrías, la silueta furtiva, tal vez legendaria, de esos habladores que con el simple y antiquísimo expediente —quehacer, necesidad, manía humana—de contar historias, eran la savia circulante que hacía de los machiguengas una sociedad, un pueblo de seres solidarios y comunicados, me conmovió extraordinariamente (107-108).

El interés por estas figuras impulsa al narrador a tratar de conocer otros contadores de historias tradicionales. Entre ellos, menciona al trovero brasileño y el seanchaí irlandés, describiendo a éste último como "un mensajero de los tiempos del mito y de la magia, anteriores a la historia" (183). El narrador los encuentra notables no sólo porque siguen manteniendo valores de civilizaciones arcaicas; sin embargo, el que estos antiguos contadores sigan desempeñando su función en el presente no asegura su validez ni su supervivencia en el futuro. En la sociedad moderna de *mass media*, esas figuras fascinantes parecen condenadas a la extinción.

Evidentemente, los habladores se enfrentan al mismo riesgo. Entre los machiguengas que encuentra el narrador, la mayoría elude su pregunta sobre los habladores y prefiere hablar de "la Palabra, del Verbo, del Espíritu Santo" (188). Esta actitud evasiva es prueba de que la cultura occidental ha hecho avances en la selva y que la narración oral de los habladores ha tenido que ceder ante modelos de la narración escrita, como la *Biblia.* Pero el narrador prefiere interpretar la aludida actitud evasiva como un intento de los machiguengas de proteger a sus habladores de la curiosidad occidental. Se obstina en creer que los habladores siguen existiendo, a pesar de la falta de pruebas, pero llevado por su deseo.

Cuando el narrador-novelista da la palabra al hablador, el discurso narrativo pasa de "demostrar" a "mostrar". Su reverencia por los habladores y sus conocimientos sobre ellos encuentran donde canalizarse. Plasma un Edén para el hablador en la segunda situación narrativa. El hablador goza del respeto y la apreciación de todos los machiguengas, quienes esperan sus visitas con mucha ilusión y nunca se cansan de oírle contar. Diríamos que era imposible imaginar una audiencia mejor ni una visión más idealizada del hablador. El narrador-novelista lo concibe como un ser sagrado, quien aplica la sabiduría del pasado como solución a los problemas del presente. Sus relatos dan consejos al hombre cuya mujer da luz a bebés muertos, consuelos a quienes se ven abandonados por sus cónyuges y esperanza a los que son echados por su clan. Los mitos que relata enseñan a los machiguengas su cosmogonía y etiología, para que conozcan y comprendan el orden de la Naturaleza para vivir en armonía con ella. Conoce las causas celestiales del interminable andar de las tribus, explica las prohibiciones en contra de la ingesta de ciertos productos, y además, enterado de la virtud curativa de las plantas, a veces también hace de médico. En definitiva, mantiene unidas a las tribus errantes tan sólo con el poder de su palabra.

Según la imaginación del narrador, el hablador está condenado a cumplir su función por ser una figura cuya supervivencia se encuentra amenazada. En un episodio, el hablador cuenta que una vez se quedó agotado de tanto hablar y andar y quería asentarse. Con la ayuda de Tasurinchi, se casó con una mujer y consiguió una parcela para iniciar una nueva vida. Desgraciadamente, la mujer se suicidó por temor a ser culpable de la desaparición de los habladores en la tribu. Tasurinchi interpreta este caso como alarma del peligro de no cumplir uno con su destino y afirma que el destino de un hablador es "visitar a la gente, hablándole" (161).

3.4 El poder de la palabra: nuevas concepciones

La tía Julia y el escribidor y *El hablador* constituyen propuestas que, aunque de muy diferente signo de las de sus novelas anteriores, siguen explorando las posibilidades del género para la construcción de mundos de ficción autónomos y autosuficientes—tentativa que en la etapa anterior definía a través de la noción de novela total—. En *La tía Julia y el escribidor*, a través de la combinación de los planos imaginario y real, el autor integra paródicamente estilos y modelos tan diferentes como la autobiografía, novela de caballería, novela folletinesca, etcétera. *El hablador* despliega también cuatro niveles de discursos que corresponden a cuatro planos de lo real: el objetivo, el subjetivo, el retórico o convencional, y el mítico, simbólico o imaginario. Vargas Llosa sigue aspirando a representar una realidad plural, pero ahora con nuevas estrategias. Ahora, reflexiona a partes iguales sobre el acto creativo y la condición humana y fusiona perspectivas científicas, míticas, literarias e históricas a través de sus obras. Este cambio de actitud representa alguna de las nuevas tendencias de la narrativa hispanoamericana contemporánea, que ha descrito el peruano Iván Thays en estos términos: “En el *boom*, la totalidad era la ambición que buscaba coger el mismo tema por diversas aristas, hasta completar el prisma. Actualmente, la totalidad radica en el desorden que nos hace entender que todas las líneas, aun las más absurdas o arbitrarias, pertenecen a la misma línea oscilante y derivativa [...]. Antes el círculo, hoy la línea”①.

El dialogismo entre escrituras de ambas novelas define su carácter metaficcional y se resuelve en una actitud paródica y autoparódica que acerca esta narrativa a los postulados posmodernistas, a lo que se une la falta de divisiones tajantes entre realidad y ficción, entre literatura popular y culta y entre escritura y oralidad. Estos cambios respecto a las poéticas del *boom* son compartidos con otros de sus protagonistas. La importancia de los discursos metaficcionales es visible en *Diana, o la cazadora solitaria* (1994), de Carlos Fuentes, o *Donde van a morir los elefantes* (1995), de José Donoso.

Las novelas posteriores de Vargas Llosa subrayan su confianza en que la literatura pueda cambiar la realidad. En *Elogios de la madrastra* (1988), con una composición escolar, Alfonso echó a perder la relación matrimonial entre Rigoberto y Lucrecia; mientras que tiempo después, como se narra en *Cuadernos de Don Rigoberto* (1997), a través de una serie de cartas, consiguió la reconciliación entre los dos. En su ensayo sobre *El poder y la gloria* (1940) de Graham Greene, afirma:

> La primera obligación de una novela—no la única, pero sí la primordial, aquella que es requisito indispensable para las demás—no es

---

① Iván Thays, “Andreas no duerme”, en VV. AA., *Palabra de América*, Barcelona: Seix Barral, 2004; pp. 180-205 (p. 193).

instruir sino hechizar al lector: destruir su conciencia crítica, absorber su atención, manipular sus sentimientos, abstraerlo del mundo real y sumirlo en la ilusión. El novelista llega indirectamente a la inteligencia del lector, después de haberlo contaminado con la vitalidad artificial de su mundo imaginario y haberlo hecho vivir, en el paréntesis mágico de la lectura, la mentira como verdad y la verdad como mentira[①].

Estas afirmaciones nos evocan su declaración de los años sesenta en la que señalaba que la novela existe como una compensación de las insuficiencias de la realidad, pero el autor ha dado un paso más. Aquí ya no se da por contento con un mundo ficticio que susbstituye el mundo real, sino que quiere construir un discurso invasor que se apodere del lector. Para ello hay que plantear estrategias narrativas que borren las fronteras entre la verdad y la mentira y potencien la ambigüedad y la ambivalencia de la literatura. Mostrar la mentira como si fuera verdad y viceversa encuentra en la metaficción una de las salidas más viables.

Con el transcurso del tiempo, Vargas Llosa ya no cree en la literatura como instrumento de lucha política:

> Cuando yo era estudiante, leía con pasión a Sartre y creía a pie juntillas sus tesis sobre el compromiso del escritor con su tiempo y su sociedad. Que las "palabras eran actos" y que, escribiendo, un hombre podía actuar sobre la historia. Ahora, en 1987, semejantes ideas pueden parecer ingenuas y provocar bostezos—vivimos una ventolera escéptica sobre los poderes de la literatura y también sobre la historia—pero en los años cincuenta la idea de que el mundo podía ser cambiado para mejor y que la literatura debía de contribuir a ello, nos parecía a muchos persuasiva y exaltante[②].

A pesar del desengaño, Vargas Llosa sigue confiando en el poder

---

① Mario Vargas Llosa, "El derecho a la esperanza", en *La verdad de las mentiras*; pp. 187-194 (p. 193).

② Mario Vargas Llosa, "Las ficciones de Borges"; p. 463.

premonitorio de la literatura: "Esta es una de las más importantes funciones de la literatura: recordar a los hombres que, por más firme que parezca el suelo que pisan y por más radiante que luzca la ciudad que habitan, hay demonios escondidos por todas partes que pueden, en cualquier momento, provocar un cataclismo"①.

Las novelas posteriores de Vargas Llosa son sólo aparentemente menos complejas. La transparencia de su estilo es engañosa. "Si se fija bien en la mirada, se advierte que, bajo la clara superficie de sus historias, anida un mundo complejo y sucio en el que casi inevitablemente la estupidez y la maldad prevalecen. La pulcritud de la forma—una palabra precisa, que nombra con pericia, que nunca se excede—disimula lo gris de la visión"②. Estos comentarios que dedicó Vargas Llosa a su compatriota Julio Ramón Ribeyro nos parece aplicables a su propia obra.

En su reciente estudio sobre Onetti, Vargas Llosa ha señalado que "en efecto, no son las novelas las que imitan a las ciudades (sólo las malas novelas tratan de hacerlo y por eso fracasan) sino las ciudades las que terminan imitando a las grandes novelas que fingen imitarlas y en verdad las inventan"③. Esta afirmación trasluce la nueva actitud que asume en cuanto al poder totalizador de la narrativa. Ha dejado la ambición de abarcar la realidad en la ficción, para construir un mundo ficticio que sea arquetipo de la realidad. Es decir, mediante las palabras, Vargas Llosa busca difuminar las fronteras entre la realidad y la ficción y extender así el mundo ficticio. Las verdades de la literatura surgen justamente de la manera en que las mentiras de la ficción nos son narradas, como nos recuerda el título de su recopilación *La verdad de las mentiras*.

---

① Mario Vargas Llosa, "El nihilista feliz", en *La verdad de las mentiras*; pp. 145-153 (p. 147).

② Mario Vargas Llosa, "Ribeyro y las sirenas", en *Contra viento y marea, III*; pp. 351-355 (pp. 354-355).

③ Mario Vargas Llosa, *El viaje a la ficción: El mundo de Juan Carlos Onetti*; p. 62.

Conclusiones

La evolución de la narrativa de Vargas Llosa durante medio siglo manifiesta que la libertad y la perfección literaria pueden conseguirse a través de diferentes cauces y a menudo necesitan de cambios y adaptaciones. Los antiguos chinos tenían razón al afirmar que "Lo que uno escribe refleja lo que es uno mismo", máxima que resume aspectos muy relevantes y analizados aquí de la obra del autor de *La ciudad y los perros*.

La tía Julia y el escribidor y *El hablador* reflejan en sus rasgos características muy significativas de la cultura hispanoamericana de la época en la que fueron escritas. De la emergencia de las formas de la cultura popular la primera y el problema de la hibridez cultural y antropológica del Perú la segunda. Ambas novelas iluminan el panorama de las nuevas tendencias de la narrativa hispanoamericana durante las últimas décadas. La parodia, la cultura de masas, la desaparición de las culturas ancestrales por una modernización arrolladora constituyen algunas de estas marcas.

La concepción de Vargas Llosa sobre la función de la palabra y la escritura de ficción experimenta cambios sustanciales en la evolución de su literatura. Esta deja de ser un acto o instrumento de la lucha social para convertirse en una herramienta que incita la fantasía y el sueño humano. La literatura es una manera de sobrepasar las limitaciones de uno mismo, del autor y del lector, y del ambiente que lo rodea. "La literatura extiende los horizontes de nuestra experiencia y, también, nos proporciona una vida de naturaleza distinta: ella hace que lo que no fue sea y que la vida se rehaga en función del capricho o la locura del hombre que escribe sus sueños para que otros, al leerlo, sueñen"[①].

Frente a la suerte condenada a la que los personajes de sus obras anteriores se ven atados, sus ficciones a partir de los sesenta se humanizan con la

① Mario Vargas Llosa, "Ribeyro y las sirenas"; p. 353.

presencia del humor y la parodia, como muestran *La tía Julia y el escribidor* y *El hablador*, entre otras. Con el tiempo Vargas Llosa va añadiendo a sus novelas ciertas dosis de fantasía e irracionalidad, sin las cuales, según afirma él mismo, "los seres humanos no podemos vivir"①. A partir de *La tía Julia y el escribidor* su narrativa manifiesta una tendencia notable a la revalorización de los sentimientos y las pasiones. Rehabilitación de lo sentimental que establece una notable diferencia entre su obra del *boom* y sus creaciones posteriores.

"Soñar, escribir ficciones (como leerlas, ir a verlas o creerlas) es una oblicua protesta contra la mediocridad de nuestra vida y una manera, transitoria pero efectiva, de burlarla"②. Desde *La ciudad y los perros* hasta *Travesuras de la niña mala* se da una evolución muy clara entre aquel "sartrecillo valiente" y el escritor que llegaría a ser. Cuando escribía *La ciudad y los perros*, *La Casa Verde* y *Conversación en La Catedral*, era un joven que esgrimía su pluma como arma para luchar de frente contra los males sociales. En esta época la novela era su campo de combate y también su santuario espiritual donde descargar sus "demonios". A partir de los años ochenta, el escritor que ha ido acostumbrándose al humor en *Pantaleón y las visitadoras* y en *La tía Julia y el escribidor* aborda de otro modo el pasado, el presente y el porvenir. Lo que percibimos es el cambio hacia la mirada serena y la sonrisa taimada de un escritor cuya visión y mentalidad se han ensanchado y se han humanizado aún más con el tiempo. Eso no impide que mantenga un compromiso constante con su identidad como escritor consciente de su responsabilidad.

La presencia cada vez más explícita de la metaficción en su narrativa constituye uno de los rasgos más sobresalientes de este cambio, como ha sido ampliamente analizado en este trabajo. En el contexto posmoderno, la narrativa de Vargas Llosa presenta rasgos autorreflexivos claros, aunque entre *La tía Julia y el escribidor* y *El hablador* se han destacado diferencias en su tratamiento, y así han sido destacadas.

El humor nos trae otra de las características fundamentales de su narrativa posterior a los sesenta. El humor le sirve como una nueva

---

① Véase "Vargas Llosa: Corín Tellado fue 'un fenómeno social y cultural que permitía soñar'" en http://elcomercio.pe/noticia/271927/vargas-llosa-corin-tellado-fue-fenomeno-social-cultural-que-permitia-sonar

② Mario Vargas Llosa, "El teatro como ficción"; p. 793.

perspectiva para mirar la realidad sin apartarse de la actitud crítica, pero sí utilizándolo como una nueva herramienta para llevarla a cabo, para encontrar una mejor posición donde ubicarse entre la realidad y la ficción. Si antes optaba por criticar y azotar directamente las apariencias corrompidas, ahora pasa a guiñar el ojo con una sonrisa irónica a la debilidad y las inmundicias de las que adolece la sociedad. En este sentido, se puede deducir que con la integración del humor en las novelas, Vargas Llosa va ampliando las dimensiones de su creación literaria.

La tía Julia y el escribidor es uno de los textos más importantes de Vargas Llosa porque se desvincula de sus planteamientos anteriores y demuestra sus esfuerzos por ensanchar las posibilidades de su narrativa. Señala el momento de un giro literario que profetiza el camino que seguirán sus obras posteriores. Sus recursos paródicos serán también una revisión irónica de su poética previa. Por estas razones hemos concedido a esta novela un papel especialmente representativo dentro de su trayectoria.

La parodia y la metaficción se manifiestan como las dos estrategias definitorias del cambio de la orientación narrativa de Vargas Llosa. Tanto *La tía Julia y el escribidor* como *El hablador* hacen de tales procedimientos los mecanismos que articulan la narración. A pesar de sus diferencias, ambas obras comparten características comunes: la mezcla de discursos, la reflexión sobre la propia escritura y su función en las sociedades actuales serían las más destacadas. Si la primera establece un interesante paralelismo entre las formas de la literatura de masas y las de la alta cultura, en la segunda se abordan las relaciones entre la función de la palabra en las sociedades antiguas y las actuales. En una el radioteatro y la literatura, en la otra la literatura y el relato mitológico ofrecen modelos de narración cuyas concomitancias y diferencias le sirven para desarrollar argumentos muy sugerentes. Es probable que el mayor cambio que experimenta la obra de Vargas Llosa después del *boom* no esté tanto en las formas e intenciones estéticas de sus obras, sino en la actitud con la que encara su oficio y en el contexto cultural en el que se sitúa: la diferencia reside en el significado que ha cobrado el arte de escribir entre los escritores a partir de los años setenta, puesto que a partir de entonces, en los países hispanoamericanos ya no se produce ni se consume ni se juzga la literatura con los mismos criterios. La inquietud de Vargas Llosa y su búsqueda de nuevos caminos a favor de la creación novelística representan a grandes rasgos la evolución de la narrativa hispanomericana moderna en general. Y eso dice mucho a favor de la amplitud con la que aborda su trabajo de escritor.

Bibliografía

Fuentes primarias

1. Novelas de Mario Vargas Llosa

Los cachorros, Prólogo de José Miguel Oviedo, Introducción de Carlos Barral, Barcelona: Editorial Lumen, 1967.

Pantaleón y las visitadoras, Madrid: Aguilar, 1978.

La guerra del fin del mundo, Barcelona: Seix Barral, 1981.

Los cuadernos de don Rigoberto, Madrid: Santillana Ediciones Generales, 2000.

Conversación en "La Catedral", Madrid: Biblioteca El Mundo, 2001.

El paraíso en la otra esquina, Madrid: Alfaguana, 2003.

La tía Julia y el escribidor, Madrid: Alfaguara, 2004.

La fiesta del chivo, Madrid: Alfaguara, 2005.

El hablador, Madrid: Alfaguara, 2008.

Obras completas I Mario Vargas Llosa Narraciones y novelas (1959-1967), Barcelona: Círculo de Lectores, 2005.

Obras completas II Mario Vargas Llosa Novelas (1969-1977), Barcelona: Círculo de Lectores, 2004.

Obras completas III Novelas y teatro (1981-1986), Barcelona: Círculo de Lectores, 2005.

Obras completas VI Mario Vargas Llosa Ensayos literario I, Barcelona: Círculo de Lectores, 2006.

2. Ensayos y otros escritos de Mario Vargas Llosa

García Márquez: historia de un deicidio, Barcelona: Barral Editores, 1971.

La orgía perpetua: Flaubert y Madame Bovary, Barcelona, Taurus, 1975.

Contra viento y marea (1962-1982), Barcelona: Seix Barral, 1983.

Contra viento y marea, I (1969-1972), Barcelona: Seix Barral, 1986.

Contra viento y marea, III (1964-1988), Barcelona: Seix Barral, 1990.

A Writer's Reality, New York: Syracuse UP, 1991.

El lenguaje de la pasión, Madrid: Suma de Letras, 2001.

Historia secreta de una novela, Barcelona: Tusquets, 2001.

La verdad de las mentiras, Madrid: Alfaguara, 2002.

Literatura y política, Madrid: F.C.E. de España, 2003.

Diario de Irak, Madrid: Aguilar, 2003.

La tentación de lo imposible: Victor Hugo y Los Miserables, Madrid: Alfaguara, 2004.

Obras completas II Ensayos (1969-1977), Barcelona: Círculo de Lectores, 2004.

Diccionario del amante de América Latina, Barcelona: Paidós, 2006.

El viaje a la ficción: El mundo de Juan Carlos Onetti, Madrid: Alfaguara, 2008.

Sables y utopías, Madrid: Aguilar, 2009.

—y Arguedas, José María; *La novela y el problema de la expresión literaria en el Perú*, América: Nueva York, 1974.

—y García Márquez, Gabriel; *Diálogo sobre la novela latinoamericana*, Lima: Editorial Perú Andino, 1988.

"Ensoñación y magia en *Los ríos profundos*", prólogo a *Los ríos profundos*, Caracas: Biblioteca Ayacucho, 1978; pp. IX-XIV.

"Sartre contra Sartre", en *Casa de las Américas*, La Habana, nº 47; p. 40.

"Las ficciones de Borges", en *Contra viento y marea, III*; pp. 463-476.

"La prehistoria de Hemingway", en *Contra viento y marea, III*; pp. 379-388.

"El último de los caballeros", *Quimera*, nº 56, 1985; pp. 12-15.

"La utopía arcaica", en Norma Klahn, Wilfrido H. Corral (eds.); *Los novelistas como críticos (II)*, México: Fondo de Cultura Económica, 1991; pp. 385-400.

"Novela primitiva y novela de creación en América Latina", en Norma Klahn, Wilfrido H. Corral (eds.); *Los novelistas como críticos (II)*, México: Fondo de Cultura Económica, 1991; pp. 359-371.

"*Cien años de soledad.* Realidad total, novela total", prólogo de *Cien años de soledad* (Edición conmemorativa), Miami: Santillana USA Publishing Co., 2007.

"Ficciones realistas", en Armero Alcántara, Alvaro; *Visiones del Quijote*, Sevilla: Editorial Renacimiento, 2005; pp. 369-376.

"Flaubert, nuestro contemporáneo"; http://www.letraslibres.com/index.php?art=9504

Fuentes secundarias

1. Estudios sobre obras de Mario Vargas Llosa

Acosta Cruz, María Isabel; "Writer-Speaker? Speaker-Writer? Narrative and Cultural Intervention in Mario Vargas Llosa's *El hablador*", *INTI* nº 29-30, (Spring-Autumn 1989); pp. 133-145.

Alonso, Carlos J.; "*La tía Julia y el escribidor*: The Writing Subject's Fantasy of Empowerment", *PMLA*: Publications of the Modern Language Association of America (PMLA) 106 (1), 1991 Jan; pp. 46-59.

Antebi, Susan; "Renegotiating corporeality and alterity: carnal inscription as Jewishness in David Toscana's *Santa María del Circo* and Mario Vargas Llosa's *El hablador*", *Hispania*, Vol. 88, nº 2, 2005; pp. 267-277.

Benavides, Jorge Eduardo; "Mario Vargas Llosa: un viaje a la selva y tres novelas (de *La casa verde* a *El hablador*)", en Petra Iraides Cruz Leal, José Ismael Gutiérrez (eds.); *La estirpe de Telémaco: estudios sobre la literatura y el viaje*, Madrid: Betania, 2004; pp. 41-52.

Bernard, Maïté; "Verdad y mentira del escribidor en *La tía Julia y el escribidor*", *Tropos*, 17.1, 1991 Spring; pp. 33-46.

Bernal, Concepción Reverte; "Mario Vargas Llosa: *El hablador*", *Draco: Revista de literatura española*, nº 1, 1989; pp. 129-133.

Blanco, Pedro E.; "*El hablador*: Elementos para un discurso oral", *Antípodas 1*, nº 1, 1988; pp. 183-189.

Booker, M. Keith; *Vargas Llosa Among the Postmodernists*, Gainsville: University Press of Florida, 1994.

Caldwell, Roy Chandler; "Mascarita's Metamorphosis: Vargas Llosa and Kafka", *Comparatist*, nº 25, 2001 May; pp. 50-68.

Establier Pérez, Helena; *Mario Vargas Llosa y el nuevo arte de hacer novelas*, Alicante: Universidad de Alicante, 1998.

Gnutzmann, Rita; "Análisis estructural de la novela *La tía Julia y el escribidor* de Vargas Llosa", *Anales de Literatura Hispanoamericana*, nº 8, 1979; pp. 93-118.

Gnutzmann, Rita; *Cómo leer a Mario Vargas Llosa*, Madrid: Júcar, D.L., 1992.

Irvine, Mark; *La trampa lingüística de identidad en El hablador ¿Otro mundo simbólico?* en Roland Forgues (ed.), *Mario Vargas Llosa, escritor, ensayista, ciudadano y político. Encuentro Internacional Pau-Tarbes (Francia), del 23 al 26 de Octubre del 2001*, Lima: Librería Editorial Minerva, 2001; pp. 465-478.

Mudrovic, Maria Eugenia; "*La tia Julia y el escribidor*: Algunas lecciones prácticas en torno a la estética de lo huachafo", *Inti: Revista de Literatura Hispánica*, nº 43-44, 1996 Spring-Autumn; pp. 122-134.

Navarro Carrasco, Ana Isabel; "Americanismos en *La tía Julia y el escribidor*", *El español de América: actas del III congreso internacional de el español en América*, Valladolid, 3 a 9 de julio de 1989, Vol. 3, 1991; pp. 1567-1580.

O'Bryan-Knight, Jean; "The story of storytelling: *El hablador*", en O'Bryan-Knight, Jean; *The story of the storyteller: La tía Julia y el escribidor, Historia de Mayta, and El hablador by Mario Varga Llosa*, Amsterdam: Rodopi, 1995; pp.75-100.

Ortega, Nelson González; "Dualidad, ideología y etno-ficción en *El hablador* de Mario Vargas Llosa", *Revista de estudios hispánicos*, Vol. 34, nº 1, 2007; pp. 55-73.

Oviedo, José Miguel; "*La tía Julia y el escribidor*, o el autorretrato en clave", en *Mario Vargas Llosa: la invención de una realidad*, Barcelona: Barral, 1977; pp. 293-314.

—"Vargas Llosa: De la tía Julia a la señorita de Tacna", *Quimera*, 1981.

—"Conversación con Mario Vargas Llosa sobre *La tía Julia y el escribidor*", en

Prieto, Rene; "The Two Narrative Voices in Mario Vargas Llosa's *Aunt Julia and the scriptwriter*", *Latin American Review*, nº 11, 1983; pp. 15-25.

Reedy, Daniel R.; "Del beso de la mujer araña al de la tía Julia: Estructura y dinámica interior", *Revista Iberoamericana*, nº 47, 1981; pp. 109-117.

Rivas, José Andrés; "*El hablador*: Metáfora de una autobiografía nostálgica", *Antípodas 1*, 1989; pp. 190-200.

Sabas, Martin; "Mario Varguitas Llosa, el escribidor y la tía Julia", *Cuadernos hispanoamericanos*, nº 334 (abr. 1978); pp. 151-156.

Salem, Diana Beatriz; "*La tia Julia y el escribidor* de Mario Vargas Llosa: Sólo una actitud postmoderna", *Alba de America: Revista Literaria*, nº 14 (26-27), 1996 July; pp. 227-234.

Tittler, Jonathan; "*La tía Julia y el escribidor*: Un affair con la ironía", en *Ironía narrativa en la novela hispanoamericana contemporánea*, Bogotá: Banco de la República, 1990; pp. 149-174.

Volek, Emil; "*El hablador* de Vargas Llosa: Del realismo mágico a la postmodernidad", *Cuadernos hispanoamericanos*, nº 509 (nov. 1992); pp. 95-102.

Wendorff, Liliana Tiffert; "El detective atrapado: Parodia del genero policíaco en un capítulo de *La tía Julia y el escribidor* de Mario Vargas Llosa", *RLA: Romance Languages Annual (RLAn)*, nº 7, 1995; pp. 657-62.

—*Camacho c'est moi: Parodia social y géneros literarios en La tía Julia y el escribidor*, Lima: Editorial San Marcos, 2006.

Williams, Raymond L.; "El descubrimiento del humor: *Pantaleón y las visitadoras* y *La tía Julia y el escribidor*", en *Vargas Llosa: otra historia de un deicidio*, México, D.F.: Taurus, 2001; pp. 175-204.

—"*La tía Julia y el escribidor*: escritores y lectores", en José Miguel Oviedo (ed.); *Mario Vargas Llosa: El escritor y la crítica*, 1982; pp. 284-297

2. Estudios sobre la parodia, el humor, la ironía y la metaficción

Aínsa, Fernando; "La Arcadia como antesala del infierno: El motivo de la selva amazonica en la obra de Vargas Llosa", *Insula*: *Revista de Letras y Ciencias Humanas*, nº 624, 1998 Dec; pp. 4-5.

Antón-Pacheco Sánchez, Luisa; *Sátira y parodia en "El Quijote" y "Joseph Andrews"*; Madrid : Universidad Complutense, 1989.

Bajtin, Mijail Mijaïlovich; *The Dialogic Imagination*, Trad. Michael Holquist y Caryl Emerson. Austin: University of Texas P, 1981.

—"De la prehistoria de la palabra novelesca", sección II, acerca de la parodia, en *Teoría y estética de la novela: trabajos de investigación*, Madrid: Taurus, 1989; pp. 421-455.

—*La cultura popular en la Edad Media y en el Renacimiento, El contexto de François Rabelais*, Trad. Julio Forcat y César Conroy, Madrid: Alianza

Editorial, 1995.

Domínguez, Mignon;, *Historia, ficción y metaficción en la novela latinoamericana contemporánea*, Argentina: Corregidor, 1996.

Eco, Umberto; "La abducción de Uqbar", en *De los espejos y otros ensayos*, Barcelona: Lumen, 1988; pp. 175-184.

Espuelas, Alicia Mariño; "Retórica de la ironía: la ironía como signo de destrucción o de encubrimiento de lo fantastico en 'Claire Lenoir'", en *Actas del III Simposio Internacional de la Asociación Española de Semiótica: celebrado en Madrid, durante los días 5, 6 y 7 de diciembre de 1988: (Retórica y lenguajes)*, Vol. 2, Madrid: Universidad Nacional de Educación a Distancia, 1990.

Ferro, Roberto; (Introducción y Coordinación); *La parodia en la literatura latinoamericana*, Buenos Aires: Facultad de Filosofía y Letras-UBA, 1993.

Fuentes, Víctor; *Benjamín Jarnés: biografía y metaficción*, Zaragoza: Institución Fernando el Católico, 1989.

Gil González, A. J.; *Teoría y práctica de la metaficción en la narrativa española contemporánea: a propósito de Alvaro Cunqueiro y Gonzalo Torrente Ballester*, Salamanca: Universidad de Salamanca, 1997.

Hutcheon, Linda; *A theory of parody: The teachings of Twentieth Century art forms*, New York-London: Methuen, 1985.

—*Narcissistic Narrative. The Metafiction/Paradox*, London and New York: Routledge, 1984.

—"The politics of Postmodernism: Parody and History", *Cultural Critique*, 5 (1986/1987); pp. 197-208.

Iglesias, Yolanda; *Una nueva mirada a la parodia de la novela sentimental en La Celestina*, Madrid: Iberoamericana; Frankfurt am Main: Vervuert, 2009.

Kierkegaard, Sören Aabye; *The Concept of Irony, with Constant Reference to Socrates*, Trad. Lee M. Capel, Bloomington: Indiana University Press, 1965.

Kiremidjian, G. D.; *A study of Modern Parody. James Joyce's Ulysses-Thomas Mann's Doctor Faustus*. New York and London: Garland, 1985.

Newmark, Julianne; "Language, Absence and Narrative Impossibility in Mario Vargas Llosa's *El hablador*", *Latin American Literary Review*, Vol. 31, Issue 61, 2003 Jan-Jun; pp. 5-22.

Orejas, Francisco G.; *La metaficción en la novela española contemporánea entre 1975 y el fin de siglo*, Madrid: Arco Libros, 2003.

Pratt, Dale J.; *Sueños, recuerdo, memoria: la metaficción en las novelas de Joaquín-Armando Chacón*, México: Universidad Nacional Autónoma, 1994.

Pueo, Juan Carlos; *Los reflejos en juego: (una teoría de la parodia)*, Valencia: Tirant lo Blanc, 2002.

Rodríguez Monegal, Emir; *Humor, ironía, parodia*, Madrid : Fundamentos, 1980.

—"Carnaval, antropofagia, parodia", *Revista Iberoamericana*, nº 45, 1979; pp. 401-412.

Rose, Margaret A.; *Parody/Metafiction. An Analysis of Parody as a Critical Mirror to the Writing and Reception of Fiction*, London: Croom Helm, 1979.

—*The post-modern and the post-industrial: a critical analysis*, Cambridge: Cambridge University Press, 1992.

—*Parody: Ancient, Modern, and Post-Modern*, Cambridge: Cambridge University Press, 1993.

Sklodowska, Elzbieta; *La parodia en la nueva novela hispanoamericana (1960-1985)*, Amsterdam: Philadelphia, 1991.

—"La parodia como factor de evolución literaria en la novela hispanoamericana", *Texto Crítico, nueva época*, nº 1, 1995, Universidad Veracruzana; pp. 101-107.

Solotorevsky, Myrna; *Literatura paraliteratura: Puig, Borges, Donoso, Cortázar, Vargas Llosa*, Gaithersburg: Hispamérica, 1988.

Tittler, Jonathan; *Ironía narrativa en la novela hispanoamericana contemporánea*, Bogotá: Banco de la República, 1990.

VV. AA.; *La ironía en la narrativa hispánica contemporánea*, Simposio Internacional sobre Narrativa Hispánica Contemporánea nº 10, 2002, El Puerto de Santa María (Cádiz): Fundación Luis Goytisolo, 2003.

Wilde, Alan; *Horizons of assent modernism, postmodernism, and the ironic imagination*, London: Johns Hopkins University Press, 1981.

3. Estudios generales

Bajtin, Mijail Mijaïlovich; *Teoría y estética de la novela: trabajos de investigación*; Trad. Helena S. Kriúkova, Vicente Cazcarra, Madrid: Taurus,

1989.
—*The Dialogic Imagination*, Trad. Hélene Iswolsky, Cambridge: MIT P, 1968.
Barrera, Trinidad (ed.); *Historia de la literatura hispanoamericana, Tomo III, Siglo XX*, Madrid: Cátedra, 2008.
Becerra, Eduardo; *Pensar el lenguaje, escribir la escritura experiencias de la narrativa hispanoamericana contemporánea*, Madrid: Ediciones de la Universidad Autónoma de Madrid, 1996.
Benjamin, Walter; "The storyteller", en Hannah Arendt (ed.); *Illuminations*. New York: Schocken, 1969; pp. 83-109.
—El narrador", *Revista de Occidente* nº 129, 1973; pp. 301-332.
Booth, W. C.; *The Rhetoric of Fiction*, Chicago: Univ. of Chicago Press, 1961.
—*Retórica de la Ironía*, Versión española de Jesús Fernández Zulaica y Aurelio Martínez Benito, Madrid: Taurus, 1986.
Donoso, José; *Historia personal del boom*, Barcelona: Anagrama, 1972.
Eco, Umberto; *Apocalípticos e integrados*, Trad. Andrés Boglar. Barcelona: Lumen, 1988.
—*Apostillas a "El nombre de la rosa"*, Trad. Ricardo Pochtar, Barcelona: Lumen, 1984.
Edwards, Jorge; *Adiós, poeta*, Barcelona: Tusquets, 1990.
Fernández, Teodosio; "Narrativa hispanoamericana del fin de siglo: propuesta para la configuración de un proceso", *Cuadernos Hispanoamericanos*, nº 604 (octubre 2000); pp. 7-13.
—y Millares, Selena; Becerra, Eduardo; *Historia de la literatura hispanoamericana*, Madrid: Editorial Universitas, 1995.
Franco, Jean; *Historia de la literatura hispanoamericana (a partir de la independencia)*, Barcelona: Ariel, 2002.
Freud, Sigmund; "El chiste y su relación con lo inconscinte", *Obras Completas Vol. III*, Buenos Aires: Santiago Rueda, 1952.
Fuentes, Carlos; *La nueva novela hispanoamericana*, México: Editorial Joaquín Mortiz, 1980.
—*Valiente nuevo mundo. Épica, utopía y mito en la novela hispanoamericana*, México: FCE, 1990.
Genette, Gérard; *Narrative Discourse*. Trans. J. E. Lewin, Ithaca: Cornell UP,

1980.

Hutcheon, Linda; *A poetics of Postmodernism: History, Theory, Fiction*, New York and London: Routledge, 1988.

—*The Politics of Postmodernism,* New York and London: Routledge, 1989.

James, Henry; *The art of the novel*, New York: Charles Scribner's Sons, 1962.

Oviedo, José Miguel; *Historia de la literatura hispanoamericana 4. De Borges al presente*, Madrid: Alianza Editorial, 2001.

Propp, V.; *Morfología del cuento*, Madrid: Fundamentos, 1971.

Rama, Angel; *Transculturación narrativa en América Latina*; Madrid: Siglo Veintiuno, 1982.

—*Más allá del boom: literatura y mercado*, Buenos Aires: Folios Ediciones, 1984.

—*La novela en América Latina: panoramas 1920-1980*, Montevideo: Fundación Angel Rama, 1986.

Agradecimientos

Es hora de decir gracias a todas las personas que directa o indirectamente me han ayudado a pensar y a mantener la paciencia y la confianza a fin de que terminara este trabajo. A todas ellas, muchas gracias.

A Eduardo Becerra, bajo cuya dirección he trabajado durante estos años, por haberme orientado por el buen camino a lo largo de la investigación y la redacción de la tesis y por los comentarios, correcciones, sugerencias y críticas que una y otra vez ha dedicado a este trabajo. Mi deuda a su indudable sentido pedagógico y rigor científico es inmensa; con él, he aprendido muchísimo.

A Taciana Fisac, por su apoyo y ánimo desde el principio, sin los cuales no habría podido venir a Madrid a hacer el doctorado. A ella le agradezco muy sinceramente el que me animara a insistir hasta el final en los momentos de vacilación.

Esta tesis fue financiada por una beca doctoral concedida por la Agencia Española de Cooperación Internacional y de Desarrollo. Quiero agradecer muy expresamente a los miembros responsables de su atribución la oportunidad científica que me han brindado.

La publicación de la tesis ha sido financiada por el Departamento de Filología Española de la UIBE. Quiero agradecer el apoyo que me han brindado la catedrática Zhao Xuemei y otras profesoras del Departamento.

A Beatriz, Luisa, Petra, Rosa y Teresa por la amistad y cariño que han demostrado a lo largo de este tiempo.

A mi familia, por todo y mucho más.

当代外国语言文学学术文库

1. 言语幽默的语言学思考
——着重考察公众演说幽默 （黄 豪 著）
2. 基于学习任务的二语习得实证研究 （周卫京 著）
3. 语域变异与语境关系的多纬度分析 （武姜生 著）
4. 灾难性地震与方言变化
——唐山个案研究 （谷小娟 著）
5. 中国语境中的英语报章变革动词研究 （高 超 著）
6. 对话中的道德建构
——十八世纪英国小说中的对话性 （胡振明 著）
7. 重建策略下的小说创作：
爱丽斯·默多克小说的伦理学研究 （马惠琴 著）
8. 商务英语的理论与实践研究 （张佐成 著）
9. 跨文化商务交流中的关系管理
——中方商务代表团访英案例分析 （邢建玉 著）
10. 跨文化成功交际研究 （朱晓姝 著）
11. 跨文化语言社会化进程中跨文化交际能力的培养 （史兴松 著）
12. 多元化文化与市场信息交流行为 （曹德春 著）
13. 空算子移位结构的最简方案研究
——英汉比较视野 （张智鹏 著）
14. 国际商务管理沟通的跨文化研究 （姚孝军 著）
15. 基于虚拟环境的英语口语教学研究：
理论与实践 （张海森 著）
16. 帝国意识与吉卜林的文学写作 （李秀清 著）
17. 驻外商务人士跨文化适应研究 （史兴松 著）

18. 内聚力发展与跨文化协同：（中德）跨文化团队研究 （于景涛 著）

19. 语篇与口语水平
——语篇标记在二语口语产生中的角色 （魏 明 著）

20. 工商管理教材汉译策略研究 （项 东 著）

21. 隐喻与话语 （孙 亚 著）

22. 认知心理视域下的英语课堂反馈研究 （杨颖莉 著）

23. 马里奥·巴尔加斯·略萨小说中的戏仿研究
——以《胡丽娅姨妈和作家》与《叙事人》为例 （毛 频 著）